Escritores delincuentes

José Ovejero

Escritores delincuentes

ALFAGUARA

© 2011, José Ovejero
© De esta edición:
2011, Santillana Ediciones Generales, S. L.
Torrelaguna, 60. 28043 Madrid
Teléfono 91 744 90 60
Telefax 91 744 92 24
www.alfaguara.com

ISBN: 978-84-204-7508-0
Depósito legal: M. 28.801-2011
Impreso en España - Printed in Spain

© Diseño:
Proyecto de Enric Satué

© Imagen de cubierta:
Beatriz Rodríguez

© Fotografía de cubierta:
Getty Images

«Si no puedes ser un gran artista o un gran escritor, después de eso lo mejor es ser un gran delincuente.»

MAURICE LEBLANC/FRANCIS DE CROISSET,
Arsène Lupin, acto III

«Me contaron que, cuando tenía dieciocho años, se fue a París para convertirse en un gran delincuente o, si no lo conseguía, en escritor.»

WALTER SERNER,
Zum Blauen Affen

«Si más tarde [Jean Genet] ha soñado con la gloria literaria, es como sucedáneo de la gloria criminal que no podía alcanzar.»

JEAN-PAUL SARTRE,
San Genet, comediante y mártir

1. ¿La atracción del mal?

«Los prisioneros más peligrosos —y lo digo también en un sentido "físico"— son "escritores y lectores".»

JACK HENRY ABBOTT, *En el vientre de la bestia*

Cuando Norman Mailer estaba escribiendo *La canción del verdugo* recibió una carta de un tal Jack H. Abbott, un presidiario que le ofrecía ayuda para entender la violencia en las cárceles. Mailer quedó impresionado con la inteligencia de Abbott y ambos comenzaron a escribirse con regularidad.

Abbott tenía un largo historial delictivo: fraudes, robos, atracos a mano armada, lesiones, fugas, homicidio; había pasado más de catorce años en celdas de castigo; desde los doce a los cuarenta sólo había estado nueve meses y medio en libertad; su comportamiento en prisión era violento, tanto hacia los guardianes como hacia sus propios compañeros. Al mismo tiempo, era un ávido lector; había leído una cantidad enorme de libros de filosofía, él, que nunca consiguió terminar la escuela; también devoraba novelas. Su autodidactismo lo resume él mismo en una frase: «nunca había oído pronunciar las nueve décimas partes de mi vocabulario».

A Mailer le fascinaron las cartas de Abbott; en ellas habla de literatura, de filosofía, del sistema penitenciario norteamericano, de política, de la rebelión como única forma digna de supervivencia; estas cartas contienen sin duda una mezcla poderosa de dotes de observación, sutileza y furia.

Mailer consiguió que se publicase una selección en un volumen que obtuvo críticas hiperbólicas: «Quizá uno de los libros más importantes de nuestra era», según *Vogue*. Mailer también le ayudó a obtener la libertad condicional. Tras salir de prisión Abbott fue recibido con entusiasmo en los círculos literarios neoyorquinos. Aquellos a los que Tom Wolfe había apodado *radical chic* estaban encantados con su mascota.

Seis semanas después de quedar en libertad, Jack Henry Abbott mató de una cuchillada a un camarero con el que tuvo una discusión. En el nuevo proceso aún contó con el apoyo de algunos intelectuales de izquierda, que después poco a poco fueron desengañándose y abandonando su causa. En la cárcel escribió otro libro, con menos éxito que el primero. Nunca volvió a salir de prisión. El 10 de febrero de 2002 Jack Henry Abbott se ahorcó en la celda usando una sábana y un cordón de zapato.

Mailer probablemente pensaba que alguien con una mente tan sofisticada como Abbott no debía estar en la cárcel, o, dicho de otra manera, que la inteligencia unida a la sensibilidad nos redime: quien es capaz de escribir un gran libro no se merece estar entre rejas. Lo mismo debieron de opinar Cocteau y Sartre cuando defendieron a Genet, y tantos otros intelectuales que, a veces sin conocer bien los hechos delictivos de sus protegidos, se lanzaron a una cruzada para liberarlos; gracias a ello vieron reducida su condena escritores que no volvieron a delinquir, como Alfonso Vidal y Planas, Sergiusz Piasecki y María Carolina Geel, pero también peligrosos psicópatas como Edgar Smith.

Hay muchas razones que explican esta atracción, a veces identificación, entre intelectuales y delincuentes, más si estos últimos son cultos o muestran cierto refinamiento ideológico. Por un lado está la mala conciencia social de las clases medias y acomodadas occidentales. Susan Sontag se maravillaba al ver a un público mayoritariamente blanco aplaudiendo y riendo en un teatro durante la representación de una obra en la que se criticaba e insultaba precisamente a los blancos estadounidenses. Esa mala conciencia hace que mucha gente, no sólo intelectuales y escritores, tienda a ponerse del lado del delincuente y no del de la policía. En 1979 el atracador y homicida —y también escritor— Jacques Mesrine fue elegido el hombre más popular del año por los franceses.

Quizá influya también que todos somos renegados en nuestro interior: nos tenemos por más revolucionarios, heterodoxos e iconoclastas de lo que los demás pueden percibir; cualquier oficinista se siente en secreto un aventurero, puede que doble la espalda diez veces al día delante del jefe, pero muy por dentro es Dick Turpin o Barbarroja; curiosamente, como nuestra conciencia define en buena medida nuestra identidad, tendemos a creer que ese ser oculto, que no actúa sino sólo piensa, es verdaderamente nuestro yo.

Por otra parte, un escritor es, en general, alguien de vida anodina cuya conversación suele girar alrededor de libros y... de otros escritores. Los escritores de hoy son, o aspiran a ser, habitantes de confortables apartamentos y hoteles con aire acondicionado y conexión a Internet, y muchos van a la oficina mientras llega el éxito que merecen. Pero al mismo tiempo no quieren renunciar al aura romántica del creador bohemio y original; al establecer una solidaridad con el criminal, el escritor se acerca a él, a su experiencia excepcional, y la hace propia; porque uno de los puntos débiles del escritor es que tiende a saber mucho sobre las representaciones de la realidad, pero tiene escasa experiencia directa de ella.

Pero no seamos injustos con los escritores, ni siquiera con la izquierda exquisita. No están solos en su visión algo idealizada de la delincuencia. Nuestras opiniones y fantasías son resultado de largos y complejos procesos históricos. También la relación del ciudadano observador de las leyes con el delincuente ha evolucionado debido a corrientes ideológicas de las que ya no somos conscientes. La Ilustración y su crítica al poder absoluto, a la arbitrariedad del monarca, llevó a poner en tela de juicio la justicia de sus penas; así fue creciendo el rechazo hacia castigos —marcado al fuego, amputación de miembros, descuartizamiento, verter aceite hirviendo en la garganta del reo— que un siglo antes eran aceptados como lógica respuesta del soberano hacia quien atentaba contra él y el orden divino que representaba en la Tierra. Al ser cuestionada la justicia real, el preso se transforma de delincuente en víctima. Además, como muchos de los que se rebelaban contra la autoridad real también acabaron en la cárcel, cuando no en la guillotina, tuvo lugar un proceso de identificación entre el liberal rebelde y el delincuente: compartían prisión, castigo, eran objeto de la venganza del rey. De pronto se había construido un puente entre burgueses, aristócratas y delincuentes de las clases bajas que un siglo antes habría sido impensable.

Los movimientos contestatarios de los años sesenta en el siglo XX también dieron lugar a un resurgir de la solidaridad para con los presos: al condenar «el sistema», no tal o cual ley, sino las bases mismas de la sociedad capitalista, es lógico que los inconformes mirasen con buenos ojos a los infractores, a los delincuentes, cuya acción iba dirigida contra las normas impuestas por ese sistema; así, el robo e incluso el asesinato se teñían fácilmente de connotaciones políticas; los intelectuales de izquierda visitaban a los prisioneros más concienciados en las cárceles —escritores, activistas negros, fedayines palestinos—; el rechazo a todo el sistema, y por tanto también al penal, los empujaba a realizar una curiosa simplificación: si la sociedad es culpable, los delincuentes a los que castiga son inocentes. A muchos no se les pasó por la cabeza que tanto la sociedad como los prisioneros pudieran tener culpas, aunque fueran de distinto orden.

No me considero inmune a esa fascinación por los fuera de la ley. Quizá, al pensar por primera vez este libro, me empujaba sobre todo una curiosidad algo morbosa. ¿Burroughs mató a su mujer jugando a Guillermo Tell? ¿Álvaro Mutis estuvo en la famosa cárcel de Lecumberri por malversación? ¿Anne Perry fue una adolescente asesina? Soy consciente de que un libro sobre escritores tan dispares y de experiencias tan distintas como François Villon y Jeffrey Archer parece a primera vista una empresa banal, incluso oportunista. Júzguelo el lector como quiera; puede que el primer chispazo que inició mi curiosidad fuese algo frívolo, y sin embargo...

Un buen escritor es aquel que tiene una mirada original sobre el mundo y sabe contarnos lo que ve. Hay muchos escritores capaces de hacer lo segundo con enorme habilidad, pero les falta lo primero. Del escritor que ha vivido experiencias extraordinarias, del escritor delincuente, esperamos que tenga lo primero, que su vida singular le haya permitido descubrir cosas que los demás no vemos. A veces el drama es que les falta lo segundo. Maurice Sachs anotó: «Vivo mi libro, y eso me impide escribirlo». No exactamente: escribió más de un libro basado en sus vivencias, pero su afán de tener éxito, de ser admirado, hizo de él un autor demasiado frívolo, demasiado preocupado por el efecto y poco por la sinceridad de la escritura.

Los escritores que he seleccionado no son interesantes sólo por su biografía. Lo verdaderamente interesante es la relación entre su biografía y su obra, cómo en ambas se entrelazan temas como la culpa, las injusticias sociales, la capacidad redentora —o no— de la escritura, la verdad en la ficción, la mentira en la autobiografía, la relación con la propia violencia, su mirada sobre la cárcel, sobre los jueces, sobre otros delincuentes, la tensión impresionante entre lo que dicen y lo que callan... Si al principio me fascinaba el acto violento o tan sólo ilegal, después me fascinaba su representación, y cómo esa representación acaba transformando al propio escritor. ¡Y ese deseo, esa necesidad de justificarse, de expresarse, de defenderse! El libro del escritor delincuente se vuelve una nueva sala del tribunal, y el lector el jurado o, en algún caso, un nuevo acusado como miembro de esa sociedad a la que condena el delincuente. En pocas ocasiones une la literatura de forma tan consciente a escritor y lector, no sólo mediante el acto literario, también a través de la confrontación entre sus valores y opiniones.

Adentrarse en las biografías de estos escritores hace que pierda relieve el acto delictivo y se revele el contexto social y familiar en el que tiene lugar. No es lícito reducir a una persona a un solo acto; un delito no existe aislado, aunque la víctima afectada por él no pueda alejarse lo suficiente para ponerlo en perspectiva, sino que es resultado de un complejo entramado de relaciones personales y sociales; casi todos los escritores delincuentes de los que tenemos suficientes datos comparten una experiencia: una niñez traumática. Cierto, la niñez es por definición traumática, pero no todos tenemos un padre alcohólico, hemos sufrido la violencia familiar, el abandono, largos aislamientos, no todos provenimos de familias destruidas por la miseria, ni hemos sido violentamente discriminados por nuestro origen o nuestro color. El escritor delincuente que narra sus crímenes, incluso aunque no lo pretenda, narra también los crímenes de la sociedad: el delito no surge sólo de una mente trastornada; el individuo es un síntoma que llama la atención sobre un organismo enfermo.

La ya citada Susan Sontag escribió: «En la tradición aristotélica del arte como imitación, el escritor era el médium o el vehículo para describir la verdad de algo exterior a él mismo. En la tradición moderna —más o menos a partir de Rousseau— del arte como expresión, el artista dice la verdad sobre sí mismo». Y el escritor delincuente, al combinar una biografía que pugna por expresarse y una mirada de pícaro sobre la sociedad, es uno de los pocos capaces de aunar las dos tradiciones. Al leerlo, vemos sus actos, sus delitos, de los que ninguno quisiéramos ser víctimas; pero la narración no se queda ahí; de hecho, el delito ni siquiera es, como en muchas novelas de detectives, el centro de la trama; es sólo parte de una narración mucho más amplia y compleja. A veces el escritor delincuente hace un verdadero esfuerzo por ir desvelando esa trama; a veces procura lo contrario: ocultar, manipular, tergiversar. El lector se encuentra con ficciones que pretenden mostrar la realidad —y descubre precisamente los límites de la ficción en esa tarea— y con relatos supuestamente objetivos que construyen con disimulo la ficción que el escritor quisiera vender al lector.

Quizá por eso leer a estos autores, y establecer relaciones entre sus escritos y sus vidas, es una manera de poner en tela de juicio nuestras opiniones, de desmantelar esos modelos demasiado sencillos que hemos ido construyendo para explicar la realidad. La ficción de estos autores muestra la ficción de nuestros prejuicios. Pocas cosas resultan más instructivas.

2. Por falta de pruebas

> «[...] una famosa declaración de los abogados nacionales en la cual decían que aceptaban cualquier multa antes que hacerse cargo de mi defensa.»
> JOSÉ LEÓN SÁNCHEZ, *Cuando nos alcanza el ayer*

Resultar absuelto no significa ser inocente; una condena no equivale a culpabilidad. Los autores incluidos en el capítulo cuatro de este libro son claramente culpables, o, si este término resulta demasiado moralizante, responsables de un delito. En este apartado previo quiero referirme a aquellos que no están incluidos en el capítulo cuatro por falta de pruebas. Todos ellos han pasado una temporada en la cárcel; en algunos casos tenemos la impresión de que las circunstancias les permitieron escapar a condenas justas; en otros, que fueron injustamente encarcelados. Me limito a presentarlos brevemente: González-Ruano, Pedro Luis de Gálvez, José León Sánchez y Massimo Carlotto.

González-Ruano era un hombre de pocas convicciones y menos principios. Hijo de una familia adinerada, decide muy pronto que no merece la pena ser escritor si no le hacen caso a uno: llama a los cafés preguntando por el escritor Gómez Ruano para que vaya sonando su nombre; un día le ofrecen pronunciar una conferencia en el Ateneo y él no desaprovecha esa oportunidad: se frota el pelo con agua oxigenada y se pone un chaleco amarillo, atuendo ideal para arremeter con furia contra Cervantes. Consigue su propósito: que lo echen de ese santuario cultural algo apolillado. Nunca desperdicia ocasión alguna para hacerse propaganda —que hablen mal, pero que hablen—, no tiene problema alguno en trabajar para un periódico de izquierda mientras se postula para Caballero de la Orden de Santiago e intenta conseguir un título nobiliario. «Ahora pienso que a mis veintiocho años mi insensibilidad política era casi patológica.» Así que no tiene empacho en ser invitado por la Italia fascista a recorrer el norte de África. Más tarde trabajará como corresponsal de *ABC* en Italia. En Roma vive con un lujo sorprendente, bebe, es mujeriego pero también escribe con impresionante dedicación. Será corresponsal en el Berlín nazi, aunque no sabe una palabra de alemán. Afirma llevarse bien con los nazis y que, al fin y al cabo, a él no le interesa la política porque sólo le interesan los individuos; como si la política no tuviese en ocasiones consecuencias atroces para los individuos. En 1942 se traslada de Berlín a París, y es aquí donde quizá el pícaro se convierte en delincuente: pronto es dueño de tres apartamentos en París y de una casa en Barbizon. ¿De qué vive? ¿De su salario como corresponsal? ¿Justifica éste sus nuevas propiedades, las fiestas continuas, las cenas a todo tren? Lo más probable es que se dedicara a aprovecharse de judíos y otros perseguidos por los nazis; se ha hablado de tráfico de pasaportes, de personas, de obras de arte que venden a toda prisa quienes se ven obligados a huir. No lo confiesa, pero tampoco lo niega del todo. Cuando lo detiene la Gestapo, según él sin razón alguna, un policía le espeta:

«—También parece que usted debe dinero a algún judío prestamista y que aprovechando las circunstancias actuales de confusión no lo ha devuelto.

—En eso soy un modesto colaborador de ustedes...»

En *Cherche-Midi,* el libro donde cuenta su estancia en la cárcel, da algunas explicaciones tan confusas como poco convincentes sobre sus propiedades, su comercio con antigüedades y, particularmente, sobre los once mil dólares, el pasaporte en blanco y el brillante sin montar que llevaba en el bolsillo cuando lo detuvieron. No merece la pena perder el tiempo analizando sus excusas. González-Ruano sólo pasó unas semanas en la cárcel, no porque demostrase su inocencia sino gracias a sus buenos contactos. Tampoco puedo condenarlo yo y, por falta de pruebas, me limito a esta breve reseña, aunque quizá su vanidad hubiese preferido que le dedicara un capítulo entero. Que hablen mal, pero que hablen.

Pedro Luis de Gálvez es uno de esos escritores en los que resulta difícil deslindar la leyenda de la biografía. No sólo porque él, bravucón y farsante, se empeñase en crearse una imagen disparatada, sino también porque sus acusadores se dejaron llevar más por el afán de venganza o por el placer de la maledicencia que por los hechos. Juan Manuel de Prada, en esa prosa cuidada y plagada de palabras que hoy casi nadie utiliza (como si cada palabra fuese una especie en peligro de extinción que hay que proteger), traza un retrato ecuánime y ligeramente burlón de un Gálvez más histriónico que patibulario.

Sí es cierto que estuvo en la cárcel, acusado del delito de injurias al ejército y al rey. Y por cosa tan fútil fue condenado a nada menos que seis años, seis meses y un día, a los que se vinieron a sumar otros cuatro años, dos meses y un día por un hurto de ciento setenta y cinco pesetas y cincuenta céntimos cometido en Barcelona. No son muchas credenciales para convertirlo en un delincuente, tampoco los frecuentes sablazos que dio en vida a amigos y desconocidos. Y si para algunos lo fue, la razón hay que buscarla en los desquites, las cobardías y la mala leche que genera una guerra y que pudren el ánimo hasta envilecer a casi cualquiera.

Según quienes lo acusaron ante los tribunales del ejército vencedor en la Guerra Civil, Gálvez había dado el paseo a más de dos mil personas, era un monstruo sangriento que se aprovechaba de la anarquía reinante en Madrid para desvalijar a esas mismas víctimas a las que después fusilaba. Borracho, soez y lujurioso, era un ser capaz de cualquier crimen.

Prada examina las pruebas, los documentos, el carácter del malo de esa película en blanco y negro, y sin embargo rebosante de sangre, que fue la posguerra española, y llega a una conclusión muy distinta. A Gálvez lo condenaban sobre todo las bravuconadas que había pronunciado durante la guerra. Porque sí, había frecuentado las cárceles republicanas vestido de uniforme y profiriendo amenazas, presumía de sus muchos crímenes, hacía aspavientos como un malvado de cine mudo, se presentaba como azote de fascistas y verdugo de burgueses, pero mientras tanto daba cobijo en su propia casa a un escritor perseguido, ayudaba a escapar a otros, intentaba proteger a algún colega que ya estaba en la cárcel para que no lo fusilasen. Sería excesivo decir que estamos ante un cordero con piel de lobo, pero parece claro que no fue el monstruo sin escrúpulos que retrataron algunos escritores, basándose más en rumores y leyendas que en testigos. Y los que podrían haberle defendido, salvo Emilio Carrere, prefirieron no intervenir en el proceso, olvidando repentinamente que algunos de ellos le debían la libertad y quizá la vida. Si Gálvez tenía aún alguna deuda con ellos, se la hicieron pagar de una vez y para siempre.

José León Sánchez nació en el norte de Costa Rica en 1930, en una familia indígena tan pobre que sólo sobrevivía mediante la prostitución de la madre y de las hijas. Más tarde escribiría que su madre era una mujer admirable que hizo felices a multitud de hombres. A él no le hizo muy feliz: ella fue quien lo regaló pocos días después de haber nacido. No parece que el regalo fuese recibido con gran entusiasmo porque poco más tarde, cuando el niño enfermó, su nuevo dueño lo dejó en un hospicio.

José León vivió una infancia miserable; en uno de sus libros cuenta cómo una monja, con la excusa de castigarlos, se encerraba con él y con su hermana, que estaba ya en el hospicio cuando llegó José León, y lamía el sexo de ambos; los dos hermanos se fugaron del hospicio y se dedicaron un tiempo a la mendicidad; después se perdieron de vista; la chica se dedicó a la prostitución y él, que era un muchacho avispado, aunque no sabía leer ni escribir, consiguió hacerse reportero de una radio local.

José León Sánchez no fue uno de esos delincuentes que llegan a la cárcel tras una sucesión de pequeños delitos; él entró en prisión convertido de golpe en una celebridad nacional: «El monstruo de la Basílica», lo apodó esa prensa que babea de gusto cuando encuentra una presa a la que hincarle el diente: indio, inculto, delincuente... A por él. Había desaparecido, junto con todas sus joyas, la Virgen de los Ángeles, la «Negrita», la patrona de Costa Rica; en su huida, el ladrón había matado al guardián de la basílica. No se tardó en encontrar al culpable, aunque para arrancarle la confesión hubo que torturarlo a conciencia. Tras unas cuantas sesiones en las que le clavaban cerillas en el oído y le hurgaban las encías con un alfiler, confesó. También habría confesado el asesinato de Abel o el rapto de las Sabinas si se lo hubiesen pedido.

José León Sánchez se convirtió en uno de los hombres más odiados de Costa Rica; ningún abogado quería defenderlo; pasó años en celdas de castigo, humillado a diario no sólo por los guardianes, también por los presidiarios, cuyo sentido de la justicia puede ser más cruel que el de los jueces.

Parte de su condena la pasó en uno de los penales más brutales de América, el de San Lucas, en el golfo de Nicoya. Allí abundaba el paludismo, que, junto con la disentería, los malos tratos y el hambre, acababa anualmente con un veinte por ciento de los presos. No había hospital, no estaba permitido recibir visitas ni correspondencia. Los presos tenían que arrastrar pesados grilletes. El trabajo en las salinas les provocaba infecciones en las piernas, lo que hacía que el número de mutilados fuese muy elevado.

Condenado a cadena perpetua, sus posibilidades de salir de allí son prácticamente inexistentes. Y como sus dos intentos de fuga fracasan, tan sólo le queda la escritura para evadirse. Pero no pierde del todo la esperanza: cuando se lo permiten, se dedica a estudiar Derecho, pensando en conseguir una revisión de su proceso.

No podía gustar a nadie que ese sacrílego excomulgado ganase un concurso con uno de los cuentos que escribía sobre trozos de sacos de cemento. Pero al final no quedó más remedio que aceptar la autoría, y el monstruo se convirtió en atracción turística: por unos centavos, los visitantes de la isla se acercaban a que les leyese unos fragmentos de su obra. La novela que le dio la fama e hizo de él el autor más leído de Costa Rica fue *La isla de los hombres solos*. En ella narra sus experiencias en la cárcel, pero sin poner el acento en lo autobiográfico. El protagonista ha sido condenado injustamente tras confesar en un momento de enajenación —también José León Sánchez defendió siempre su inocencia—, y se ve obligado a sobrevivir en ese universo cerrado y enfermizo. La mirada de Sánchez no es clemente; los presos se comportan con tanta brutalidad como los guardianes. No hay solidaridad entre ellos ni la ética del presidiario que otros embellecen en sus relatos. ¿La ayuda mutua? Sí: un presidiario ayuda a otro a suicidarse a cambio de diez cigarrillos de marihuana.

Uno de los pocos momentos divertidos del libro tiene lugar cuando un militar llega al penal y lo declara república independiente, quita los grilletes a los convictos y los proclama ciudadanos libres... salvo para marcharse.

Treinta años pasó José León Sánchez en la cárcel; y sólo en 1998, cuando ya era escritor conocido mundialmente —si es que un escritor de Costa Rica puede ser conocido mundialmente—, se revisó su caso y se le declaró inocente. El escritor tenía ya sesenta y ocho años.

Massimo Carlotto no escribe una autobiografía carcelaria sino que se concentra en los años que pasó huido; en *Il fuggiasco* cuenta la angustia de no poder regresar y, sobre todo, la de sentirse continuamente perseguido. Vive un tiempo en Francia cambiando con frecuencia de apartamento, luego en México, donde un abogado mucho más bandido que sus clientes lo denuncia a la policía después de haberle sacado una cantidad considerable de dinero con el supuesto fin de obtenerle una nueva identidad. El abogado, que por cierto moriría asesinado unos años más tarde, no se había conformado con denunciarlo por asesinato sino que había hecho creer a la policía que se trataba de un terrorista. Así que, antes de ser expulsado de regreso a Italia, Carlotto sufrió torturas a manos de la policía mexicana, siempre entusiasta de los interrogatorios dolorosos; resulta tragicómico que, una vez en su país, Carlotto descubriera que nadie lo estaba buscando; su orden de búsqueda y captura se había extraviado en un cajón y sólo reemergió con el regreso del fugitivo: podría haber vivido tranquilamente en Francia sin que nadie le molestase. Los errores y las chapuzas judiciales lo acompañaron desde el principio de sus tribulaciones. Su historia supuestamente delictiva se resume rápidamente: Carlotto era un miembro de Lotta Continua, movimiento revolucionario de izquierda que acabó optando por la vía parlamentaria; en 1976, cuando Carlotto tenía diecinueve años, una joven fue asesinada en su apartamento de cincuenta y nueve puñaladas; Carlotto descubrió el cadáver —al menos ésa es su versión— y acudió a denunciarlo a la policía; inmediatamente fue considerado sospechoso, detenido y acusado de homicidio; en el subsiguiente proceso fue absuelto por falta de pruebas. Pero el Tribunal de Apelación le condenó a dieciocho años de cárcel, lo que fue confirmado después por otro tribunal. Es probable que en la condena pesase el pasado político de Carlotto, en una época en la que Lotta Continua, o al menos varios de sus miembros, había coqueteado con la lucha armada. Carlotto no aguardó a que lo volvieran a detener: se subió en un tren y llegó a París. Pasó tres años huido. A su regreso volvió a la cárcel, aunque siempre proclamó su inocencia. Y no debían de estar muy claras las cosas porque se inició una revisión del proceso —entretanto se había creado el Comité Internacional Justicia para Massimo Carlotto con el apoyo de intelectuales y escritores como Norberto Bobbio o Jorge Amado—, y la situación no pintaba mal para él tras aparecer nuevas pruebas que lo exculpaban, pero el juez que llevaba el caso se jubiló y hubo que volver a realizar la instrucción del proceso desde el inicio, con el resultado de que se confirmó su pena. Carlotto, que estaba gravemente enfermo a causa de la bulimia que había desarrollado por la angustia sufrida en la cárcel y durante su fuga, quedó en libertad, pero habría tenido que regresar a la cárcel si el presidente Oscar Luigi Scalfaro no le hubiese concedido la gracia presidencial.

El caso es de una confusión exasperante; sin que se pueda afirmar con seguridad que Carlotto es inocente, la sucesión de chapuzas que acompañan el caso hace sospechar que su condición de militante izquierdista facilitó su condena; al mismo tiempo, también le ayudó a contar con el apoyo de la opinión pública y de numerosos intelectuales para la obtención de gracia. Sería cínico afirmar que una cosa compensa la otra. Si la condena fue injusta, no hay gracia ulterior que pueda compensarla. Como responde en *Il fuggiasco* a alguien que le dice que debería comenzar a vivir de nuevo: «No me interesa una nueva vida, Bulmaro. Me interesa aquella que tenía antes». Massimo Carlotto habrá tenido que continuar viviendo con ese deseo de cumplimiento imposible.

3. Delincuentes demasiado pequeños

«Yo sólo soy un pequeño pecador.»
GIULIO ANDREOTTI

La cuestión que ahora se me plantea es: qué es un delincuente. ¿Es más delincuente quien realiza una malversación de fondos y se lleva una cantidad considerable de dinero, o quien a punta de navaja roba sólo unas monedas? Hablando de navajas: ¿debo considerar delincuente a Norman Mailer porque clavó un cortaplumas a su mujer en medio de una discusión? ¿A Álvaro Mutis por defraudar dinero a la Standard Oil y gastárselo con sus amigos artistas?

La cosa se complica más si me digo que la etiqueta «delincuente» es, en el fondo, injusta. Hace siglos no se juzgaba al delincuente, sólo el delito. Hoy existe la figura de la reincidencia, que hace que un delito, cometido por una persona con antecedentes y por otra sin ellos, sea castigado de diversa manera: no se castiga el acto, sino a la persona; como ya estudió Foucault, los jueces y los psicólogos establecen una continuidad entre los delitos al analizar los motivos y el historial del acusado; lo que puede servir de atenuante en un caso, en otro puede hacer que alguien pase en la cárcel el resto de su vida. George Jackson, el militante de los Panteras Negras y autor del libro *Soledad Brother*, pasó diez años en la cárcel, antes de morir allí en circunstancias poco claras, por haber robado setenta dólares; las autoridades no lo consideraban apto para la reinserción; su personalidad hacía de él un delincuente, es decir, alguien que no aceptaba las leyes como algo justo;

y es cierto, Jackson consideraba que la justicia, de hecho todo el orden social, se basaba en la discriminación racial, en la opresión, en el uso de dos raseros diferentes, como él podía comprobar cada día en toda su brutalidad en los malos tratos, las humillaciones, las intimidaciones que sufrían sus hermanos negros en las cárceles blancas. Él habría rechazado la etiqueta «delincuente» como un arma de los blancos para mantener en prisión a los rebeldes contra el sistema. El escritor argelino Abdel Hafed Benotman me dice en un bar de París que él tampoco acepta para sí el término de delincuente; yo al principio no le entiendo; puesto que él reconoce haber cometido una serie de delitos, le escribo más tarde, parece que la palabra delincuente encaja con su actividad. «Yo me hice ladrón de profesión —responde—. La palabra "delincuente" es una denominación de patología social [...] una victimización social, [mientras que] en la palabra "ladrón" subyace la revuelta casi arcaica de no desear ser un esclavo de nada y de nadie y desde luego no del trabajo, de un trabajo que no sería ni placer ni pasión». Benotman afirma que no pertenece al mundo del crimen, a bandas ni a mafias... y si le entiendo bien lo que me está diciendo es que nunca ha buscado enriquecerse ni obtener poder, ni reinsertarse socialmente mediante el blanqueo de esas actividades y sus frutos. ¿Es un delincuente quien decide ser un marginal, quien prefiere robar para sobrevivir en lugar de embrutecerse en un trabajo extenuante o alienante o en lugar de aceptar una discriminación sancionada por las leyes y los usos de la sociedad, como la que tenían, y quizá tienen, que sufrir los negros en Estados Unidos? Aquí la frontera entre delincuencia y rebeldía se vuelve imprecisa.

Por supuesto, no es fácil establecer una clara jerarquía entre la gravedad de los delitos, tampoco utilizando las penas como rasero. Si Mailer no fue a prisión es porque su mujer no denunció la agresión. Si Issei Sagawa, el denominado por la prensa «japonés caníbal», pasó menos tiempo en la cárcel que George Jackson es porque su padre no era un negro pobre sino un millonario japonés que presionó para que a su hijo lo declarasen enfermo mental y que más tarde lo extraditasen a Japón; allí, pudiendo hacer valer sus influencias aún mejor que en Francia, logró que su hijo quedara en libertad.

Más que intentar clasificar los delitos, decidir si el delincuente existe o es una construcción social, si la pena puede ser un criterio útil, he decidido usar una definición puramente operativa, que tenga en cuenta el propósito del libro y que no incluya ninguna connotación moral: para mí, entonces, un escritor delincuente será aquel que ha cometido delitos tipificados en el código penal, sin intencionalidad política declarada, y que ha pasado por ello un tiempo prolongado en la cárcel, siempre que el delito o sus consecuencias, también las penales, hayan tenido una influencia considerable en la vida o en la obra del escritor.

Son numerosos los escritores que han tenido problemas con la justicia sin que se les pueda incluir en la categoría que acabo de establecer. Pienso en alguien como el escocés Thomas Healy, boxeador aficionado, alcohólico, pendenciero, que llevaba camino de convertirse en delincuente; creció en el barrio conflictivo de Gorbals, en Glasgow, donde cometió sus primeros hurtos y tuvo su primera condena por robo, dos años con libertad condicional; pero a pesar de pequeños choques con la justicia, sólo volvió a la cárcel muchos años después, en Alicante, por una pelea de borrachos. Su problema no era la ley, era el alcohol. En sus libros autobiográficos, *I Have Heard You Calling in the Night* y *A Hurting Business,* traza la imagen de un chico inadaptado, no ya a la sociedad en general, también al mundo marginal y mísero en el que habitaba; era un muchacho sensible al que horrorizaba la violencia de sus amigos y al que gustaba disfrazarse hasta que su padre le obligó a olvidarse de esas mariconadas. Quizá para acercarse al mundo paterno, Thomas quiso ser boxeador, pero no logró pasar de ese nivel en el que se reciben más golpes de los que se propinan. Su refugio: el alcohol, las apuestas, las relaciones clandestinas con hombres y con mujeres, en una ocasión con un chico de catorce cuando él tenía veinte, lo que le habría costado la cárcel de haber sido descubierto. Ya de adulto, cuando estaba acostumbrado a despertarse por las mañanas en un descampado con las ropas desgarradas y sin saber cómo había llegado allí, descubrió uno de los amores más intensos de su vida: el de un perro dóberman. Healy decide protegerlo, criarlo con fidelidad y amor; y así recuperó sentimientos cuya existencia ni recordaba, se obligó a mantenerse sobrio para poder alimentar y pasear al perro, que exigía de él comidas regulares, una disciplina gracias a la cual Healy fue saliendo poco a poco —habría recaídas— de ese pozo de alcohol, ira, vómito y olvido en el que se había ido hundiendo.

¿Y Miguel de Cervantes? ¿Debería estar en este capítulo de delincuentes demasiado pequeños o en la parte dedicada a aquellos cuyo carácter se forjó mediante el delito y la condena? Es verdad que a los cuarenta años tenía una biografía más de aventurero que de literato; de lo segundo sólo algunos poemas, unas cuantas obras de teatro de poco éxito, la mayoría hoy perdidas, y *La Galatea;* nada por lo que hubiese sido recordado en los siglos siguientes; tampoco le habrían recordado por sus aventuras, y sin embargo parecen mucho más interesantes que su literatura de entonces. Aunque no está completamente probado que fuese culpable, hubo un Miguel de Cervantes que huyó a Sevilla y después a Italia tras un duelo en el que hirió a un hombre, por lo que fue condenado al exilio y a que le cortasen la mano derecha; tuvo suerte, y nosotros también, de huir a tiempo, porque sin la izquierda fue capaz más adelante de escribir el *Quijote,* lo que quizá no habría podido hacer sin la derecha.

Sus cinco años de encierro en Argel hacen de él un cautivo, pero desde luego no un delincuente, o al menos no más que los otros soldados de Felipe II, a los que el asesinato, el saqueo y la violación les estaban ocasionalmente permitidos para que pudiesen resarcirse de los sinsabores de la vida de campaña. La siguiente acusación que lo lleva en 1592 a la cárcel, y a ser excomulgado, tampoco permite considerarlo un delincuente: el cargo es la venta ilegal de trigo que había decomisado en sus funciones de comisario encargado de obtener provisiones para la flota de Felipe II, pero es muy probable que la acusación fuese sobre todo debida al odio que había despertado entre los perjudicados por el decomiso, alguno de ellos con poderosas influencias. Aún pisaría Cervantes en una ocasión más la cárcel, de nuevo por culpa de un ingrato oficio; ejercía de recaudador de impuestos en Granada, y tuvo la mala suerte de depositar parte de lo recaudado en un banco que quebró; la poca popularidad del recaudador, mezclada con intrigas políticas contra sus protectores, dio con los huesos del infeliz Cervantes en la cárcel, cuando habría preferido antes que su triste oficio poder marcharse a las Indias y desempeñar allí un empleo, cosa que había solicitado sin éxito. Pero por una vez hay que estar agradecido a la injusticia; en la prisión Cervantes conoció el mundo y el lenguaje de los delincuentes, que recrearía más tarde en algunas novelas ejemplares. Y, sobre todo, durante el encierro su fantasía se liberó y comenzó a engendrar el *Quijote*. El salto que dio con su imaginación fue tan amplio que, aunque la obra hizo gracia y tuvo éxito, sus contemporáneos no se dieron cuenta de su enorme originalidad. Para cuando eso sucedió Cervantes había muerto hacía mucho y ya casi nadie se acordaba del poeta exconvicto.

Si no he incluido a Cervantes entre los auténticos delincuentes, menos puedo hacerlo con Joe Orton por el delito menudo de sustraer libros, retocar las cubiertas y devolverlos a su sitio. A su compañero de fechorías y amante, Kenneth Halliwell, que mató a Orton de nueve martillazos, no podemos considerarlo un escritor. Ambos fueron condenados a seis meses por el primer delito, pena que quizá habría sido más leve si no hubiesen sido homosexuales. Orton, a pesar de toda su rabia contra la sociedad, no volvió a delinquir; en la cárcel descubrió la manera de canalizar su ira, de darle forma, y el estilo que le haría famoso como dramaturgo. Halliwell no descubrió nada. Nadie publicaba sus obras, casi todas ellas hoy perdidas. Es imposible saber cuánto es de su pluma en las que escribió con su compañero. Mientras Orton crecía, Halliwell se hundía. No encontró ayuda en la literatura sino en el Nembutal. Y en lugar de escribir una gran obra, decidió escenificar un final tan dramático como vulgar.

Jack London pasó treinta días en la cárcel en una época en la que no tener trabajo o domicilio fijo daba a cualquier juez derecho a encerrar a una persona; quien no produce ni tiene vecinos que respondan por uno, quien escapa al control social en el puesto de trabajo y en la parroquia no puede ser hombre de bien; es preferible encarcelarlo, por un lado para alentarle a cambiar de vida, por otro para evitar males mayores, pues ¿de qué va a vivir quien no tiene empleo ni familiares en las cercanías sino del robo? London sabía lo que podía pasarle cuando llegó a Niagara Falls una mañana de junio de 1894, después de una agradable noche durmiendo en el campo; pero se sentía optimista, era muy temprano y no contaba con que los guardianes de la ley fuesen tan madrugadores como él. Se equivocaba; apenas había entrado en la población cuando fue detenido por un sheriff que ya llevaba a otros dos vagabundos camino de la prisión; el sheriff preguntó a London en qué hotel se alojaba; él no había tenido la precaución de averiguar el nombre de un hotel; tampoco mejoró las cosas que se identificase con nombre falso y después le descubrieran una serie de cartas dirigidas a Jack London. En *El camino* Jack cuenta, con minuciosidad y sentido del humor, la farsa de juicio a la que le sometieron, en el que dieciséis vagabundos fueron condenados en poco más de cinco minutos, sin testigos, sin declaraciones y sin posibilidad de defenderse. Si Jack London había tenido alguna fe en la justicia de su país, sin duda la perdió ese día.

Por su parte, André Malraux, aventurero, escritor, jefe de la Escuadrilla España durante la Guerra Civil española, miembro de la resistencia francesa, ministro, quiso iniciarse muy joven en el contrabando de obras de arte, pero su fracaso temprano desvió su carrera por otros caminos menos marginales; Malraux era un joven dandi, de gustos exquisitos, que vio desaparecer la dote de su esposa en una dudosa inversión minera en México; aprovechando sus conocimientos de arte oriental, quiso poner remedio a su precaria situación financiera de una manera peculiar: en 1923, cuando aún no había cumplido veintidós años, fue con su también joven esposa a la región de Angkor, en Camboya; su intención no era sólo admirar de cerca el arte jemer, sino robar algunas piezas; fueron descubiertos mientras arrancaban relieves, y Malraux fue condenado a tres años de cárcel, que no llegó a cumplir porque varios intelectuales se movilizaron a su favor y se le redujo la pena, tras el recurso que interpuso Malraux, a un año con libertad condicional.

Robar obras de arte fue también el único delito de Thibaut d'Orleans, conde de La Marche: a pesar de pertenecer a una familia aristocrática a más no poder, la pobreza le llevó primero a la literatura y después al robo. Había sido desheredado tras un matrimonio que escandalizó a su familia, así que, para obtener el dinero que no había conseguido con otros muchos trabajos, se puso a escribir novelas históricas, junto con su esposa, Marion Gordon-Orr, a la que la familia Orleans trataba como a una apestada. Quizá hubiesen disfrutado de una vida tranquila de haberse limitado a las actividades literarias. Pero decidieron invertir el dinero que habían ganado en montar una galería. De repente se le acumulan dos desastres: la galería quiebra y su hijo muere. Quién sabe qué estaba pasando por su cabeza cuando decidió participar en un robo de cuadros. Tan torpe como Malraux para la delincuencia, el resultado fue una estancia de catorce meses en prisión.

Poco tiempo después de salir de la cárcel, se marchó a la República Centroafricana, donde organizó safaris para gente adinerada. Su triste vida de novela tuvo un final trágico: murió en circunstancias poco claras, aunque al principio se aceptó la tesis de una infección. Tiempo después se reabrió el caso y se inició una investigación por asesinato; nunca se encontró a los culpables, si es que los hubo.

He dejado para el final de este capítulo a tres autores muy interesantes por su escritura y cuyos delitos me han hecho dudar del apartado en el que merecen estar. Juzgue el lector. Se trata de O. Henry, Goliarda Sapienza y Álvaro Mutis.

O. Henry es uno de los pocos escritores delincuentes que nunca escribió sobre sus delitos y en general eludió el tema carcelario. Al parecer, se avergonzaba tanto de haber estado en la cárcel que procuró ocultarlo hasta su muerte. Quizá porque no se sentía cómodo mintiendo, concedió sólo una entrevista para hablar de su vida; en ella disipó algunos de los rumores absurdos que cursaban sobre su biografía —que había sido cuatrero y minero— pero oscureció un detalle importante. Al periodista le contó que había comenzado a escribir en serio estando en Nueva Orleans, y que continuó haciéndolo mientras viajaba por todo el país antes de instalarse en Nueva York. Es cierto que estuvo en Nueva Orleans; había huido a esa ciudad cuando fue acusado de haberse apropiado de unos cuantos cientos de dólares en el banco en el que trabajaba. Pero no se quedó mucho tiempo allí, sino que prefirió proseguir hacia Honduras, un país con el que Estados Unidos no había firmado un tratado de extradición, por lo que más de un bandido y algún banquero, o las dos cosas a la vez, se refugiaban en él para disfrutar lo robado sin demasiados sobresaltos. A O. Henry las cuentas le salieron mal. Su plan era que su esposa y su hija fuesen a reunirse con él, pero ella cayó gravemente enferma de tuberculosis y no pudo hacer el viaje. O. Henry acabó regresando a Estados Unidos y consiguió quedar libre bajo fianza para cuidar a su esposa, pero cuando ella murió fue juzgado y condenado a cinco años. Lo trágico es que quizá habría podido eludir la prisión: le acusaban de haber defraudado dinero en tres ocasiones, pero cuando tuvo lugar la tercera él ya no trabajaba en el banco ni se encontraba en la ciudad. Además, durante el juicio se descubrió que las condiciones de seguridad en el banco eran catastróficas, tanto que incluso los clientes tenían acceso directo al dinero. No habría contado con muy malas cartas para armar su defensa; pero él no tenía fuerzas para defenderse. Ni siquiera notó las discrepancias en las fechas. Su mujer había muerto, y quizá la soledad le recordaba la que había soportado en la infancia: también su madre murió cuando él tenía siete años, y su padre, alcohólico, no fue sin duda la mejor de las compañías. En la cárcel tuvo suerte y fue destinado a la enfermería gracias a su formación de boticario. Pasó tres años encerrado, y fue entonces cuando de verdad despegó su carrera literaria. Hasta esas fechas había escrito con frecuencia artículos para diversos periódicos y algún que otro cuento. Para que no le relacionasen con el convicto en que se había convertido, eligió un pseudónimo con el que enviaba sus cuentos a diversos periódicos. Acabó siendo el escritor de cuentos más leído de Estados Unidos. Sólo después de su muerte por cirrosis, causada por su alto consumo de whisky, salió a la luz su pasado carcelario y muchos se empeñaron en exculparlo: él no había robado el dinero; si faltaba en las cuentas era porque nadie tenía un control auténtico de las retiradas y entradas de metálico. Otros afirman que se apropió de algo de dinero para adquirir una prensa para la revista que había comprado, *The Rolling Stone,* y que seguramente pensaba devolverlo, pues así actuaban muchos de los empleados. Es posible, pero sea como fuere, O. Henry cumplió la condena y nunca defendió su inocencia; y si prefirió el silencio cabe suponer que no tenía la conciencia del todo tranquila.

Otro autor que ha silenciado al máximo las circunstancias que lo llevaron a la cárcel es Álvaro Mutis (véase imagen 1). Sin duda le habría gustado evitar que se hablase de ello, pero no fue posible, a pesar de que los periódicos más importantes de Colombia no informaron sobre él por respeto o por amistad; Mutis ya era un escritor conocido cuando se convirtió en un fugitivo al huir a México en una avioneta para escapar de la cárcel. Su estrategia, y la de sus amigos, no ha sido la de ocultar su condena, sino la de minimizar la gravedad de los hechos. Según Ryan Long, y no es el único en optar por esa versión magnánima, Mutis fue un prisionero político, pues había huido «de Colombia después de utilizar fondos de la Standard Oil, donde trabajaba, para ayudar a disidentes políticos perseguidos». Pero Long utiliza la versión que el propio Mutis dio a Elena Poniatowska cuando le visitaba en la cárcel y que luego repetiría en conferencias y actos públicos. Otra versión, también generosa, que da su amigo Álvaro Castaño, cofundador de la mítica emisora colombiana HJCK, es que «Mutis sentía la necesidad visceral de apoyar a todas las empresas culturales de avanzada con el presupuesto publicitario de la Esso Colombiana*». García Márquez, más elípticamente, se refiere a la estancia de Mutis «en la cárcel de México, donde estuvo por un delito del que disfrutamos muchos escritores y artistas, y que sólo él pagó».

La carta que, en nombre de un nutrido grupo de intelectuales, escribió Octavio Paz a Adolfo López Mateos,

---

* En Colombia la Esso operaba bajo el nombre Standard Oil.

presidente de México cuando Mutis estaba en la cárcel, es significativa: en ella afirmaban ignorar las razones de su encarcelamiento y que no deseaban conocerlas; pero, aunque no pedían que se hiciesen «excepciones a favor de los privilegios de la sangre, el dinero o el talento», se contradecían inmediatamente al solicitar que el presidente mirase su causa con simpatía y benevolencia porque Mutis era «un poeta, generoso, amable, y un gran creador». Como si todo ello pudiese ser un eximente o al menos atenuante para cualquier delito.

En una página colgada en Internet dedicada a denigrar al escritor, se le acusa de haber usado el dinero de la Standard Oil para comprar apoyos parlamentarios contra Gustavo Rojas Pinilla, cuando el dictador se disponía a nacionalizar el petróleo. La fiabilidad de esta página es tan dudosa como los testimonios indulgentes de sus amigos. Mutis afirma en una carta que se le había investigado por asuntos medio políticos, medio personales relacionados con supuestos delitos cometidos durante la dictadura de Rojas Pinilla, y más tarde concedió que gastó parte del dinero en ayudar a perseguidos políticos y parte en algunas fiestas; pero no ha sido más concreto. De haber querido aclarar las cosas, lo habría hecho en *Diario de Lecumberri,* en cuyo prólogo se limita a decir que se encontraba «detenido en virtud de un tratado existente entre México y Colombia, en uno de cuyos artículos se exige que el sujeto a extradición quede asegurado en un lugar que garantice la permanencia en el país». Pero no nos dice por qué Colombia ha solicitado la extradición ni explica sus propios actos. De hecho, el libro no abunda en la introspección; es más bien una descripción de quienes le rodean. Al igual que Archer, Sapienza o Geel, escritores pertenecientes a clases acomodadas, él siente que no pertenece a ese mundo; aunque está dentro, lo observa desde fuera y la escritura es una manera de resaltar la distancia que le separa de los demás presos; de los cuatro, sólo Sapienza analiza en qué consiste la diferencia; los otros tres, al narrar las vidas excesivas de sus compañeros, marcadas por la violencia o la droga, escriben como quien dice «no soy uno de ellos. Mirad con quién he tenido que convivir».

Y está claro que Álvaro Mutis no es uno de ellos; al principio sí los mira con simpatía, le interesan sus historias, pero a medida que pasa el tiempo se cansa de su vulgaridad, pierde el interés. En la cárcel, experiencia angustiosa sean cuales sean las condiciones, Mutis recibe visitas y el apoyo de numerosos intelectuales; un preso le lava la ropa y le limpia la celda, que se encuentra en una crujía en la que los presos son mejor tratados que en otras; hombre culto y de «buena familia», con un delito que no acaba de quedarle claro a nadie, es mirado con benevolencia por las autoridades carcelarias y con respeto por los demás presos. Quizá una de las cosas más duras para él fuera haber descubierto que, a pesar de todo, no gozaba de la inmunidad que parecían ofrecerle sus orígenes y su encanto personal, aunque afirmará que la cárcel lo cambió y que le hizo darse cuenta de que había llevado una vida demasiado fácil, de «niño pera».

Su padre había sido un diplomático conservador que murió cuando Mutis tenía nueve años y aún vivía con la familia en Bruselas. Aunque aficionado a la lectura, el joven Álvaro estaba más interesado en los billares que en la escuela. Era un chico atractivo, juerguista, ocurrente, que animaba cualquier fiesta a la que llegaba; a pesar de su falta de estudios, muy pronto fue ejecutivo de diversas empresas; viajó por medio mundo, embarcándose en extrañas aventuras de las que siempre salía indemne. Su amigo García Márquez rememora la inventiva y el descaro de Mutis y presenta esos rasgos como las dotes de alguien profundamente original, extravagancias de un artista, que algunos relacionan con su genio creativo.

Un periodista colombiano al que entrevisto en un bar de Madrid para ver si me puede ayudar a abrirme paso entre tanto silencio y tantas tergiversaciones me dice que, en su opinión, Mutis era el típico jovencito de buena familia bogotana que se creía que podía hacer lo que quisiera sin temer las consecuencias. Acostumbrado a que así fuese, dispuso del dinero que administraba de la Standard Oil sin ningún tino, incurriendo en gastos arbitrarios, cosa que ya había hecho cuando era relaciones públicas de una compañía aérea; se dice, pero no he podido comprobarlo, que fletó un avión para ir con sus amigos a un festival literario, y lo que él mismo cuenta en una carta es que llenó un avión de negros —sí, tal cual— para irse a bailar y a hacer fiesta en las islas del Rosario.

Para él, como para tantos de su clase, lo normal era resultar intocable. Y Mutis además era alguien convencido de que su encanto podía sacarlo de cualquier embrollo. De hecho, parece no haberse sentido nunca culpable y, en una carta que escribió a Elena Poniatowska desde la cárcel, afirmaba estar orgulloso de su caso, que nunca había salido de «marcos puramente idealistas y harto líricos a veces»; después se refiere a acusaciones fantasiosas, a la injusticia de su situación, a encontrarse en la cárcel sin haber sido acusado de nada concreto. Mutis pasó un año y medio en prisión esperando la extradición que la embajada colombiana pedía con insistencia. Pero al final salió libre, la causa se sobreseyó y, como suele suceder, la fama del escritor acabó convirtiendo el posible delito en meros pecadillos, adornos de la biografía de un artista extraordinario.

Goliarda Sapienza, en el libro que escribe sobre su estancia en la cárcel, *L'università di Rebibbia,* tampoco dedica mucho espacio a hablar de su delito; no lo niega ni lo disculpa ni procura embellecerlo; más bien parece sentir cierto desinterés por él; el delito lleva aparejada pena de cárcel; la cumple y basta, no hay que darle más vueltas. Además, ir a la cárcel es sólo un acto más de una vida que siempre había sido algo peculiar.

Goliarda Sapienza nació en Catania en 1924. Su padre era un abogado de izquierda; su madre, directora de un periódico socialista, también había conocido la prisión, aunque por razones políticas. Los padres educaron a la niña en casa porque no querían que fuese a la escuela fascista. Goliarda fue actriz de teatro de cierto renombre, hizo algún papel secundario en el cine y dejó los escenarios por la literatura. Tras una tentativa de suicidio estuvo ingresada temporalmente en un psiquiátrico. Después de publicar dos libros mantuvo un silencio de diez años; por fin, en 1976 terminó *El arte del placer,* la que probablemente es su mejor novela; pero nadie quiso editarla, a pesar de los muchos amigos que tenía entre los intelectuales de la época. Para entonces estaba cargada de deudas y deprimida por el fracaso. «Hacía doce años que no conseguía publicar ni un renglón, he trabajado durante diez años en una larga novela y mientras tanto todo cambiaba, todo: amigos, situaciones, relaciones [...] El infierno de la sociedad italiana de estos últimos años [...] En los últimos tiempos me había deslizado en un ambiente pseudolibre, pseudoelegante, pseudotodo [...] He intentado salir, pero también mi lenguaje se había corrompido [...].»

Su manera de escapar de esa sociedad a la que despreciaba y al aburrimiento depresivo que le provocaba fue drástica. En 1979 robó unas joyas en casa de una amiga de la que estaba enamorada, «una de esas pseudoseñoras para castigarla. ¿O para castigarme?». Los motivos no están claros, pero sí da la impresión de que no tiene ningún interés en evitar la cárcel. Vende las joyas a un comerciante de Milán, lo que deja una pista muy clara, y con el dinero paga el alquiler atrasado durante años.

No parece infeliz en la cárcel. Observa a las demás detenidas, pero al contrario que otros autores de extracción social más elevada que el común de los presos, hace autocrítica, busca en sus compañeras no la aberración o la miseria espiritual, sino la fuerza que a ella le falta. «No se puede huir de la propia clase, pienso con amargura, y la boca se me cierra humillada.» Sapienza es consciente de que las injusticias sociales continúan en la cárcel, de que tampoco allí se borran los privilegios; sus compañeras reciben peor trato que ella, la mayoría ni siquiera puede pagarse un abogado.

Sapienza publicó dos libros autobiográficos más; pero *El arte del placer* continuó siendo rechazado. Murió en 1996, imagino que convencida de su fracaso como escritora. En 2000 su marido consiguió por fin que la publicasen en Francia. El éxito fue enorme, y sólo entonces aquella siciliana algo extraña, intensa, temperamental, inconformista, empezó a ser celebrada en su país como una gran escritora. La posteridad no conoce términos medios: o la adoración o el olvido. Goliarda Sapienza estuvo en un tris de quedar enterrada en el segundo. Yo celebro que no sea así, no tanto por *El arte del placer,* en mi opinión tan interesante como fallida, sino porque sin ese éxito yo nunca habría tenido la oportunidad de entrar, de la mano de Sapienza, en la sección de la cárcel de Rebibbia destinada a las mujeres, no habría escuchado sus bromas a veces soeces, sus llantos, sus peleas, ni habría sido testigo de su lucha por sobrevivir, incluso por ser felices, a sabiendas de que, con las cartas que habían recibido al empezar el juego, era casi imposible que ganasen la partida.

4. Sus actos y sus obras

François Villon, clérigo, poeta y ladrón

François de Montcorbier, más tarde conocido como François Villon (véase imagen 2), fue quizá el primer poeta maldito, y acaso por eso se ganó la admiración de Rimbaud, Baudelaire, Verlaine y de tantos otros. Hoy habría sido una de esas estrellas fugaces, más propias del rock que de la poesía, que viven desenfrenadamente y mueren jóvenes.

Había nacido en París en 1431, en plena Guerra de los Cien Años, apenas unas semanas antes de que Juana de Arco fuese quemada viva en la hoguera. No era un buen momento ni un buen lugar para nacer. El hambre asolaba los campos y las ciudades de Francia. Los soldados ya no encontraban nada que saquear; los salteadores acechaban en los caminos; las campanas de las iglesias repicaban con frecuencia, no tanto para convocar a los feligreses como para advertirles de un peligro. Los campesinos, y así lo habían hecho los padres de François, iban a refugiarse a las ciudades, pero tampoco allí solían encontrar alivio a su miseria.

Ni siquiera París era en aquellos años la magnífica ciudad que tantos habían alabado en el siglo xiv: la Guerra de los Cien Años, las revoluciones urbanas y la ocupación inglesa habían provocado su decadencia. Muchos burgueses y comerciantes habían abandonado la ciudad, lo que llevaría a Carlos VII a publicar una ordenanza en 1443 por la cual se eximía durante tres años de todos los impuestos a quien fuese a establecerse en París. Veinte años antes de eso se contaban en París veinte mil casas vacías, muchas de ellas en ruinas. Los lobos, empujados por el hambre, cruzaban el Sena y entraban en la ciudad, atacando a los parisinos y desenterrando a los muertos en los cementerios. París era famoso, sobre todo, por el hedor de sus calles. Por ellas pululaban centenares de falsos clérigos que se hacían la tonsura para, si se descubría alguna de sus trapacerías, escapar a la justicia civil y caer bajo la eclesiástica, en general magnánima con sus ovejas descarriadas y, sobre todo, más reacia que los tribunales ordinarios a aplicarles la pena de muerte. También abundaban los ciegos, falsos o reales, a menudo víctimas de bromas crueles pues se los consideraba borrachos, holgazanes y gente de mal vivir..., fama no siempre inmerecida.

Tanta miseria embrutece. La presencia constante de la muerte y el sufrimiento —las epidemias se repetían con frecuencia insoportable— no nos vuelve más compasivos sino más indiferentes. Una de las pocas alegrías para los ciudadanos desposeídos era asistir a las ejecuciones públicas, las cuales les permitían olvidarse de sus propias desgracias y alegrarse de las ajenas, que solían incrementar riéndose de los condenados, escupiéndoles, insultándolos.

El mundo era un lugar brutal; es verdad, hoy también, pero muchos europeos sólo nos enteramos de ello por la televisión. François de Montcorbier conoció la brutalidad de primera mano, y sin embargo, al principio de su vida tuvo una suerte relativa. Como era huérfano de padre —no sabemos en qué momento exacto murió el padre, pero sí que lo hizo cuando su hijo era muy niño—, la madre, mujer piadosa, buscó para él la protección eclesiástica.

Por razones que desconocemos, Guillaume Villon, capellán de Saint-Benoît-le-Bétourné, capilla situada muy cerca de Notre-Dame, acogió al huérfano y fue su maestro durante sus primeros años. Al menos François no tuvo que soportar las palizas y vejaciones que formaban parte de la pedagogía de entonces; el poeta, que tomó tiempo después el apellido de su benefactor, sólo tuvo buenas palabras para él: «Más que un padre», «Más dulce que una madre», y de hecho en los poemas de François Villon no se encuentra la habitual figura del maestro cruel y mezquino. Con el capellán aprendería, probablemente, los rudimentos de la gramática y la sintaxis latinas, escucharía las primeras historias bíblicas, leyendas de santos, el Evangelio... Era frecuente que el escolar que había aprendido esas materias fuese a la Universidad de París; así lo hizo François, que empezó a visitar la Facultad de Artes. Aunque lo habitual era que maestros y estudiantes viviesen juntos en una pensión y comiesen a la misma mesa, el joven Villon pudo seguir llevando una vida protegida en el claustro de Saint-Benoît. A los dieciocho años obtuvo el bachillerato, y la maestría en Artes a los veintiuno. Ahí acaba su carrera estudiantil, de la que no sabemos mucho. Aunque Jean Favier afirma que fue un estudiante mediocre, porque no añadió ningún título a su maestría en los tres años siguientes, hay que conceder que no tuvo las cosas fáciles para hacerlo: estudiante pobre —«no tengo censo, ni renta, ni haber»—, seguramente, como tantos otros de su condición, se vio obligado a trabajar para contribuir a su propio mantenimiento; además, era una época turbulenta en la universidad: con la decadencia del poder de la Corona debida a las continuas guerras, las universidades se habían convertido en naciones dentro de la nación y defendían con ardor sus privilegios; maestros y alumnos provocaban juntos alborotos y se enfrentaban a la autoridad real, no sólo verbalmente, cuando se sentían maltratados; en 1451 fueron arrestados treinta o cuarenta estudiantes tras diversos actos vandálicos y, como los estudiantes eran considerados clérigos y no estaban sometidos a la justicia secular, esa misma tarde fueron a exigir su liberación ochocientos estudiantes con el rector a la cabeza; los tumultos se extendieron a los años siguientes y durante el curso 1453-1454 la universidad estuvo cerrada por huelga de los profesores. Mal podía Villon dedicarse a sus estudios. Sí parece que se dedicaba ya a la poesía porque hay indicios de que escribió una obra cómica sobre los alborotos estudiantiles y los enfrentamientos con la ronda.

Villon, según confesión propia, no fue un alumno muy aplicado: «Ah, Dios, si yo hubiera estudiado / en tiempos de mi loca juventud / y las buenas costumbres cultivado / ahora casa tendría y mullido lecho / pero de la escuela he huido / como hace el niño travieso». Por otro lado, el retrato trazado en sus poemas de tabernas y burdeles, que parece conocer de primera mano, tampoco encaja con la vida de un clérigo consagrado al estudio.

Quizá hasta entonces su vida no se distinguía mucho de la de la mayoría de los estudiantes, cuya mala fama era proverbial: se emborrachaban en las tabernas, se metían con las mujeres, cantaban por las calles canciones de amor, jugaban a los dados a pesar de tenerlo prohibido, participaban en riñas, iban armados con palos y dagas. Pero un incidente acaecido en 1455, el día de Corpus Christi, empujó a Villon por caminos más peligrosos.

Caía la tarde del Corpus y François Villon estaba sentado en un banco de piedra, bajo el reloj de Saint-Benoît, con un sacerdote llamado Gilles y una mujer llamada Isabeau; otro sacerdote, Philippe Sermoise, se acercó a ellos acompañado de un amigo, amenazando e insultando a Villon; no le debieron de parecer suficientes las vejaciones verbales, porque Philippe sacó una daga que llevaba escondida bajo el hábito y dio a Villon un corte en el labio; éste quiso marcharse, pero como los dos hombres se obstinaron en perseguirlo —sus amigos habían desaparecido prudentemente—, sacó también él una daga que llevaba oculta e hirió al sacerdote en la ingle; debía de ser hombre persistente el santo varón, porque, aunque herido, no cedió en su acoso hasta que Villon le estampó una piedra en el rostro. Hasta ahí las declaraciones de Villon, que dejan algunos puntos oscuros: ¿cuál era la causa de la inquina de Sermoise? ¿Por qué Villon dio un nombre falso al barbero que le curó la herida? ¿Por qué huyó de París si había actuado en legítima defensa?

Philippe Sermoise murió a causa de las heridas; en el lecho de muerte había perdonado al homicida. El perdón real tardó algo más en llegar: siete meses. Aunque este perdón era frecuente para un primer delito en una época en la que las condenas eran de dureza extrema, en el caso de Villon se explica también porque varias personas intercedieron por él; el joven tenía buenas relaciones con los medios judiciales, ya que durante sus estudios se había hecho amigo de un joven aristócrata sin fortuna, Regnier de Montigny, lo que le permitió conocer a algunos altos cargos del Tesoro y del Fisco: a banqueros y usureros, a jueces, a tenientes y sargentos de policía, incluso al poderoso preboste de París. Visto su dominio del vocabulario jurídico, es probable que desempeñara algún cargo en ese entorno. También de aquellos años le podría venir el rencor hacia una gente que lo había tratado como a un inferior, como a un siervo. En sus poemas fustigará a esa clase acomodada, escribirá versos insultantes hacia banqueros y recaudadores de impuestos; según Marcel Schwob, alcanzó así la cumbre de su arte, pues al «poner en palabras el sentimiento de su propia aflicción [...] puso también en palabras el sentimiento de aflicción del pueblo»; aunque, como nos recuerda Pierre Champion, «Villon no fue ni un altruista ni un reformador. Sencillamente, carecía de dinero; y al haber ansiado tenerlo maldijo a quienes no se lo habían dado».

Y si no tenía dinero, ¿de qué vivió durante el exilio obligado hasta que le llegó el perdón? Aquí comienza la leyenda de Villon. Para muchos, era un *coquillard* —literalmente, conchero—; en un principio se llamaba así a los falsos peregrinos que vendían conchas traídas, eso decían, de Santiago de Compostela, y también se usaba como denominación general para malhechores y estafadores; durante el siglo XV se apropió del nombre una banda que hacía de las suyas en Borgoña y parte del valle del Loira; se distinguían de otros delincuentes porque hablaban una jerga propia emparentada con la germanía. En 1455 quince *coquillards* fueron procesados en Dijon. Los supervivientes de la desbandada formaron pequeños grupos de malhechores que se siguieron denominando *coquillards*. Y precisamente porque Villon usa su jerga en varias poesías, así como porque algunas de sus amistades, entre ellas el citado Regnier de Montigny, que murió en la horca, eran *coquillards,* muchos han supuesto que también Villon lo era. Desde luego, es probable que tuviera que mendigar y robar para vivir, y que lo hiciera bajo la protección de sus amigos.

Lo que sabemos con seguridad es que tras esos siete meses de exilio y vagabundeo Villon regresó a París, donde volvió a ser acogido en casa de su maestro y allí compuso una de sus obras más conocidas: *El Legado,* una especie de testamento lúdico de un joven que deja a los que se quedan sus bienes —que no posee—, consejos y consuelo. Es una obra ligera, en la que abundan los juegos de palabras, las bromas, las críticas a los personajes de la época.

La siguiente fechoría que conocemos de Villon fue decisiva para el resto de su vida: en Nochebuena fue junto con un par de delincuentes al colegio más rico de París, el de Navarra; los colegios eran instituciones cuyo fin era alojar y mantener a estudiantes pobres, aunque también alquilaban parte de sus aposentos para obtener ingresos. Mientras él vigilaba, sus compañeros entraron en el recinto escalando un muro y forzaron, de forma chapucera, un baúl que contenía quinientos ducados de oro.

Poco después Villon abandonó París, según él para alejarse de su amada, Cathérine, que no correspondía a sus deseos: «¡Adiós! Me voy a Angers: / porque no quiere impartirme / su gracia, ni una parte darme; / muero por ella, con los miembros sanos». Si juzgamos por sus poemas —aunque no hay que fiarse porque muchos poetas parece que sólo empuñan la pluma cuando les duele algo—, Villon no fue afortunado en el amor y dos de sus adoradas prefirieron el dinero contante y sonante al oro de sus versos, por lo que se metieron a prostitutas..., si es que Villon no usa sus poemas para vengarse de su rechazo calumniándolas. Concedámosle que su literatura no era más misógina que la de otros poetas de su siglo; hay que tener en cuenta que muchos de los que escribían eran clérigos, obligados a la castidad; es lógico que despreciaran y denigraran aquello a lo que no conseguían renunciar y que les arrastraba a la condena eterna. La mujer es engañosa y codiciosa, por ella nos perdemos, sería el resumen de miles de páginas escritas en el momento del remordimiento. Pero Villon era también capaz de cantar a las mujeres, de escribir no tanto de amor como de sexo, de ensalzar sin tapujos el cuerpo femenino; y de reírse de la moralina de su época: «Por lo tanto amad, amad cuanto queráis, / acudid a reuniones y festejos, / total, no valdréis al final más ni menos / por haberos roto sólo la cabeza».

Puede que huyera para alejarse del lugar del delito, pero también es posible que su participación en el robo hubiese sido una manera de financiar su exilio voluntario. Aunque salió de París antes de que se descubriera el robo, no pasaron muchas semanas sin que uno de sus compinches se fuera de la lengua en una taberna; el mismo parlanchín diría que Villon se había marchado a Angers para informarse sobre un religioso al que se suponía una cierta fortuna y preparar un nuevo robo. La revelación de que Villon había participado en el robo le vedó el regreso a París. Quedaba así condenado a una vida de vagabundo y, aunque no se haya demostrado que fuese un *coquillard,* sí parece probable que durante esos años mantuvo relación con delincuentes, no sólo por lo que nos cuenta en sus poemas, también porque estuvo prisionero en la cárcel de Orleans y en la de Meung, de las cuales fue liberado no por haber cumplido la pena —por cierto, para entonces ya había perdido su condición de clérigo—, sino porque fue perdonado, primero por Carlos de Orleans, después porque tuvo la suerte de que el nuevo duque de Orleans, Luis XI, visitara Meung por primera vez, y era costumbre que con ocasión de la primera visita de un soberano a una ciudad se liberara a los prisioneros.

Años duros sin duda para Villon. Pobre como una rata, iba de una ciudad a otra buscando la protección de algún príncipe, pero cuando la conseguía no le duraba mucho. Carlos de Orleans, al que dedicó poemas tan elogiosos que hoy provocan cierta vergüenza ajena —cuando nos quejamos de la dictadura del mercado deberíamos pensar en lo que significaba depender para vivir de los caprichos de los poderosos—, lo acogió por un tiempo en Blois; allí sería feliz nuestro clérigo errante; el príncipe, él mismo poeta, había convertido Blois en un foco artístico en medio de una Francia decadente, en el que pululaban poetas, juglares y artistas. No sabemos por qué tuvo Villon que marcharse de la Corte, pero lo cierto es que se vio obligado a regresar a su vida errante y mísera, a recorrer caminos, en los que, aunque ya no tan inseguros como en los años cuarenta, siempre era posible ser asaltado por una banda de menesterosos.

Por fin, en 1461 Villon recibió el permiso para regresar a París; había pasado cinco años en el exilio. El poeta se encontraba enfermo; varios de sus amigos habían muerto; su situación económica era la de siempre. Sin embargo, fue entonces cuando escribió su mejor obra —¿de verdad es necesario el sufrimiento para extraer lo más hondo de un poeta?—. *El Testamento* no tendría por qué haber sido una obra original, de hecho pertenecía a un género cultivado desde hacía décadas; pero Villon lo renueva y lo lleva más lejos gracias a su sentido del humor, a su gusto por el detalle, a la hábil mezcla de temas tradicionales y expresiones del amor cortés con el lenguaje de las tabernas y a los distintos niveles de lectura, que hacen que se pueda hoy leer con placer aunque haya numerosos juegos de palabras y referencias que escapan al lector moderno. En este largo poema sigue fielmente la estructura del acto jurídico que le da nombre: la encomendación del alma a Dios y a la Virgen, las instrucciones sobre la inhumación del cuerpo, el pago de las deudas, las donaciones, el nombramiento del albacea. Villon convierte ese acto tan serio en una profunda parodia, con reflexiones sobre la culpa y la muerte. Sus versos ya no son alegres cantos a la francachela, sino que reflejan arrepentimiento y cierto horror por la vida que ha llevado hasta entonces. Lo que no quita para que sepa relativizar sus delitos en esa época brutal que le ha tocado vivir: «Soy pecador, lo sé muy bien, / mas Dios no quiere mi muerte, / sino que me convierta y bien viva / y que muerda en otra cosa que pecado». Y también un aviso para los poderosos que juzgan los delitos de los pobres: «¿Por qué me haces llamar ladrón? / ¿Porque se me ve piratear / sobre un pequeño navío? / Si como tú pudiera hacerme armar / como tú emperador sería». Aunque Villon tenía en esa época sólo treinta años, sus poemas sobre el paso del tiempo están llenos de rabia por el deterioro, por la pérdida de la belleza, por la cruel fugacidad de todo lo que se ama. Al final, el moribundo, aunque de una forma peculiar, perdona a quienes lo han maltratado en vida: «No a los sucios perros traidores / que me dieron costras duras a roer, / muchas noches y muchas mañanas. / Ahora los temo tanto como a nada. / Les he dedicado eructos y pedos, / más no puedo porque estoy sentado. / En suma, para evitar querellas, / a todos les pido perdón. / Que les arruguen las quince costillas / con gruesas porras, fuertes y macizas, / con látigos emplomados y cosas parecidas. / A todos les pido perdón».

Pero no todos se lo concedieron; la mala suerte y las malas compañías volvieron a enviarlo a la cárcel: una noche, después de cenar con tres amigos, pasaban por delante de la ventana del notario François Ferrebouc, y uno de ellos se asomó para burlarse de los que allí trabajaban; salió el notario, hubo palabras, hechos y una cuchillada que dejó tendido en el suelo a Ferrebouc. La condena para Villon fue «morir estrangulado y colgado en el cadalso». Villon escribió un poema irónico al respecto: «[...] desde una cuerda de una toesa / sabrá mi cuello lo que mi culo pesa». Pero no se limitó a las bromas, también escribió para recurrir el veredicto ante el Parlamento, el cual lo condenó al exilio durante diez años, más por su pasado delictivo que por los hechos recientes, de los que no había tenido culpa directa.

Y aquí desaparece definitivamente François Villon de nuestra vista. Tenía treinta y dos años cuando partió para el exilio por última vez. No sabemos cuánto vivió, si siguió vagabundeando por Francia, si viajó a otros lugares. No nos queda ningún otro poema suyo, tampoco huella de sus fechorías. Numerosos autores decidieron prolongar su vida: unos, como Rabelais, repitiendo los rumores que lo situaban en la Corte de Inglaterra o montando espectáculos teatrales; otros, convirtiéndolo en personaje de sus poemas o novelas, como en las *repues franches* —comilonas gratis—, en las que aparece como un pícaro amante de la bebida y de las bromas pesadas, o como Stevenson, que lo hizo protagonista de un relato. Pero, insisto, no sabemos exactamente cuándo murió. Ojalá, al menos, haya podido concluir su vida como lo escribió en *El Testamento:* «Un trago bebió de vino tinto / cuando del mundo quiso partir».

Anne Perry, el pasado imperfecto

En la buena literatura, como en la vida, resulta imposible saber por qué las personas actúan de una determinada manera. Nunca sabremos por completo por qué Ana Karenina se arroja bajo el tren; los motivos de Anton Chigurh quedarán para siempre envueltos en una bruma tóxica; y si queremos explicar por qué Sancho sigue a don Quijote durante más de mil páginas tendremos que hablar de codicia, compasión, pereza, fantasía, ignorancia, fidelidad..., de una mezcla cambiante de motivos y de impulsos. Sólo en la mala literatura y en el mal cine los personajes actúan por una sola y comprensible razón: el vaquero que quiere vengar la muerte de su amigo; la mujer que envenena a su marido por celos; el ladrón que traiciona a sus cómplices por avaricia. Simplificar es la tentación de cualquier artista y de cualquier persona, porque no nos resignamos a aceptar que nunca conocemos los motivos, ni los ajenos ni los propios. No saber nada de una manera completa, definitiva, es una maldición difícil de sobrellevar, porque pone de manifiesto los límites de la razón y lo arbitrario de nuestras opiniones.

Y cuanto más se aleja un acto de la normalidad, más desearíamos poder explicarlo, catalogarlo, entenderlo. Vanamente. Nunca será posible explicar por qué dos chicas adolescentes, de quince y dieciséis años, atrajeron a la madre de una de ellas a un rincón apartado de un parque para machacarle el cráneo con decenas de golpes propinados con un ladrillo envuelto en una media. Por supuesto, hubo opiniones tan tajantes como diversas sobre un caso que provocó una conmoción desacostumbrada en la sociedad neozelandesa de los años cincuenta: que un hombre mate no es tan infrecuente; que lo hagan dos chicas, casi dos niñas, provoca necesariamente una conmoción, y para tranquilidad del público hay que encontrar una explicación concluyente. Paranoia, maldad, perversión de dos lesbianas; *bad or mad,* era la simple disyuntiva que se manejaba entonces. Ni siquiera las dos protagonistas del crimen podrían, aunque quisieran, arrojar suficiente luz sobre el bárbaro asesinato. Y quienes lo han intentado recientemente, con más datos y más distancia que los periódicos sensacionalistas de la época, que los catorce miembros del jurado —todos varones— y que los numerosos testigos convocados al proceso, también están presos de sus propios prejuicios. Así que haré caso de lo que escribió Toni Morrison en su primera novela, *Ojos azules:* «[...] ya que resulta difícil acercarse al *porqué* tendremos que buscar refugio en el *cómo*».

Y el «cómo» no fue particularmente alentador en los primeros años de Juliet. Nacida poco antes de la Segunda Guerra Mundial, en octubre de 1938, a los dos años sufrió los bombardeos aéreos alemanes sobre Londres: durante cincuenta y siete noches consecutivas cayeron bombas sobre la ciudad; la madre, Hilda Hulme, contaría después, interrogada durante el juicio, que desde entonces Juliet tuvo frecuentes pesadillas de las que se despertaba gritando. Cuando nació su segundo hijo, en 1944, la madre cayó enferma, no está claro de qué, y tuvo que ser hospitalizada sin la posibilidad de recibir visitas; durante ese tiempo el padre, Henry Hulme, un físico matemático que años más tarde dirigiría la fabricación de la bomba de hidrógeno británica, se marchó a América para contribuir desde allí al esfuerzo bélico; la niña fue enviada al norte de Inglaterra en la que sería la primera de las muchas separaciones de su familia. Con seis años contrajo una neumonía tan grave que el médico anunció a sus padres su próxima visita para certificar la defunción. Juliet sobrevivió, pero durante los dos años siguientes no pudo ir a la escuela. En 1946, un nuevo ataque de neumonía hizo aconsejable que la niña cambiara de clima, por lo que sus padres decidieron enviarla a casa de unos amigos en las Bahamas, donde pasó otros trece meses alejada de su familia, y después al norte de Nueva Zelanda; otro episodio de neumonía exigió una nueva hospitalización. A finales de 1948, los padres y su hermano se trasladaron a Christchurch, en Nueva Zelanda, y la familia volvió a reunirse.

Christchurch era una población próspera, que se preciaba de ser la ciudad más inglesa fuera de Inglaterra; también era una ciudad conservadora, con un ambiente social represivo hacia toda desviación, machista, discretamente racista; la escritora Fay Weldon, que pasó en Christchurch su infancia, dijo que no le había sorprendido el violento asesinato cometido por las dos adolescentes, pues la sociedad neozelandesa de posguerra era tan represora como reprimida, aunque sin duda podría decirse algo similar de muchas ciudades de la época en el mundo occidental.

Vistos con los ojos de sus nuevos conciudadanos, los Hulme componían una familia ejemplar: el padre era el rector del Canterbury University College, lo que le daba derecho a residir en una lujosa mansión y lo convertía automáticamente en un personaje destacado de la comunidad; la madre participaba activamente en la vida social, era miembro de varias instituciones locales, entre ellas el Consejo Británico de Orientación Matrimonial, cuyo fin era defender el matrimonio monógamo como base de la sociedad, luchando contra el divorcio y promoviendo la natalidad y el sexo sólo en el seno del matrimonio. Cuando salieron a la luz en el juicio las infidelidades de Hilda Hulme, muchos vieron en el ambiente malsano e inmoral de la familia una explicación para el crimen de Juliet: de una familia así sólo podían salir hijos perversos; otros lo entenderían, sobre todo en décadas más recientes, como prueba de que cuanto más represiva es una sociedad más fomenta la hipocresía.

Juliet no se quedó mucho tiempo con su familia, sino que fue enviada a un internado, según la madre por razones de salud; pero la niña no era feliz allí y le fue permitido regresar junto a sus padres. Tras pasar un tiempo en casa reanudó sus estudios en un colegio para niñas y poco después fue trasladada a otro, la Christchurch Girls' High School, donde conoció a Pauline Parker (véase imagen 4), de la que pronto se hizo amiga, aunque ambas pertenecían a clases sociales muy distintas: la familia de Juliet formaba parte de la elite intelectual y social de Christchurch, mientras que los padres de Pauline tenían que luchar por no resbalar de la clase media hacia la baja: vivían en un barrio que sufría el deterioro de tantos centros urbanos de la época y su situación económica era tal que se habían visto obligados a alojar inquilinos en su propia casa. Pero las dos niñas tenían cosas más importantes en común que la clase social: ambas eran inteligentes —el IQ de Juliet era de 170— y tenían mucha fantasía, aunque sus notas no siempre fuesen deslumbrantes; además, las dos habían pasado por graves enfermedades en la infancia: a los cinco años Pauline contrajo osteomielitis y estuvo hospitalizada durante nueve meses; el tratamiento fue doloroso y además requirió una operación dos años después; Pauline quedó con una ligera cojera y fuertes dolores recurrentes que la obligaban a tomar calmantes con frecuencia. No es de extrañar que las dos chicas simpatizasen. Pero había algo más profundo y denso que las unía: aunque ninguna de las dos lo supiese, ambas vivían en familias que guardaban un secreto. No sólo había rumores de que el doctor Hulme tenía relaciones extramatrimoniales; también la madre de Juliet, la decorosa defensora del matrimonio y de los valores cristianos, tenía un amante, Walter Perry, que para colmo se fue a vivir con los Hulme aunque el marido conocía la situación. ¿Y en casa de Pauline? El secreto de los Rieper/Parker era algo diferente: el padre, Herbert, estaba casado con otra mujer y vivía en concubinato con la que presentaba como su esposa, Honora. Las dos niñas vivían así en un ambiente de tensiones, silencios, secretos e hipocresía.

Lo cierto es que se hicieron inseparables y era frecuente verlas pasear cogidas de la mano, en una época en la que, como señalan Julie Glamuzina y Alison Laurie, no eran habituales esas demostraciones públicas de afecto. Sus lazos se estrecharon aún más cuando, en 1953, Juliet contrajo una tuberculosis que la envió al sanatorio durante tres meses y medio; sus padres pasaron casi todo ese tiempo en Inglaterra, dejando a la niña sola en Nueva Zelanda.

Sin entrar en las razones que pudieran tener los padres de Juliet para separarse de ella con tanta frecuencia, también en épocas en las que obviamente los necesitaba, sería difícil imaginar que Juliet no tuviese sensación de abandono y no albergase rencor contra su familia, aunque años más tarde lo negase con ese impulso de defensa de los padres que no es infrecuente en niños maltratados. Tampoco resulta extraño que buscase una relación afectiva fuera de su familia. Si para cualquier adolescente es necesario encontrar aprecio y complicidad fuera de casa como compensación al mismo tiempo que como apoyo al necesario alejamiento de los padres para volverse adulto, en el caso de Juliet servía para suplir a una familia ausente. Mientras Pauline se rebelaba contra su familia, que consideraba vulgar en comparación con la de su amiga, como dejó escrito en sus diarios, Juliet no podía rebelarse contra quienes rara vez estaban presentes; quizá lo que sentía era nostalgia de una auténtica familia, y Pauline fue la depositaria de su complicidad, de sus frustraciones, de sus sueños, sobre todo después de la hospitalización, durante la que sus principales visitantes fueron Pauline y la madre de ésta.

Las dos chicas pasaban muchas horas juntas escribiendo; en el momento del crimen habían escrito poemas, varias novelas, obras de teatro, una ópera. En sus fantasías se daban nombres inventados y se transformaban en personajes maravillosos, crearon una religión y una moral propias, se elevaban por encima de los demás mortales: «Somos tan brillantemente inteligentes que probablemente no hay nada que no podamos hacer», escribió Pauline.

También se bañaban juntas, a veces se acostaban en la misma cama, con la sensación de hacer algo prohibido; Pauline escribió en su diario: «No hemos dormido juntas porque teníamos miedo de que entrara el doctor Hulme», y en varias anotaciones describió juegos que sugieren un componente erótico. Lo curioso es que esa posible homosexualidad, que muchos años más tarde Anne Perry negaría vehementemente, fue usada por los abogados defensores de las chicas, ya que la consideraban un síntoma más de su enfermedad mental.

Cuando una persona realiza un acto que se aleja radicalmente de la experiencia de quienes lo rodean, tendemos a considerar su vida anterior como una preparación para ese acto. Buscamos explicaciones en la infancia, en tal o cual rasgo de la familia, en alguna manifestación previa de desequilibrio. No leemos igual el diario de una adolescente que ha matado a su madre que el de una joven que después se casa, tiene hijos y vive una vida poco llamativa. Así, las fantasías de omnipotencia, la idea de que ambas eran seres distintos de los demás expresada de distintas maneras en el diario de Pauline, sus frases despreciativas sobre su madre fueron interpretadas, si no como pruebas, sí como indicios, como síntomas significativos. Pero ¿qué adolescente no es arrogante en privado, cuál no desprecia a los adultos, cuántos no han deseado alguna vez la muerte de sus padres, quién no ha pensado que le esperaba un futuro singular? El diario es un consuelo frente a una realidad frustrante, y las propias inseguridades se proyectan en él hacia el exterior: no soy yo el que no encuentra cómo adaptarse al mundo, es el mundo el que no sabe cómo adaptarse a mí.

Es cierto que algunas de las anotaciones de Pauline podría haberlas hecho cualquier adolescente en un ataque de rabia: «¿Por qué no se muere mi madre? Docenas, millares de personas mueren cada día. Entonces ¿por qué no mi madre, y mi padre también?». Pero pocas semanas más tarde el tono cambia. Entre abril y junio Pauline escribe frases como: «No he contado a Deborah [así llamaba a Juliet] mis planes para eliminar a mamá [...]»; «[...] quiero que parezca una muerte natural o accidental [...]»; «Prácticamente hemos terminado nuestros libros y nuestra principal idea de hoy ha sido maddar [en lugar de *murder* Pauline escribe siempre *moider*, como si no se atreviera a escribir el verbo con todas sus letras] a mi madre. El tema no es nuevo, pero esta vez tenemos un plan concreto que queremos llevar a la práctica [...] lógicamente estamos un poco nerviosas pero el placer de la expectación es grande»; «Hemos decidido usar un ladrillo en una media [...]».

Durante el juicio quedó claro que el proyecto de acabar con la madre de Pauline surgió después de que los Hulme anunciaran a su hija que se iban a divorciar; el doctor Hulme tenía la intención de regresar a Inglaterra llevándose a sus hijos consigo —aunque con la idea de dejar a Juliet en un internado en Sudáfrica— e Hilda se quedaría a vivir en Christchurch con su amante, Walter Perry. Los padres de Pauline estaban satisfechos con la situación, ya que hacía tiempo que les preocupaba la relación de las dos niñas, sobre todo desde que un médico les dijera que Pauline era lesbiana pero que probablemente se trataba de una etapa que acabaría superando.

Las jóvenes reaccionaron primero de forma poco realista: haciendo planes para marcharse a Estados Unidos y vivir allí de lo que ganasen con la publicación de sus libros, y después irían a Hollywood para convertirse en actrices. Dice mucho de su ingenuidad que empezasen a juntar dinero para realizar planes tan infantiles. Cuando se dieron cuenta de que no iban a contar con ningún apoyo decidieron cambiar de método.

El 22 de junio de 1954 Juliet Hulme y Pauline Parker, de quince y dieciséis años respectivamente, mataron a la madre de la segunda con numerosos golpes propinados con un ladrillo dentro de una media; después del crimen corrieron a pedir ayuda diciendo que había tenido lugar un accidente.

No me detendré aquí a contar el juicio, muy interesante sobre todo para conocer las ideas de la época sobre normalidad, moral, enfermedad mental, homosexualidad y en general sobre los valores colectivos reflejados por la prensa. Sin necesidad de sacar conclusiones, sí parece interesante el hecho de que el padre de Juliet se marchase de Nueva Zelanda sin asistir al juicio; la madre fue obligada a quedarse, aunque su testimonio no fue útil para Juliet; en cuanto pudo abandonó el país con Walter Perry y desde Sídney declaró que su hija estaba loca y no se podía hacer nada por ella. Las dos acusadas fueron condenadas a una pena de cárcel *at Her Majesty's pleasure,* es decir, por un período indefinido, figura existente en la Commonwealth que era aplicada sobre todo a menores que habían cometido delitos graves, pues permitía la revisión de la pena según las circunstancias.

Juliet y Pauline, dentro de lo que cabe, tuvieron suerte: primero, porque la estrategia de la defensa fracasó y no fueron enviadas a un hospital psiquiátrico; teniendo en cuenta el frecuente recurso a los electroshocks en aquellos años, es probable que ya nunca hubieran podido llevar una vida normal. Segundo, porque a pesar del clamor popular en su contra y de que los periódicos más amarillistas pedían penas ejemplares, les tocó cumplir condena en un momento en el que la rehabilitación empezaba a perfilarse como el objetivo último de las instituciones penitenciarias. Las dos adolescentes fueron internadas en cárceles diferentes, se impidió cualquier contacto entre ellas, también el epistolar, se controlaron su correspondencia y sus visitas, pero se les permitió seguir estudiando, y se hizo un seguimiento excepcionalmente detallado de sus progresos. En esto influyó sin duda la destacada posición social de los padres de Juliet.

Tan sólo cinco años y unos meses más tarde, cuando la prensa y la opinión pública se habían olvidado del caso —lo que no tardó mucho en suceder, porque la indignación moral de la opinión pública es tan intensa como efímera—, Juliet y Pauline salían discretamente de la cárcel con pocas semanas de diferencia y con nuevas identidades. Una condición para quedar en libertad era que no volvieran a verse ni a entrar en contacto nunca más. En ese momento las dos jóvenes desaparecen en el anonimato.

Aquí podríamos empezar con una nueva biografía, con una historia, si no vulgar, nada extraordinaria: una joven llamada Anne Perry llega a Inglaterra después de una larga ausencia, procedente de Nueva Zelanda; vive un par de años con su madre y con su padrastro; de 1962 a 1964 trabaja de azafata en vuelos nacionales y fija su residencia en Newcastle; en 1964 obtiene un empleo en el departamento de compras de unos grandes almacenes; en 1967 se traslada a San Francisco; es en esa ciudad donde ingresa en la Iglesia de Jesucristo de los Santos del Último Día; después se traslada a Los Ángeles y allí se gana la vida como agente de seguros de una empresa inmobiliaria. Por las noches escribe, sobre todo novela histórica, pero no consigue editor. Regresa a Inglaterra, donde sigue escribiendo sin éxito hasta que se pasa a la novela de suspense ambientada en la época victoriana; en 1979 publica *Los crímenes de Cater Street*. Desde entonces escribe por lo menos dos libros al año y se ha convertido en una conocida autora de *best sellers*, sobre todo por las dos series victorianas, una protagonizada por el detective amnésico Monk y la otra por el inspector Pitt y su mujer, aunque también publica regularmente libros ambientados en la Primera Guerra Mundial e historias navideñas. En la actualidad vive en Escocia y escribe compulsivamente.

Dos biografías diferentes, dos historias, dos personas/personajes que nada tienen que ver uno con otro. Y sin embargo, no somos sólo nuestro presente, también somos nuestro pasado. Y aunque a veces nosotros mismos olvidemos, o finjamos olvidar, los demás no olvidan. «Un nazi con alzhéimer ¿es un nazi?», se preguntaba el personaje de una de mis novelas y llegaba a la conclusión, equivocada, de que «sin memoria la culpa no existe». Pero la culpa no depende sólo de nuestra conciencia, la identidad tampoco, sino que ambas están constituidas por una mezcla de nuestra conciencia y de la de los demás.

Hasta 1994 la relación que existía entre Juliet Hulme y Anne Perry era sólo conocida por las personas más cercanas al caso, por los agentes de inmigración estadounidenses a los que Anne Perry había desvelado sus antecedentes y por los pocos miembros de la Iglesia mormona a los que tampoco había ocultado su pasado en el momento de ingresar en la comunidad.

Había rumores, es cierto. Una y otra vez volvía a mencionarse el caso, se especulaba con la nueva identidad de las adolescentes; se comentaba que una de ellas era escritora... Pero fue la película de Peter Jackson, *Criaturas celestiales,* la que volvió a sacar el tema a la palestra y la que empujó a un reportero a acabar de unir todos los hilos: Juliet Hulme llevaba el apellido que su madre adoptó después de casarse con quien había sido su amante: Walter Perry. Juliet era la escritora de novelas de suspense Anne Perry.

¿Y ahora? ¿Les sirve de algo esa información a los lectores, a los críticos? ¿Ha merecido la pena averiguar la verdadera identidad de Anne Perry? No puedo negar que al leer sus libros iba encontrando frases que en otro autor no me habrían llamado la atención pero que, al conocer parte del pasado de Anne Perry, me parecía que dejaban el ámbito de la ficción para entrar en el de la reflexión personal. Por motivos obvios, ella nunca había escrito libros autobiográficos —y continúa sin hacerlo—, por lo que su propia interpretación del delito, de la culpa, de la memoria sólo puede encontrarse en sus novelas. Me resultaba difícil leer ciertos pasajes sin que la voz de la autora se superpusiese a la de sus personajes: «Todos tenemos aspectos cuya existencia preferiríamos no reconocer —dijo con voz queda—. Aspectos que justificamos con todo tipo de razonamientos para condenarlos en los demás y comprenderlos en nuestro caso». «Lo que cuenta no es lo que uno siente, sino lo que uno hace.» «Todos intentamos olvidar lo que nos hace daño, a veces es la única manera de poder seguir adelante.» «Sabía muy bien qué era la culpa; se trataba de un sentimiento que conocía desde que comenzó a redescubrirse después del accidente. Constituía una experiencia desgarradora verse a sí mismo sólo a través de los ojos de los demás, demasiado a menudo de los mismos a quienes se había dañado de un modo u otro, para saber de forma irrefutable qué les había hecho, pero no el porqué [...]» «Las personas cambian constantemente, cada día que pasa uno es un poco diferente del que era ayer, aprende cosas nuevas y olvida otras.» Frases que parecen tener más significado si se sabe no sólo el delito que cometió en su juventud, sino también que Anne Perry afirma haber olvidado casi todo lo que sucedió los días previos al asesinato y que sólo tiene recuerdos nebulosos del juicio.

Lo autobiográfico emerge también en ciertas escenas, como en *Sepulcros blanqueados* cuando, durante un juicio, se revelan las supuestas tendencias homosexuales de un testigo, que queda avergonzado y expuesto a la curiosidad morbosa de los demás, aunque luego se demuestra que no era homosexual, sino una mujer disfrazada para poder desempeñar una profesión de hombres, la de arquitecto: las apariencias engañan, parece decir la autora, que siempre ha negado haber mantenido una relación lésbica con Pauline. También la doble moral victoriana recuerda inevitablemente la atmósfera que reinaba en Christchurch y particularmente en las familias de las dos muchachas. Y el hecho de que en sus novelas sean frecuentes las mujeres fuertes, brillantes, poco convencionales, que luchan por el reconocimiento en un mundo de hombres, hace pensar no sólo en las dos jóvenes, también en una Anne Perry adulta que tenía que sentirse un ser aparte, una mujer separada de los demás por el secreto del pasado.

Por supuesto, Anne Perry ha sido interrogada varias veces por aquellos hechos, sobre los que afirma con falsa ingenuidad que le sorprende que sigan interesándole a la gente. Ella reconoce su culpa, expresa su dolor por el daño cometido, pero también se queja de que la condenaran sin haberle permitido defenderse en el juicio —no pudo hacerlo porque era menor, aunque sí pudo dar su versión en los interrogatorios y en las conversaciones con los médicos— y de que la juzgasen sobre todo basándose en el diario de otra persona; que yo sepa, nunca ha aclarado si ella llevaba también un diario: algunas referencias en el de Pauline dan a entender que así era, pero en su casa no se encontró ninguno y hubo quien sospechó que alguien lo había destruido para eliminar pruebas.

Perry ha aceptado su culpa en esas entrevistas; sin embargo, al mismo tiempo explica el suceso de una manera que me resulta demasiado conveniente: el crimen fue horrible y brutal, cierto, pero ella colaboró en el asesinato porque estaba convencida de que Pauline se iba a suicidar si las separaban; estaba quedándose en los huesos, vomitaba con frecuencia —hoy se sospecha que podía padecer bulimia—, estaba desesperada. Y Juliet tenía que hacer algo para ayudar a esa amiga tan fiel, que la había acompañado durante su enfermedad, no podía abandonarla así; se sentía aterrorizada pero tenía que salvar a su amiga, era una vida por otra...

Todos tendemos a justificarnos de alguna manera. Sería imposible vivir si sólo pudiésemos vernos con los ojos de los demás; tenemos que dejar algún rincón protegido, un espacio acorazado en el que olvidar nuestras culpas y nuestras debilidades. No seré yo quien la juzgue. Ya no podemos saber por qué sucedieron las cosas como sucedieron. Sólo tenemos versiones interesadas, por razones personales o por los prejuicios de quienes se han ocupado del caso. El paradero de Pauline sigue siendo una incógnita, y de todas formas tampoco ella podría explicarnos el crimen. Por lo demás, si alguna utilidad tiene conocer el pasado de Anne Perry es que nos muestra que incluso quien ha cometido un delito bestial puede reintegrarse en la sociedad, vivir una vida totalmente diferente de aquella para la que parecía predestinado. Todos podemos enterrar el personaje que hemos sido e inventar uno nuevo; aunque el actor, inevitablemente, siga siendo el mismo, con sus tormentos, sus miedos, su sentimiento de culpa.

Karl May, los peligros de la ficción

A Narciso lo mató una paradoja: enamorado de sí mismo, no podía entregarse, porque para eso se necesita al otro. A Karl May (véase imagen 3) también lo desgarraba una paradoja: estaba enamorado, como Narciso, de su propia imagen, pero esa imagen no era un reflejo sino una invención, y por tanto inalcanzable.

Es tentador cargar la responsabilidad sobre el padre: un hombre deseoso de salir de la miseria rampante en Ernstthal, donde nació Karl May en 1842, pequeña ciudad que malvivía de una industria textil en declive. Tenía ambiciones, pero no cumplió ninguna. Y como tantos padres que no logran alcanzar sus sueños, proyectó sobre uno de sus hijos los deseos insatisfechos, la ambición, la obsesión por el ascenso social.

¿Por qué le tocó a Karl ese dudoso honor? Una razón es que de los catorce hermanos que fueron sólo sobrevivieron cinco a la niñez. Otra, que era el único varón de esos cinco, y ya se sabe que las hembras rara vez cuentan para realizar las ambiciones de un padre. La tercera, que era un chico distinto a muchos de su edad, entre otras cosas porque se quedó ciego pocos meses después de nacer, quizá debido a la malnutrición o a las malas condiciones higiénicas, y no recuperó la vista hasta los cinco años. Así que el niño estaba siempre en casa, desarrolló una vida interior y una sensibilidad que otros niños de ese medio social no tuvieron tiempo ni siquiera para imaginar, escuchaba las historias que le contaba su abuela, dejaba volar la fantasía. Es cierto que cuando recuperó la vista se convirtió en un niño, si no superdotado, sí llamativamente hábil para la lectura, y también para contar historias. Pero el padre quería más: consiguió que tomase clases de varios instrumentos musicales, le forzaba a leer y copiar, sin orden ni método alguno, todo material impreso que cayera en sus manos, también los folletines de calidad ínfima que se podían tomar prestados en las tabernas, que entonces servían de bibliotecas de barrio. Leía también los libros escolares de cursos superiores y hacía las tareas de sus hermanas mayores. Como él mismo cuenta en su autobiografía, no consiguió integrarse con sus compañeros, pero al padre esas sutilezas le daban igual. El padre, por cierto, hombre violento cuando bebía, lo que hacía con frecuencia, había despilfarrado una pequeña herencia de su mujer con negocios desastrosos y aterrorizaba a la familia con su brutalidad. Es comprensible que la madre buscase trabajo en la cercana Dresde, tanto para dar estabilidad económica a la familia como para invertir los ahorros que aún no había derrochado su marido en algo tan útil como una formación de comadrona. El precio que pagó Karl fue el de vivir varios años sin su madre, bajo el cuidado del padre y de la abuela.

En su autobiografía, dedicada menos a contar la verdad que a defenderse de sus enemigos, Karl May ofrece una imagen romántica del pasado en la que la miseria es un amable cuadro costumbrista, y resuelve en pocas frases los aspectos más terribles de su niñez.

A los catorce años, Karl ingresó como interno en una escuela de magisterio, donde los profesores estaban más interesados en la enseñanza religiosa que en la pedagogía. May siempre habló con desagrado de aquel lugar: «Las lecciones eran frías, severas, duras. Faltaba en ellas el menor atisbo de poesía [...] A mi conocimiento le faltaba un sólido esqueleto [...]». Esa deficiencia en su formación, aunque la reconociese tardíamente, lastraría su literatura y le impediría, salvo en los últimos años, dar profundidad a sus obras y liberarlas de estereotipos.

En la escuela no tenía fama de muy religioso ni contaba con el aprecio de sus maestros. Quizá por ello fueron implacables cuando descubrieron que había robado seis velas: lo expulsaron de la escuela, aunque por suerte fue admitido en otra, donde pudo terminar sus estudios.

Su primer trabajo fue de maestro auxiliar en una escuela para pobres y no le duró más que unas semanas: le expulsaron después de que intentase acercarse demasiado a la dueña de la pensión en la que vivía, lo que provocó una denuncia del marido. Aunque encontró otro empleo enseguida, como maestro en una fábrica de los niños que trabajaban en ella, también le duró muy poco: antes de irse a su casa por navidades se llevó el reloj y la pipa de su compañero de cuarto, por lo que le condenarían, la justicia siempre ha sido dura con las bagatelas, a seis semanas de cárcel. Seis semanas se pasan rápido y podrían haber sido una advertencia. Pero lo más grave fue que, además de la libertad, perdió su licencia de maestro. May no nos cuenta gran cosa de cómo le recibió su padre cuando regresó al hogar, sin empleo, sin título, sin dinero.

La biografía es el ámbito de la conjetura; es posible que se puedan relatar los hechos, su cronología, sus consecuencias. Pero nunca se puede llegar a entender completamente a una persona, mucho menos preguntándole a ella ni consultando sus escritos.

¿Por qué se convirtió Karl May en un delincuente? La explicación que él da —para vengarse de la sociedad— no parece muy fiable. Otras posibles serían la necesidad, el deseo de medrar y el temor a no conseguirlo honradamente, la arrogancia, atestiguada incluso por alguno de sus abogados defensores, y también una cierta desconexión con la realidad de la que no se desprendería nunca. May fue delincuente antes que escritor, pero desde muy joven se debatía en el ámbito de la ficción. Porque quizá lo más llamativo de la carrera delictiva que persigue, sin mucho éxito, es que gira alrededor de rasgos imprescindibles para la literatura: la imaginación, la capacidad de convicción, la empatía, el amor al detalle.

Su principal modus operandi era asumir una identidad falsa —Doctor Heimlich, Profesor Lohse, el grabador de imprenta Hermin— para cometer robos y estafas que acabaron por llevarle de nuevo a la cárcel: en junio de 1865 «Karl Friedrich May [...], miembro indigno del cuerpo docente», fue condenado a cuatro años y un mes, que pasará en Zwickau, en un penal bastante progresista para la época, en el que se intentaba resocializar a los presos mediante un trabajo humano y se les daba la posibilidad de instruirse y de usar la biblioteca. May aprovechó ese tiempo para dedicarse a la lectura y para empezar a escribir. Su propósito era tener varios manuscritos terminados para iniciar una carrera de escritor al salir de la cárcel. «Aunque era un prisionero, me sentía inmensamente feliz ante la perspectiva de un futuro que prometía no ser nada común.» Sospechoso optimismo en alguien que no había hecho aún nada exitoso, aunque quizá no era lo que sentía aquel joven perdido sino lo que quiere transmitirnos el anciano que escribió su autobiografía.

Pero la literatura da mucho trabajo y poco dinero, y para un principiante era tentador seguir alimentando otras ficciones: nada más quedar en libertad, se inventó un nuevo personaje, con una trama tan poco sutil que tendría que haber sido un actor genial para representarlo con éxito: fingiéndose policía, convencía a víctimas escogidas de que estaba siguiendo la pista de un falsificador de dinero, y confiscaba billetes y monedas a los ingenuos que le abrían la puerta y la bolsa.

Aunque fue apresado otra vez en julio de 1869, se escapó durante un traslado y vivió a escondidas un tiempo, en una cueva, en establos, en casa de su padrino o de alguna amante. Cuando lo volvieron a detener porque alguien dio aviso de que un desconocido pernoctaba en un establo, se identificó como propietario de plantaciones en Martinica, y tuvo engañada a la policía durante semanas; lo malo es que un policía no se comporta igual que un lector: a éste a menudo le basta con que la historia sea verosímil, el policía se empeña en comprobar que sea cierta.

Cuando por fin se descubrió quién era en realidad, lo condenaron a cuatro años de cárcel con trabajos forzados en la prisión de Waldheim, institución mucho más dura que la anterior, una pena en extremo severa para los hurtos y pequeñas estafas que había realizado. Al ser reincidente y culpable de una fuga, pasó los primeros meses en una celda de castigo. No volvería a estar libre hasta mayo de 1874.

A la salida de la cárcel fue cuando empezó su carrera literaria propiamente dicha. Primero publicó cuentos e historietas cómicas. Siempre tramposo, a veces publicaba la misma historia, con ligeras alteraciones, en distintas revistas. Para poder subsistir, trabajaba también como redactor en una revista.

Entonces inició una etapa, de la que se avergonzaría más tarde, en la que escribe a destajo folletines con temas históricos, de actualidad, de aventuras... Escribía constantemente, bastante más de lo que habría sido bueno para su literatura, si es que se puede llamar así a sus obras de esa época. En 1880 se casó con Emma, una mujer con la que llevaba un tiempo conviviendo y con quien mantendría una relación ambigua hecha de peleas y reconciliaciones, un amor viscoso del que no le resultará fácil despegarse. Muchos años después le echaría la culpa —le echaría la culpa de tantas cosas— de haberle empujado a escribir esas historietas sin interés que tan nocivas serían a la postre para su fama. ¿Fue de verdad Emma o el deseo de Karl May de escapar a la miseria lo que le llevaba a producir como un poseso? Sea como fuere, en cuanto se le presentó la oportunidad, escapó de aquel mundo de opereta en prosa.

En 1887 le ofrecieron escribir novelas en una publicación juvenil, *Der Gute Kamerad;* la idea de escribir para los jóvenes atrajo a May, porque daba por fin un sentido a su trabajo: enseñar y educar mediante el señuelo del entretenimiento. Pero fue en 1892 cuando su carrera recibió un impulso fundamental. Un editor le ofreció la posibilidad de publicar todas sus novelas de viajes en una colección de libros. May tenía ya cincuenta años y su leyenda estaba por comenzar. Aún no sabía que iba a ser un autor de *best sellers*.

Mientras tanto Emma se ocupaba de los asuntos domésticos y disfrutaba la vida social; le gustaba tener continuamente invitados, fiestas, la diversión banal de las conversaciones en grupo, mientras que Karl no tenía vida social alguna, en realidad nunca la había tenido, y sólo le interesaba su trabajo. El marginado no se integraba en la clase media a la que comenzaba a pertenecer; rencor, sensación de culpa, vergüenza de su pasado, desprecio; es fácil imaginar el cóctel de sensaciones de ese hombre que ni en la familia, ni en la escuela, ni en el internado, ni en la cárcel había podido sentir que pertenecía a un grupo. Así que en sus fantasías recorría mundos exóticos en los que le habría gustado vivir: como ser aparte, único, pero con la autoridad del aventurero que no le teme a nadie.

May no es el inventor de la literatura de evasión, pero el género era perfecto para sus necesidades: escaparse de su propia vida, de su pasado, de las condiciones sociales, del estigma del delincuente; hacer que sus lectores también se evadan, a un mundo con leyes claras, con buenos y malos, un mundo preindustrial, sin calles sucias ni hacinamiento, un mundo de desiertos y grandes praderas, de montañas y valles imponentes. Habitado por personajes con los que puede uno identificarse, de los que se quisiera ser compañero de aventuras. No es un mundo adulto, ni siquiera juvenil: es preadolescente, de cuando las fantasías infantiles abandonan a los ogros y las hadas y se encarnan en héroes que podrían ser reales, con aventuras que desearíamos posibles, en lugares que existen y a los que puede que vayamos algún día. Casi todas las novelas que escribe a partir de esa época estarán protagonizadas por un álter ego, que cambia según se desarrolle la acción en América o en Oriente, sobre el que proyecta fantasías inmaduras de camaradería, arrojo sin límites y omnipotencia.

Fue entonces cuando empezó a tener lugar una extraña transformación: a May no le bastó con convertirse en personaje de sus novelas, ser héroe en las praderas a través del protagonista Old Shatterhand y en los desiertos de Oriente como Kara ben Nemsi (Karl, el hijo del alemán), quería serlo también en su vida corriente, y para ello necesitaba inventarse una biografía.

En el volumen XIX de la colección apareció una foto de Karl May disfrazado de Old Shatterhand y desde entonces se multiplicaron sus fotografías ataviado con sombrero de ala ancha, botas altas, collar «de dientes de oso», pistola al cinto y fusil —una iconografía emparentada con la de exploradores como Stanley o Speke—, o con turbante, el mismo collar y puñal. Lo interesante es que no se presentaban como fotos de May disfrazado, sino de Old Shatterhand y de Ben Nemsi. La primera persona de sus novelas adquiría así un valor distinto de lo habitual.

Esa superchería probablemente contribuyó al gran éxito de May. Contaba con desparpajo que había viajado por todo el mundo, que todos los personajes sobre los que escribía eran reales, que hablaba cuarenta idiomas —aunque sólo chapurreaba francés e inglés—, que se había fabricado él mismo su fusil, que había tenido a miles de apaches bajo su mando. Los lectores, entonces como hoy, querían creer que les estaban contando historias reales, aspiración siempre desconcertante en quien abre un libro de ficción.

Por fin el dinero llegaba en grandes cantidades; se compró una casa que decoró con muebles exóticos y trofeos de caza supuestamente abatida por él, y durante un par de años parece que su vida matrimonial, en general turbulenta, se estabilizó un poco. Una afición que unía a los May era el espiritismo, sobre el que se encontraban decenas de volúmenes en su biblioteca; ambos participaban en sesiones para convocar espíritus, aunque May no quería que aquello trascendiese para no dañar su fama de escritor católico (en realidad era protestante).

En los últimos años del siglo Karl May era tremendamente popular. Viajaba por Europa dando conferencias en las que contaba nuevas aventuras de sus personajes. Su fama le permitía ser recibido en audiencia por reyes y príncipes. Le llegaban centenares de cartas en las que sus lectores se dirigían a él como a un gurú. A él le gustaba su papel, y exageraba cada vez más: contaba una y otra vez sus aventuras, aumentaba el número de idiomas que conocía hasta el absurdo —llegó a afirmar que era capaz de entender mil doscientos idiomas y dialectos—, decía haber estado en América más de veinte veces, que su título de doctor, inexistente, lo había obtenido en la Universidad de Ruan... A pesar de sus fantochadas, despertaba tal entusiasmo que los bomberos tuvieron que usar la manguera en alguna ocasión para protegerlo de sus fans.

En 1899 viajó por primera vez a los territorios de su imaginación: El Cairo, Aden, Estambul, Ceilán, Malasia... Inició el viaje con su mujer y una pareja de amigos —ella, Klara, será su segunda esposa—, pero luego Karl continúa solo, durante ocho meses. Más que un viaje de aventuras —como proclamarán algunos de sus biógrafos—, fue un lujoso recorrido turístico. No era Kara ben Nemsi, el arrojado y arrogante aventurero, el que atravesaba Oriente, sino Karl May, escritor de cincuenta y siete años, burgués, habituado no a dormir bajo el cielo raso sino en confortables habitaciones de hotel. Sin embargo, enviaba postales continuamente, como para confirmar que había ido a los sitios de los que hablaba en sus libros, como para establecer un vínculo subliminal entre lo escrito y ese viaje tardío; también inventó alguna que otra aventura, como el descubrimiento de un filón de oro, y afirmó haber ido a lugares que no llegó a visitar. No obstante, durante ese viaje Karl May se dio de bruces con la realidad.

De camino se enteró de que se había desatado una campaña en su contra: le llamaban impostor, corruptor de la juventud; la prensa amarilla y también la católica le atacaban desde diversos frentes, exponiendo los detalles de su vida íntima. En marzo de 1900 retomó el viaje con los mismos acompañantes. Quizá de manera involuntaria, ese viaje también era una manera de escapar al mundo cerrado y cada vez más inestable de sus fantasías, de sus imposturas, y de regresar al mundo real, por decepcionante que fuese éste.

A la vuelta se desprendió de los trofeos de caza que decoraban su casa y dejó de fotografiarse disfrazado. Si la razón fue que el contacto con la realidad de los países visitados le había mostrado lo ridículo de su mistificación o si era una manera de borrar las pistas frente a los ataques en la prensa por impostor, no podemos saberlo, aunque no hay por qué quedarse con una única explicación. Los demás le exigían cuentas de su relación fraudulenta con la realidad y él había visto también que sus idealizaciones eran cuentos difíciles de defender dignamente más allá de la juventud. Karl May empezó a sustituir su pose aventurera por un gesto humanista, de defensor de la diversidad de los pueblos, pacifista, antimilitarista. Su escritura se cargó de simbolismo.

En 1903 se divorció de Emma y dos meses más tarde se casó con Klara —amante de Emma, como se desprende de los diarios de la primera—. Emma aceptó el divorcio porque así se lo aconsejaron los espíritus... por boca de Klara, y rogó sin éxito a su marido que le permitiera quedarse con ellos de cocinera.

Karl May volvió en esas fechas a los tribunales, pero no como acusado, sino como querellante contra periodistas que lo difamaban y contra exeditores que pretendían aprovecharse de su éxito para reeditar las peores obras de su juventud; de poco le sirvieron las amenazas para evitar la nueva puesta en circulación de su literatura más ínfima, por lo que decidió cambiar de estrategia, afirmando más tarde que el editor había transformado los textos originales hasta hacerlos irreconocibles.

Encaja perfectamente en esa etapa, en la que pretende borrar las huellas de sus imposturas, que en 1902 «comprara» un título de doctor Honoris Causa de la Universitas Germana-Americana, de Chicago, para legitimar el «doctor» que durante años había antepuesto a su nombre.

También, en un intento quizá inconsciente de desmontar cualquier acusación a su obra o a su relación nebulosa con ella, comenzó a afirmar que todo lo que había hecho hasta entonces eran trabajos preparatorios, bocetos: su gran literatura, alegórica, simbólica, filosófica, estaba sólo empezando. Sus nuevas novelas, los volúmenes III y IV de *Im Reiche des silbernen Löwen,* en las que, de paso, ajustaba cuentas con quienes le atacaban encarnándolos en personajes detestables, no tuvieron el éxito al que estaba acostumbrado. Tampoco sus obras más filosóficas, como *Und Friede auf Erden,* ni su obra de teatro *Babel und Bibel,* que nadie quiso representar. Su salud empeoraba bajo el peso de los procesos y de la campaña mediática en su contra, obra de periodistas sensacionalistas que, aunque perdían un proceso tras otro, no dejaban de hurgar en el pasado de May y de reinventarlo para oscurecerlo. May se había disfrazado de héroe y ellos lo disfrazaban de villano.

Sus últimos años son difíciles: le atacan por todas partes, sale a la luz su pasado turbio, le reprochan el contenido amoral de sus libros para jóvenes, husmean en su matrimonio, algún periodista avispado descubre que se puede uno hacer un nombre y ganar dinero atacando a un personaje famoso, aunque sea difamándolo. A May le aterraba que pudiera demostrarse su pasado delictivo: «[...] antes de reconocerlo prefiero morir», le escribió a un amigo.

Un abogado de pocos escrúpulos obtuvo un registro en el domicilio de May y la incautación de diversos escritos en el marco de un proceso por perjurio. «El proceso está envenenando mi alma», escribió. Y también, con su falta de modestia habitual: «No está en juego mi insignificante persona, sino el éxito de la obra de toda una vida, destinada a hacer felices a millones de personas [...]».

En 1908 viajó por primera vez a América, un respiro para sus preocupaciones pero también un nuevo choque con la realidad: todas sus máscaras, todos sus territorios míticos, se iban desmoronando. Los indios vivían en reservas miserables y él prefirió no tener mucho contacto con ellos. Durante el viaje preparó el cuarto *Winnetou*, una revisión de la novela de aventuras eliminando de ella buena parte de la épica. Era la novela de alguien que intenta restablecer el contacto con la realidad, con lo verosímil.

No se detuvieron durante su ausencia los procesos y las calumnias: su pasado tanto tiempo oculto reaparecía hinchado y deforme, como un ahogado que aflora a la superficie. Para colmo, sus nuevos libros provocan la perplejidad y la irritación de sus lectores habituales sin encontrar el interés de un público más culto, aunque *Ardistan und Dschinnistan* recibiría décadas más tarde los elogios de un lector tan exigente y cascarrabias como Arno Schmidt, el cual dejaría también caer una frase demoledora sobre casi todo el resto de la obra de May: «[...] su vocabulario es pobre, sus recursos estilísticos ridículos, sus tramas siempre el mismo disco rayado [...]».

May enfermó una y otra vez. La opinión pública le había dado la espalda, y prefirió creer las calumnias que se difundían sobre él, algunas de ellas disparatadas, como que había sido el jefe de un grupo de bandoleros. May no podía ya dormir sin somníferos.

En un último intento de limpiar su imagen, terminó el primer volumen de su autobiografía, en la que pintó un retrato muy retocado de sí mismo y se cebó en sus hostigadores. La autobiografía era su último disfraz, pero no le fue permitido ponérselo: un juez decretó su secuestro cautelar.

El 30 de marzo de 1912, Karl May se acostó y, según Klara, se puso a hablar con seres imaginarios en un estado de semiinconsciencia. Sus últimas palabras parece que fueron «Victoria, gran victoria. Rosa... rosicler». Una vez más, confundía el crepúsculo con el alba. Karl May murió esa noche de un infarto.

Remigio Vega Armentero, ¿loco o delincuente?

«Un escritor bastante conocido, que lleva ya publicadas varias obras y que no hace muchos días dio a la estampa la última, cuyo título no recordamos en este momento, cometió ayer un crimen en la calle de San Lorenzo...» Así comienza la crónica de *El Imparcial* del 21 de noviembre de 1888 sobre un crimen que causó un gran revuelo en la época: Remigio Vega Armentero, escritor, periodista, librepensador, republicano, masón, «un marido poco amante del trabajo, vicioso y malvado», «un asqueroso émulo de Zola», había matado de cuatro tiros a su mujer, Cecilia Ritter Mathis, «modelo de esposas y de madres».

Así lo presentó la prensa conservadora; la republicana y liberal, en la que publicaba el propio Vega Armentero, prefirió ver el homicidio como resultado de la justa cólera de un hombre engañado por su mujer, una beata hipócrita que tenía un amante y que, para poder entregarse al vicio sin obstáculos, intentó primero asesinarlo y después consiguió con malas artes que lo encerraran en un manicomio.

Los mismos hechos pueden contar historias muy diferentes, basta trasladar el acento de un sitio a otro, reforzar u oscurecer ciertos matices. Con qué versión nos quedemos dice más sobre nuestros prejuicios que sobre la realidad. En particular cuando actúan protagonistas sobre los que disponemos de poca información. Es cierto que el caso fue seguido de cerca por los periódicos, pero la prensa, ayer como hoy, no es una fuente particularmente fiable: en un caso hablan de tres disparos, en otro de cuatro, uno menciona la presencia de los hijos en el juicio, otro la desmiente... También es verdad que el propio Vega Armentero escribió una novela, *¿Loco o delincuente?*, para contar su caso, pero su versión es de una parcialidad tan manifiesta que sólo sirve para entender las obsesiones del autor. Y a pesar de que *El Imparcial* lo presentara como «un escritor bastante conocido», a Vega Armentero le sucedió lo que nos sucederá a la mayoría de los escritores: no importa cuántas páginas nos hayan dedicado los periódicos de nuestro tiempo ni cuántos lectores tuvimos; el olvido nos aguarda voraz a casi todos, porque la fama rara vez es la antesala de la posteridad.

En el caso de Vega Armentero, de las cuatro novelas que escribió sólo una se ha reeditado recientemente (*¿Loco o delincuente?*, 2001) y las demás son muy difíciles de encontrar incluso en bibliotecas. Y, que yo conozca, existe una única monografía sobre su vida y su obra, las setenta páginas que componen el prólogo a *¿Loco o delincuente?*, escritas por la profesora Pura Fernández y que son la fuente principal de este artículo.

Remigio Vega Armentero nació en 1852 en Valladolid; su padre era abogado y él también empezó a estudiar Derecho. Casi al mismo tiempo que ingresaba en la universidad en 1868, estalló la revolución de la que nació la Primera República. El joven Remigio trabajó de escribiente en el bufete de su padre. Quizá porque Zola había destacado en uno de sus ensayos más influyentes, *La novela experimental,* la estrecha relación entre novela y medicina, asistía a menudo a las clases de dicha facultad.

En enero de 1874 se opuso al golpe de Estado del general Pavía, empuñando un fusil en las calles de Valladolid en defensa de la República. Ese mismo año se casó con una joven alsaciana, Cecilia Ritter Mathis, una huérfana de veinticinco años que atendía a los combatientes heridos en las barricadas. Tuvieron tres hijos.

Remigio había encontrado empleo en la Compañía del Ferrocarril del Norte y al mismo tiempo escribía artículos de opinión. Muy pronto entró en una logia masónica y se hizo militante del Partido Republicano Progresista. Era un hombre ardiente, así lo muestran no sólo sus artículos sino también los varios duelos en los que participó, de los que desconocemos los motivos. Parece que ya entonces sufría de una cierta inestabilidad psíquica.

En 1880 se trasladó con su familia a Madrid, harto de la persecución política que sufría en Valladolid. Publicó artículos en distintos medios republicanos, un folleto antimonárquico de cierto éxito, y otro sobre los ferrocarriles españoles, en el que atacaba feroz y patrióticamente, no siempre de manera muy equilibrada, a las empresas francesas que dominaban ese medio de transporte.

Al mismo tiempo que trabajaba para los ferrocarriles y escribía, desarrollaba una actividad política intensa; quizá todas esas ocupaciones no le dejaban mucho espacio a su vida conyugal, pero lo cierto es que ésta se fue deteriorando. Cecilia daba clases de música y de francés, llevaba una vida relativamente independiente, y puede que ya entonces hubiese iniciado una relación extramatrimonial con un rico hombre de negocios francés, Enrique Vitorini. Según el relato de un compañero de trabajo de Vega Armentero, más de uno se sorprendía de que Cecilia llevase joyas y vestidos franceses poco acordes con las ganancias del marido. Tal como retrata la situación en la novela autobiográfica ¿Loco o delincuente?, él se sentía humillado por depender de su esposa y no poder mantener a su familia él solo; parece que, como tantos hombres, era librepensador hasta que la evolución de las costumbres le afectaba a él. Tampoco le agradó que ella, aprovechando sus contactos en círculos conservadores, le buscase trabajos que no consideró compatibles con su ambición y sus ideas; uno de ellos fue de informante de la policía: «¡Policía secreta!, es decir, en aquel país el último agente de la escala social, sinónimo de esbirro y de espión, lo más despreciable, lo más bajo, lo más odioso y lo más odiado», escribió en ¿Loco o delincuente? Y si hemos de fiarnos de ese testimonio autobiográfico débilmente ficcionalizado, había empezado a sospechar que su mujer le buscaba trabajos que lo alejaran de Madrid para poder reunirse sin miedo con su amante.

Entre 1886 y 1888 publicó tres novelas, en las que refleja sus obsesiones íntimas: la locura, los celos, la culpa. Esa etapa creadora fue una época convulsa para el escritor y su familia: peleas domésticas, crisis nerviosas de Vega, malos tratos a su mujer; recibió un anónimo que le avisaba de la infidelidad de Cecilia, incluso hubo un intento de asesinato contra él, que atribuiría más tarde a su mujer y al amante, pero que también podría haber respondido a alguna diferencia política; no en vano Vega Armentero solía ir armado de un revólver, según propia declaración, lo que en esa época no era infrecuente entre aquellos que se destacaban en las peleas ideológicas.

Es interesante que ya en la primera novela, *La ralea de la aristocracia,* Vega hiciese tantas referencias al tema de la locura y de los actos cometidos durante ataques de enajenación. Es cierto que la locura había sido tema recurrente en la literatura romántica más folletinesca, cuyos artificios seducían a Vega aunque él probablemente se habría considerado un naturalista: para él la novela era una forma de mostrar los males de la sociedad, en particular la perversión de la aristocracia y las vilezas del clero, por lo que adorna sus novelas con estampas de Madrid que muestran la miseria de los trabajadores; pero poco hay de verdaderamente analítico en sus novelas, saturadas de llantos histéricos, sollozos, labios que tiemblan, manos crispadas, terrores súbitos, palideces y sudores fríos, fiebres, desesperación..., justo el tipo de literatura sobre la que Zola había dejado caer una sentencia demoledora: «En la actualidad estamos podridos de lirismo, creemos equivocadamente que el gran estilo consiste en una turbación sublime, siempre cercana a caer en la demencia; el gran estilo está hecho de lógica y claridad».

Algunas de esas frases patéticas de *La ralea de la aristocracia* adquieren sin embargo un carácter premonitorio a la luz de los hechos posteriores: «¿Era yo responsable de mis actos aquella noche? ¿No era yo entonces un loco furioso, un enfermo delirante acosado por la fiebre? [...] La noche de mi crimen, si es que de tal puede calificarse lo que ejecuté en un estado de locura y de desesperación infinitas...». Es una idea recurrente en la novela que injusticias y penalidades pueden llevar a la locura, y que los crímenes cometidos en ese estado no deben ser considerados tales. Justo lo mismo que aduciría su abogado defensor ante el tribunal que lo juzgaría por asesinato.

En sus dos siguientes novelas se repetirán las obsesiones que asaltaban en la vida cotidiana al escritor: el veneno, el amante, la venganza, el homicidio...

Aunque no estemos seguros de si Cecilia Ritter intentó asesinar a su marido —unas cartas de las que hablaré más tarde lo sugieren pero no lo demuestran—, sí es cierto que maniobró para encerrarlo en un manicomio y así librarse de su presencia: sin decirle a su marido quién era, consiguió que un alienista lo examinara brevemente y que decretara su internamiento en la clínica psiquiátrica del doctor Esquerdo en Carabanchel. Su intención era más tarde internarlo en un manicomio del Estado, alegando que no disponía de dinero para mantenerlo en una clínica privada, lo que casi habría supuesto para Remigio una condena de por vida, pues las condiciones eran tan atroces como para provocar la locura del más cuerdo. Pero el mismo doctor Esquerdo, que había estado de viaje cuando ingresaron a Vega, examinó al paciente y no encontró indicios de enfermedad mental, por lo que le dio el alta provisional. Cuando el escritor regresó a su domicilio se encontró con que su mujer y sus hijos se habían marchado, la tutela de los tres había sido definitivamente concedida a la madre y un amigo del amante de Cecilia era el tutor de ellos. Además, Cecilia había solicitado el divorcio, lo que

para *El Imparcial* pudo ser el desencadenante de la tragedia: «Para Vega Armentero el divorcio significaba el hambre y la miseria, porque muchas veces se hubiera muerto
de inanición si no fuera por los socorros que le daba su tan
infeliz como virtuosa esposa». No explica el periódico en
qué mejoraba la situación del escritor matando a su esposa si era ella quien lo mantenía.

Pero remitámonos a los hechos. Cecilia y Remigio
se encontraron en la calle, discutieron, Remigio sacó un
revólver y disparó, como afirmaron los expertos durante el
juicio, «con mano convulsa». A pesar de la excitación del
parricida, los cuatro disparos acertaron a su mujer en la
cabeza y en el cuello; sólo falló aquel con el que intentó
suicidarse.

La vista pública fue celebrada en octubre de 1889,
con gran expectación por parte del público y de la prensa.
El morbo por la vida íntima de los famosos no es un in-
vento de nuestra era: «Cuando el ugier [sic] abrió la puerta de la sala, el público, que era muy numeroso, se preci-
pitó en ella tan desordenadamente que el presidente tuvo
que apelar varias veces a la campanilla para restablecer el
orden». Durante el juicio se fueron desvelando las intimi-
dades de la vida conyugal de ambos esposos. Hubo varios
golpes de efecto que harían escapar más de un ¡ah! y más
de un ¡oh! de las gargantas de los asistentes: por ejemplo,
cuando una criada del matrimonio declaró que Vega Armentero golpeaba con frecuencia a su mujer, testimonio
que perdió valor incriminatorio al señalar la defensa que la
criada estaba también empleada en la casa del amante de
Cecilia; o cuando quedó claro que los hijos se habían puesto en contra del padre y una de las hijas declaró incluso que
les sometía a malos tratos y que bebía con frecuencia; pero
sin duda el gran momento del juicio fue cuando se dio
lectura a fragmentos de cartas que Cecilia llevaba consigo
en el momento del asesinato: eran cartas dirigidas a su
amante y, aunque no se leyeron en voz alta las «más repug-

nantes, las más procaces, las más escandalosas y groseras», bastaron para arrojar sombras sobre la imagen simplista que había trazado la prensa conservadora: el perverso librepensador asesina a la honesta y católica madre abnegada. Incluso, como cuenta Pura Fernández, la Audiencia de Madrid consideró hechos probados no sólo el adulterio cometido por Cecilia, sino también «las maquinaciones tramadas entre ésta y su secreto compañero para provocar altercados que desequilibren al escritor y fundamenten su fama de hombre violento».

¿Había sido entonces la tragedia consecuencia de la perfidia de la esposa, que había hecho todo lo posible para desequilibrar aún más a su marido, para llevarlo a comportarse de tal manera que le fueran concedidos a ella el divorcio y la tutela de sus hijos? ¿Lo habían empujado literalmente a la locura, aunque con un resultado distinto del que esperaban? Parte del público se compadeció del escritor, pero los jueces no vieron las cosas de esa manera; tras un largo debate entre expertos sobre la locura y la irresponsabilidad de Vega Armentero, la Audiencia concedió las circunstancias atenuantes de arrebato y obcecación y le condenó a cadena perpetua y a pagar las costas del juicio.

Un año más tarde, Vega Armentero publicó su última novela, *¿Loco o delincuente?* Ninguna de las dos cosas, sería su tesis principal, sino más bien un hombre empujado a un crimen en salvaguardia de su honor. ¿Hasta qué punto pretendía con esa argumentación conquistar las simpatías de los lectores, justificarse o incluso obtener el perdón en una época en la que los maridos que mataban a sus mujeres descubiertas en flagrante adulterio eran condenados tan sólo al destierro durante seis meses? Quizá las tres cosas a la vez. En la novela Vega Armentero no escatima acusaciones contra su mujer: desde el principio la presenta bajo los rasgos más despreciables. Aunque el álter ego del escritor, Carlos, también tenía una amante —como la tuvo Remigio en la realidad—, es su mujer la pervertida, la obscena: «Carlos, digno y decente, no prostituye el tálamo y Enrique satisface hasta los más exigentes y bajos extravíos de mi carne y de mi imaginación», piensa la adúltera, que, según sugiere el autor, también tuvo una relación carnal con su confesor. Es la perfidia de su esposa la que le empuja al maltrato físico, provocándolo una y otra vez y poniendo en su contra a vecinos, amigos, también a sus hijos: «Lo lanzaban a la desesperación, a lo horrendo, al crimen que se le imponía con despotismo fiero». ¿Puede declararse culpable a alguien que no es libre porque los demás le obligan a actuar como ha actuado? Él lo tiene muy claro: «Carlos atravesó por entre el público con reposado andar, alta la cabeza y serena la mirada [...]».

¿Loco o delincuente? tuvo un gran éxito, precisamente por ser autobiográfica y narrar hechos de los que la prensa había dado buena cuenta; las novelas «basadas en hechos reales» han atraído de antiguo a cierto tipo de lectores que, algo incomprensible, leen ficción para conocer la realidad o que quisieran que la realidad tuviese la estructura de una novela. A los pocos meses *¿Loco o delincuente?* se había agotado y se hizo una reedición.

Menos convincente resultó la novela, o llegó tarde, para lograr la libertad del escritor. Ni el recurso interpuesto ni la solicitud del indulto regio presentada por varios periodistas y escritores tuvieron éxito. Habría sido muy difícil un perdón real para tan notorio antimonárquico.

Tras varios meses en la cárcel Modelo de Madrid, Remigio Vega Armentero fue trasladado en 1890 al penal de Ceuta, reputado por las condiciones brutales de internamiento de los presos. Él no las soportó mucho tiempo: murió en prisión en 1893.

Escribía antes que los mismos hechos pueden narrar historias diferentes. Para muchos fue la historia de un hombre algo desequilibrado a quien su esposa empujó aún más a la locura; un hombre cuyo crimen habría sido levemente castigado de no haberlo cometido un republicano anticlerical que se granjeó el odio de periodistas y políticos conservadores como el tantas veces ministro Segismundo Moret, cuya influencia puede que pesara en el juicio.

Pero también podría contarse una historia diferente: Cecilia Ritter Mathis se casó con un joven ambicioso y desequilibrado que la maltrataba con frecuencia de palabra y la sometía también a maltrato físico, como reconoció él mismo aunque afirmase que sólo se le fue la mano una vez. La mujer, una huérfana independiente de carácter y acostumbrada a valerse por sí sola, trabajaba dando clases de piano y de francés, lo que provocaba los celos y el sentimiento de humillación del marido. La vida conyugal era un infierno; Cecilia, igual que Remigio, buscaba consuelo en una relación extramatrimonial. Aunque pidió amparo a las autoridades frente a la brutalidad de su esposo, no lo obtuvo, por lo que, como única manera de protegerse a sí y a sus hijos, intentó internarlo en el psiquiátrico; probablemente estaba convencida de que su marido sufría arrebatos de locura. Para poder alejarse de él y apartar a sus hijos de tan nefasta influencia, abandonó el domicilio conyugal y solicitó el divorcio. Él fue a buscarla poco después de salir del manicomio, la mató de cuatro disparos precisos y fingió un intento de suicidio. Puede que las cartas de Cecilia fuesen obscenas al ser leídas en público, como lo son muchas manifestaciones pensadas para la intimidad cuando se muestran a la curiosidad ajena. Su deseo de librarse de su marido, también documentado en las cartas, puede que no fuese una confesión de intento de asesinato, sino la prueba de que una mujer en la España decimonónica estaba desamparada cuando vivía con un hombre abusivo y por ello tenía que recurrir a otras astucias para librarse de un marido peligroso. Que los hijos se pusiesen tan claramente del lado de la madre, a sabiendas de que podían condenar a muerte a su padre con sus declaraciones, podría indicar que también ellos temían la arbitrariedad y la violencia paternas.

La verdad es seguramente mucho menos contundente que cualquiera de las interpretaciones que pudiéramos dar de los hechos. Las apariencias son eso, apariencias, y las relaciones sentimentales un universo en el que lo oculto tiene siempre más importancia que lo que se muestra a los demás. Para decirlo con los ripios de Ricardo J. Catarineu, poeta de aquella época: «¡Cada rayo de sol es un enigma, / cada arena del mar es un secreto, / cada goce un estigma, / y una historia de amor cada esqueleto!».

O de desamor.

Jean Ray, la seducción del espanto

Hay escritores mitómanos que, como Karl May, se inventan una vida heroica, digna de ser admirada. Otros, Maurice Sachs sería un ejemplo, se autoexecran para lograr la simpatía y la conmiseración de los demás y así poder estafarles más fácilmente. Jean Ray, puesto a inventarse a sí mismo, ni se disfrazó de falsa modestia ni pretendió ser un modelo para los lectores; Jean Ray quiso ser pirata, contrabandista, bandolero, prefirió ser uno de esos violentos perdedores al triunfador de sonrisa impoluta que podría figurar en una galería de hombres ilustres.

Es quizá el menos delincuente, pero no el menos escritor, de los escritores delincuentes que he seleccionado para este libro. Seis años y seis meses de cárcel por apropiación indebida, el desliz de un contable que desvía fondos de otros a su propia cuenta para financiar un negocio. La actualidad está llena de esos especuladores con el dinero ajeno, más trapaceros que delincuentes, más descarados que valientes, que un día meten la mano en el bolsillo ajeno y empiezan a inventar mentiras para el momento en que los descubran. Jean Ray no fue tanto un delincuente en la realidad como un delincuente de ficción.

Nació en 1887 en Gante y vivió de niño en la calle Ham, cerca de la zona portuaria; los recuerdos sobre su primera casa, evocada en varios relatos y en alguna entrevista, transmiten una imagen sombría, brumosa, algo aterradora: «La calle sin alegría ni rostro»... «siempre llovía en Ham, como en un libro de Simenon. Era una casa asediada por las ratas».

Su madre no era una mestiza de sioux y belga ni su padre un marinero, como él escribiría más tarde; ella era maestra y él un empleado en la estación marítima. Y tampoco Jean Ray se llamaba así, ni John Flanders, ni Tiger Jack, ni Kaptain Bill, ni John Sailor, por citar algunos de los pseudónimos y apodos con los que añadía colores exóticos a su vida, convencional salvo por un paréntesis poco brillante del que hablaremos más tarde: su nombre auténtico era Raymundus Joannes Maria de Kremer.

No fue ni muy aplicado ni muy torpe en el colegio, donde destacó en neerlandés y en gimnasia. Sin embargo, no consiguió aprobar el primer año de los estudios de Magisterio, ni siquiera repitiendo curso. Quizá tenía ya otras cosas en la cabeza. Desde 1908 aparecen publicados en revistas estudiantiles sus cuentos y poemas, escritos en flamenco. Y aunque en 1910 empezó a trabajar en el ayuntamiento de Gante, es obvio que le interesaba más la literatura que la administración; si destacó por algo en su puesto de trabajo fue por sus ausencias, que solían coincidir con los ensayos de los cuplés cuyos libretos escribía.

En 1912 se casó con una cupletista y tuvieron una hija, Lulu, con cuya peculiar descripción iniciará *Los tres círculos del miedo:* «Mi pequeña Lulu tiene los ojos negros como la noche al cerrarse, sus cabellos caen como las tinieblas de una calle nocturna...».

Jean Ray siguió trabajando en la administración hasta 1919, mientras escribía incansablemente. Cuando los alemanes ocuparon Gante su tarea en el ayuntamiento fue la de organizar el alojamiento de los oficiales. En 1919 tomó una decisión que cambiaría su vida mucho más de lo que él habría sospechado: comenzó a trabajar para el agente de cambio Auguste van Boegarde. Probablemente no pretendía otra cosa que un empleo menos aburrido pero que le permitiese mantener a su familia mientras llegaba el momento de vivir de la literatura, porque su ambición era clara: publicaba artículos, crítica literaria —más de trescientas reseñas en poco más de dos años— y un número creciente de relatos, en los que mostraba ya su atracción por el horror.

Y en 1925 aparece por fin su primer libro, *Los cuentos del whisky*, con el que obtuvo cierto éxito entre los lectores y la crítica, y poco entre las autoridades eclesiásticas, que catalogaron el libro como peligroso.

Años felices quizá, dedicados sobre todo a la literatura y a pequeños placeres, no los de un aventurero sino los de un burgués: los fines de semana en el Palace Hotel de Zeebrugge, cazando con sus dos pointers o pescando, aunque no desde un navío en alta mar; prefería lanzar su caña instalado cómodamente en el muelle.

La fama de Jean Ray, que llevaba ya años usando ese pseudónimo con el que también había firmado *Los cuentos del whisky*, se vería interrumpida, más bien manchada, por un suceso extraliterario. En 1926 empezó la instrucción de un caso de apropiación indebida por parte del agente de cambio Auguste van Boegarde y de su empleado Jean Raymond de Kremer, como le llamaba la prensa antes de descubrir que se trataba del escritor. Y aquí empieza la leyenda, algo trivial, de Jean Ray, y también una crisis que afectaría dramáticamente a su carrera literaria y a su vida. Los dos imputados fueron arrestados y la prensa se deleitó con ese caso que encerraba cierta ironía: Jean Ray había adquirido alguna notoriedad con *Los cuentos del whisky* y, según informó la prensa, el dinero defraudado había sido usado para financiar el contrabando de alcohol en Estados Unidos, entonces bajo la ley seca. Incluso se afirmó que Jean Ray había dirigido personalmente el transporte de alcohol por la Rum Row, la franja marítima frente a la costa este de Estados Unidos situada más allá de sus aguas jurisdiccionales, en la que anclaban buques cargados de alcohol que luego se llevaba a tierra en lanchas rápidas. Al parecer, no sólo Al Capone y sus secuaces se interesaban por ese tipo de arriesgadas inversiones.

A pesar de la leyenda de pirata y contrabandista que quiso crearse años más tarde, lo más probable es que su papel se limitara, como reconoció su abogado defensor, a financiar operaciones de contrabando y que fueran las pérdidas realizadas vendiendo alcohol a los contrabandistas las que empujaron a los acusados a apropiarse de los fondos de sus clientes.

Por mucho que en un artículo autobiográfico escrito en 1963, en el que condensaba los bulos que él mismo había puesto en circulación, detallara sus ocupaciones de filibustero durante varios años, lo cierto es que sólo hay seis meses en su vida de los que no hay noticias: entre julio de 1924 y enero de 1925, cuando deja de publicar sus artículos habituales. Aunque es lógico pensar que en ese tiempo se dedicó a organizar el negocio con el alcohol, nada indica que el propio Ray fuese a Estados Unidos, y él no aportó ninguna prueba de ello.

El escritor fue condenado a seis años y seis meses, que serían reducidos más tarde a cuatro años, de los cuales no llegó a cumplir tres. Dispersos en su obra se encuentran fragmentos relativos a aquella época: «Por la noche [...] la cárcel se llena de ruidos extraños: los pasos de los guardianes, ¡una rata reventada por uno de los gruesos gatos!, el grito de un durmiente al que despierta una pesadilla, un sollozo, una queja [...]». O también: «Érase una vez un pobre hombre al que otros hombres encerraron en una prisión, lejos de todo aquello que amaba [...]», frase en la que da la impresión de ser una víctima sin culpa. Y es posible que así lo sintiese; en el relato *La callejuela tenebrosa*, escrito en prisión, nos permite entrever mejor lo que pensaba sobre su delito: el protagonista arranca una rama de una calle misteriosa que está en otro mundo o en otra dimensión: como no pertenece al mundo real, lo que es un robo en la calle tenebrosa ya no lo es en la realidad, pues en ésta no se lo ha robado a nadie y es un objeto que se añade al mundo... «nunca habrá propiedad más absoluta, pues al no deber nada a ninguna industria, el objeto en cuestión aumenta el patrimonio en principio inmutable de la Tierra [...], un robo en la calleja de Beregonne ya no lo es.» La reflexión, que haría las delicias de un malabarista bursátil de nuestros días —si el dinero no es real, sino que sólo existe en el espacio virtual, puedo hacer con él lo que me convenga—, lleva al protagonista a robar objetos preciosos en ese universo paralelo para beneficiarse con ellos en el propio; que sus acciones lo llevan a la catástrofe se veía venir desde el principio: la desgracia se abate sobre el ladrón y su mundo se puebla de sombras devastadoras. Quizá Jean Ray también había pensado que usando el dinero ajeno para invertirlo en otro lugar con grandes beneficios no tenía por qué perjudicar a nadie, pues al final podría devolver la cantidad tomada y nada habría cambiado. Pero el juez no lo entendió así.

Jean Ray continuó escribiendo en la cárcel, pero tuvo que abandonar su pseudónimo, demasiado vinculado a las informaciones sobre la malversación. Así que los numerosos relatos que publica estando en prisión irán firmados por John Flanders y así seguirá firmando las numerosas historias de aventuras que publicó tras quedar en libertad.

Casi tan grafómano como su compatriota Simenon, durante los años treinta publicó centenares de relatos, la mayoría para jóvenes, reportajes, críticas, artículos humorísticos. Y toda la serie de Harry Dickson, de la que escribió más de cien entregas, aunque sólo se declarase su traductor..., lo que era cierto al principio: Harry Dickson era una imitación chapucera de Sherlock Holmes que se publicaba en Alemania, y Ray/Flanders tradujo un puñado de entregas hasta que, harto de su mala calidad, decidió escribirlas él mismo.

Es infrecuente que el trabajo a destajo produzca grandes obras, en la literatura como la albañilería; quien sólo piensa en el fin suele prestar poca atención a los medios, y en la mejor literatura los medios suelen ser el fin. Pero el escritor Jean Ray tuvo suerte: el estallido de la Segunda Guerra Mundial provocó el cierre de varias publicaciones con las que colaboraba, por lo que tuvo tiempo de dedicarse a proyectos de mayor alcance sin los cuales hoy nadie se acordaría de sus libros.

En la primera mitad de los años cuarenta salieron a la luz varias de sus mejores obras: *El gran Nocturno* —en la que incluía algunos relatos escritos años antes—, *Los tres círculos del miedo, Malpertuis* y *La ciudad del extraño miedo.* Quien había sido apodado el Poe belga tiene ya un estilo y temas perfectamente reconocibles: el horror es siempre nebuloso, indefinible porque incomprensible; la avaricia o el alcohol abren la puerta al mundo tenebroso y lo atraen al nuestro. Lo cotidiano es inestable, su apacible semblante oculta muecas aterradoras; los objetos inanimados —casas, árboles, libros— tienen vida: si se pega el oído a ellos pueden escucharse los alaridos. Y el mar, cubierto de brumas, es una presencia inquietante en cuyas negras profundidades se esconden amenazas innombrables.

Pero el espanto no es incompatible con el humor, lo que será uno de los rasgos originales y a la vez uno de los puntos débiles de Jean Ray; buena parte de sus personajes son algo ridículos; protagonistas obtusos o ávidos, marineros de pocas luces, los glotones y los borrachines se tambalean por calles tétricas. Igual que a muchos belgas, tan despreciados y ridiculizados por sus vecinos que se han habituado a ser ellos los primeros en reírse de sí mismos, a Jean Ray le cuesta trabajo tomarse en serio; incluso en medio del horror hay sitio para la autoderrisión. Al contrario que el pintor belga James Ensor, cuyas máscaras festivas ocultan, y a la vez revelan, algo tenebroso, el pavor no siempre cuaja en la obra de Ray porque lo deshace una carcajada. Sus cuentos pueden acercarse más a la farsa grotesca que a la literatura de terror.

De cualquier forma, su éxito fue rápido. Los lectores, ante las amenazas de la guerra, se sentían atraídos por el género de terror, gustaban de perderse en esas páginas llenas de fantasmas, de amenazas ultraterrenas, de fenómenos inexplicables. Como si los horrores de la realidad convocasen a los de la ficción, mucho más fáciles de digerir cuando están encerrados en un libro.

Justo lo contrario de lo que sucedió tras acabar la guerra, quizá porque entonces ya nadie necesitaba a los fantasmas para encarnar los miedos reales. El surrealismo estaba de capa caída y también el terror metafísico se pasó de moda. Sin ser un desconocido, Jean Ray no había logrado ser un autor realmente popular.

Él siguió publicando, inagotable, en multitud de revistas; escribió varios libros y trabajó en su leyenda, que comenzó a fundar con una carta escrita en 1950, a la que había adjuntado un currículo que le hacía descendiente de una india sioux y le disfrazaba de pirata y lobo de mar. Quizá porque la propia realidad era más gris de lo que habría deseado, decidió modificarla entre la burla y las veras. O quizá había descubierto ya que a cierto público le interesan más los mitos que la literatura y prefiere leer el libro mediocre de una prostituta de lujo o de un asesino a la obra maestra de un funcionario, como si un autor de vida extraordinaria pudiera transportarlos en su estela a un mundo menos monótono y previsible.

Aunque la superchería no funcionó inmediatamente, sí logró con el tiempo llamar la atención de otros escritores que lo incluyeron como personaje de sus obras de ficción. A mediados de los cincuenta le redescubrieron algunos intelectuales franceses y sus obras empezaron a ser publicadas en editoriales de prestigio. Durante los años sesenta gozó de la celebridad que tanto había perseguido e incluso despertó el interés de algún director de cine, aunque él no llegaría a ver las adaptaciones de sus obras.

Seco, pétreo según algunos, amante de los monosílabos, preso de una autobiografía falsa sobre la que los periodistas le preguntaban una y otra vez, también cuando él ya no tenía ninguna gana de continuar aquella broma algo infantil y se refugiaba en un hieratismo ligeramente arrogante, Jean Ray siguió escribiendo, aunque nada de lo que creó a partir de los años cincuenta alcanzó la popularidad de sus obras de la década anterior; tampoco su calidad. Había empezado a ser más personaje que escritor, esa maldición de quien ha puesto más empeño en su imagen que en su obra. También había dejado de ser un lector: si durante su juventud había leído centenares de libros, en sus últimas entrevistas expresaba poco interés por la literatura; sólo mantuvo la fidelidad a la Biblia, a Dickens y a un par de autores más.

Jean Ray murió de un ataque al corazón el 17 de septiembre de 1964. Sobre la tumba que comparte con su mujer en un cementerio de Gante, figuran tanto su nombre como los dos pseudónimos con los que llegó a ser famoso. Él, que había cortejado el horror, que se había reído de él y lo había conjurado con sus libros, fue durante los últimos meses, sospecho que durante mucho más tiempo, presa del miedo. No quería dormirse por temor a no despertar jamás. Escribir también puede ser un intento de defendernos de aquellas sombras que, si las dejamos sueltas, si no las amarramos con nuestras palabras, se apoderarían de nosotros.

Burroughs & Cassady & Co. *Feel the beat*

1. William Burroughs

¿Lo hizo o no lo hizo? «¡Matar a la zorra y escribir un libro, eso es lo que hice!», exclamó, según un testigo, William Burroughs (véase imagen 5), de repente y sin venir a cuento, pocas semanas antes de su muerte. Para algunos la frase confirmará la depravación de Burroughs. Para otros no será más que un nuevo indicio de la profundidad del trauma.

Aunque durante años diese una versión ficticia del suceso, lo hizo, es sabido; pero ¿cómo? y, sobre todo, ¿por qué?

En principio, Burroughs no parece el candidato típico a una carrera de criminal: ni pasó la infancia en orfanatos, ni tuvo padres alcohólicos, ni, que se sepa, sufrió otra violencia en la niñez que la que sufre cualquier niño; provenía de una familia acomodada, que le pagó sus estudios en Harvard, viajes por Europa para mejorar su formación, y le daría una pequeña pensión todos los meses, no suficiente como para vivir en el lujo, pero sí para no tener que trabajar.

«De niño tenía alucinaciones.» De acuerdo, pero ¿hay niños que no vean cosas imaginarias?

Si en Neal Cassady la transgresión parece el resultado de una incapacidad para contener los propios impulsos, en Burroughs da la impresión de formar parte de un programa: la marginalidad como vocación, la experimentación consigo mismo como quien intenta crear una obra de arte desde cero, incluso destruyendo el material con el que contaba: su vida.

Sobre su época de estudiante: «Mis delitos eran gestos, improductivos y la mayoría impunes. Me metía en casas y me paseaba sin llevarme nada [...] a veces conducía por ahí con un rifle del 22, disparando a las gallinas».

Acumula armas de fuego toda su vida: revólveres, rifles, armas automáticas. A pesar del accidente, nunca renegó de su afición. Ya anciano, posa para las fotografías con un revólver o disparando con un rifle. ¿Cómo se atreve, después de lo que hizo?

Se atreve; y es fácil adivinar que le estimula el escándalo. Pero a veces podría tratarse de una provocación algo narcisista y calculada. Burroughs cuida con esmero esa imagen que lo convirtió en un icono de la cultura *punk*.

Homosexual, yonqui, homicida, ni siquiera oculta fantasías pederastas en alguno de sus libros. No hay nada en él ni en su obra que pueda dejar indiferente a la sociedad biempensante. Aunque lo que nunca le han perdonado muchos es su falta aparente de arrepentimiento.

Dos frases:

«Nunca me he arrepentido de mis experiencias con drogas. Creo que por haber usado heroína en varios períodos mi salud es mejor de lo que sería si nunca hubiese sido un adicto. Cuando dejas de crecer empiezas a morir.»

«Hoy, mientras me hacía la cama a las dos de la madrugada, me he dicho que soy un hombre muy feliz. La gente y los críticos prefieren creer que estoy desesperado, porque les horroriza pensar que pueda ser feliz alguien que lleva una vida que ellos desaprueban.»

Otra frase, como contrapunto: «Bruce Elder me preguntaba si hay algo que lamento en mi vida. ¡Madre de Dios! Hay faltas demasiado monstruosas para ser acariciadas o atenuadas por el remordimiento».

Por supuesto, lo más fácil sería decir que tanto su vida como su obra son resultado de un grave desequilibrio psíquico. En su dormitorio de la facultad tenía una comadreja atada a una cadena. Cuando era muy joven se cortó una falange para impresionar al hombre del que se había enamorado. Lo separaron del ejército tras ser declarado esquizofrénico con tendencias paranoicas en el psiquiátrico en el que lo internaron tras la automutilación —aunque le dieron el alta al poco tiempo, dado que su comportamiento era perfectamente normal—. Se sometió a un psicoanálisis durante tres años pero siempre dijo que había sido una pérdida de tiempo; creía a pies juntillas en los extraterrestres; construyó un acumulador de orgones y se sentaba en su interior para recargar energía vital; se sintió atraído por la cienciología; en alguna ocasión, completamente borracho, amenazó a alguien con un revólver.

Al acabar sus estudios de literatura inglesa en Harvard, hace un viaje por Europa. En Viena se matricula en la Facultad de Medicina, pero no le dura mucho el interés. Prefiere viajar, ligar con jóvenes en las saunas o en los bares gais. Sin embargo, Burroughs siempre esconde alguna sorpresa: se casa con Ilse Klapper; Ilse es judía y quiere irse a vivir a Estados Unidos para escapar al antisemitismo creciente en su país; despues deshacen amistosamente este matrimonio de conveniencia. Éste es uno de los pocos actos desinteresados en la biografía de alguien que parece exclusivamente centrado en sí mismo, como si no hubiese otro mundo para él que el propio cuerpo y la propia mente. También buena parte de sus libros es un ejercicio de autoanálisis, de memoria, de descripción de sí mismo.

Heroína, cocaína, opio, morfina, anfetaminas, hierba —aunque no le gustaba mucho—, alcohol, nicotina, peyote, ayahuasca: Burroughs es un científico que convierte el propio cuerpo en laboratorio; es a la vez investigador y cobaya.

Podría pensarse que Burroughs trata su cuerpo con brutalidad; o quizá sería más preciso decir que lo trata con la indiferencia con la que se manipulan las cosas inertes. Quiere conocer los efectos sobre su percepción, despreciando los que tiene sobre la materia. Burroughs es, en ese sentido, un místico que tortura el cuerpo para que éste libere el espíritu. También podría decirse de él que es un solipsista para el que la realidad sólo existe a través de su percepción.

Quizá lo que más me atrae de Burroughs es su —al menos aparente— falta de compasión, hacia sí mismo y hacia los demás. Resulta fascinante alguien que nunca se siente obligado a justificarse.

En uno de los textos explicativos de *El almuerzo desnudo,* escrito en 1959, Burroughs dice que había sido heroinómano durante veinticinco años. Habla en pasado de una adicción —la Enfermedad— que en realidad es presente y que le acompañará hasta la muerte.

«Nunca ha intentado nadie escribir una autobiografía honesta, y menos aún lo ha conseguido, y nadie podría soportar leerla», anotó Burroughs. Sin embargo, William Lee, el protagonista de sus tres primeras novelas, es una máscara transparente. Lee es el apellido de soltera de su madre, y prácticamente todos los personajes que aparecen en dichas novelas se pueden identificar con facilidad. También sus experiencias están retratadas fielmente; su habilidad narrativa no se encuentra en lo que imagina sino en lo que selecciona.

Me pregunto si la intensidad de sus experiencias no es un obstáculo que bloquea el camino a la ficción.

Mientras escribo estas páginas escucho *The Black Rider,* un musical en el que trabajó con Tom Waits, escribiendo el guión, un par de letras e incluso recitando y cantando *T'ain't No Sin.* El argumento se basa en el de *El cazador furtivo,* de Weber. Un joven tiene que pasar una prueba de tiro, para la que no está dotado, si desea casarse con la mujer a la que ama. El diablo le da las balas para superar la prueba pero le advierte de que algunas le pertenecen a él. El final no es difícil de adivinar: el diablo desvía una de las balas para que mate a la amada. El pretendiente enloquece y lo encierran en un hospital psiquiátrico.

Pobre William. Nunca pudo quitárselo de la cabeza. Tampoco logró que quienes se acercaban a él dejasen de ver al hombre que mató a su segunda esposa, Joan Vollmer, jugando a Guillermo Tell.

Joan Vollmer era una persona devastada. Quienes la describen en los meses anteriores a su muerte hablan de una mujer muy delgada, que ha perdido parte del cabello, con llagas abiertas, a menudo borracha; había sustituido la Benzedrina por el alcohol porque en México, donde vivían, no era fácil de conseguir. Según un amigo, pocos días antes de su muerte había dicho: «No voy a durar mucho».

Es muy difícil definir sus relaciones con Burroughs. Huncke, su amigo heroinómano que convivió con ellos en Texas, dice que Bill respetaba a su mujer por su inteligencia pero que desde luego no se podía decir que la amase. Otros amigos de la pareja hacen hincapié en el tono algo despreciativo que usa Joan cuando se dirige a Bill.

Pero Joan escribe, en una carta a Ginsberg, en la que le cuenta que tienen que mudarse debido a los problemas de su marido con la justicia: «Me da igual dónde vivamos, siempre que sea con él».

No está claro qué sentía o pensaba Joan sobre las relaciones de su marido con hombres y jovencitos. En cuanto a lo que pensaba Bill, lo dejó muy claro: «Acostarme con una mujer está bien si no puedo pillar a un chico. Pero acostarme con una mujer o con mil únicamente resalta el hecho de que una mujer no es lo que quiero. Mejor que nada, claro, como comer una tortilla es mejor que no comer. Pero da igual cuántas tortillas me coma, seguiré teniendo ganas de un filete».

Sus hijos —una niña de Joan y un niño de ambos— vivían en un clima de completa permisividad, que no hay que confundir con abandono. Los niños hacían sus necesidades en cualquier sitio y se lavaban cuando querían. Si los abandonaban en ocasiones era por circunstancias fuera de su control: por ejemplo, cuando coincidió que William estaba en la cárcel y Joan fue internada en el psiquiátrico después de excederse con la Benzedrina.

Pero la libertad total no parece que tuviese como consecuencia niños despreocupados y felices: la niña tenía pesadillas y acostumbraba a morderse el interior del brazo izquierdo, hasta el punto de tener en él una llaga. El niño crecería para convertirse en un adolescente problemático, aficionado a las drogas y al alcohol; murió a los treinta y tres años como consecuencia de una cirrosis; durante sus últimos años solía decir que su padre había arruinado su vida.

En una ocasión William y Joan fueron detenidos por embriaguez y escándalo público: estaban copulando borrachos en la cuneta mientras sus hijos aguardaban en el coche.

En la mayoría de las fotos de la época se ve a Burroughs con traje y corbata y gafas de oficinista, a veces con sombrero; también solía recibir a las visitas con corbata cuando estaba viviendo con su familia en un rancho de Texas. No tiene desde luego el aspecto que uno esperaría de un icono *beat*.

El 6 de septiembre de 1951 William Burroughs mató a su mujer de un disparo en la cabeza. Él tenía treinta y siete años; ella veintiocho.

Se encontraban en el apartamento de un amigo y Burroughs había llevado unas armas que pretendía vender. Tanto él como los dos testigos afirmaron que Burroughs había disparado contra una copa que Joan balanceaba sobre la cabeza, después de decir: «Va siendo hora para nuestro número de Guillermo Tell».

El abogado de Burroughs, pagado por su familia, les convenció para que cambiaran su declaración. Desde entonces afirmaron que la muerte de Joan se produjo cuando a William se le disparó accidentalmente el arma. Él también mantuvo esa versión durante años, hasta que decidió hacer pública una nueva, más cercana a los hechos.

«Apunté con cuidado desde seis pies de distancia a la parte superior del vaso.»

¿Se puso Joan el vaso en la cabeza y le animó a disparar como han afirmado algunos? De cualquier manera, en el acto se intuye una pulsión suicida, que por supuesto no exculpa a quien apretó el gatillo.

¿Habían practicado ese peligroso juego con anterioridad, como parecen sugerir las palabras de Burroughs «nuestro número de Guillermo Tell»?

Burroughs, que ya había huido de Nueva Orleans a México para escapar a una condena en prisión por posesión de drogas, aprovechó que el juez le dejó en libertad bajo fianza hasta que se aclarasen las circunstancias del caso para huir también de México. Sólo pasó dos semanas en la cárcel de Lecumberri.

Se insinuó que los expertos en balística habían sido sobornados para que confirmasen la versión oficial de Burroughs, permitiendo así su libertad provisional y la fuga.

«Me veo forzado a la espantosa conclusión de que nunca me habría convertido en escritor sin la muerte de Joan [...] la muerte de Joan me puso en contacto con el invasor, el Feo Espíritu, y me encerró en una lucha perpetua, en la que no me queda otro remedio que escribir para escapar.»

Esta interpretación refrenda la teoría de Klaus Theweleit, según la cual el poeta desea inconscientemente la muerte de la mujer amada para que el dolor y el amor perdido alimenten su literatura (Orfeo se habría vuelto entonces a mirar a Eurídice precisamente para que ella volviera al Hades y poder así componerle hermosas canciones). Sin embargo, Burroughs no nació como escritor tras la muerte de Joan; para entonces ya casi había terminado *Yonqui* y había comenzado *Queer*. Y en sus siguientes libros sólo menciona a su exesposa de pasada.

Lo que sí le llega después del accidente/incidente es el éxito; en pocos meses se venden más de cien mil ejemplares de *Yonqui*. La consagración literaria tardará un poco más: sólo con la publicación de *El almuerzo desnudo* escapa Burroughs a las ediciones populares y alcanza los círculos académicos.

Entre medias: Florida con sus padres, Nueva York con Ginsberg, Roma, Tánger, París, Londres para desintoxicarse. Años de alcohol, droga, promiscuidad, también con un episodio de contrabando de drogas de Marruecos a Francia que a punto estuvo de costarle una temporada en la cárcel.

«Vivía en un cuarto en el Barrio Nativo de Tánger. No me había bañado en un año ni me había cambiado ni quitado la ropa salvo para clavar una aguja cada hora en la carne fibrosa, gris y entumecida de la adicción terminal.»

Drogas, homosexualidad, desprecio del instinto de supervivencia, la atracción del abismo, la estética de la perdición, la aceptación de la pesadilla como realidad, la provocación. Sus temas atrajeron a músicos y artistas que se rebelaban contra el *business as usual* de la sociedad norteamericana. De Kurt Cobain a Laurie Anderson, de R.E.M. a Nick Cave, de Gus Van Sant a Cronenberg. El rostro inexpresivo, su voz algo perversa, ese anciano correctamente vestido cuya mansedumbre es desmentida por el revólver que empuña, fueron cameos frecuentes en las obras de la contracultura y del *punk*. La celebridad le acompañaría el resto de sus días. ¿Era eso, al final, lo que buscaba?

«¡Matar a la zorra y escribir un libro!», dijo muchos años después, pero, aunque a veces pareciese que se lo tomaba a broma y que coqueteaba con su gusto por la violencia, nunca acabó de matar a la zorra.

«Me daba miedo que un día el sueño siguiese ahí después de despertar.» Da la impresión de que sus temores se cumplieron.

2. Neal Cassady, alias Dean Moriarty, alias Cody Pomeray

Guardafrenos, aparcacoches, vendedor de enciclopedias (fracasado), recauchutador de neumáticos Goodyear, guardagujas, mecánico encargado de cambiar los neumáticos a los camiones, vendedor de cacerolas (fracasado), escritor (inédito en vida, salvo por un par de páginas), conductor legendario del autobús de los Merry Pranksters (luego hablaré de ellos).

Su padre era alcohólico; varios de sus hermanastros eran destiladores clandestinos; una suerte, porque éste fue uno de los pocos negocios que no se derrumbó durante la crisis del 29.

Neal Cassady vive con el botón del *fast forward* continuamente pulsado.

Una imagen de Cassady que no encaja con la leyenda: durante buena parte de los años cincuenta se esfuerza por mantener un empleo estable, por ser un buen padre de familia, una persona normal, adaptada. Su esposa Carolyn se convence una y otra vez de que las cosas han cambiado, de que van por el buen camino. Pero siempre, entre medias, le puede la inquietud, Neal tiene que salir corriendo, embarcarse en otras relaciones, tiene que hacer añicos las estructuras que ha ido creando con tanto esfuerzo. Uf, qué alivio; aún está vivo.

Todos coinciden en que hablaba muy deprisa, a menudo intercalando medias palabras sin demasiado sentido, *yeah, yeah, yeah, right, right, right,* como quien teme el silencio, el vacío: ¿quién soy cuando me quedo quieto, cuando no hablo? Al parecer, Cassady tenía miedo de las respuestas a esas preguntas.

También coinciden en que se movía continuamente, como un boxeador mueve los hombros mientras espera reanudar el combate o asiente a las instrucciones de su entrenador. De niño salía siempre corriendo de casa para ir al colegio, cada día por una ruta concebida como una carrera de obstáculos contrarreloj: saltar vallas, atravesar patios, incluso escalar edificios; el desafío era llegar al mismo tiempo que sonaba la campana del colegio. Pero con frecuencia llegaba tarde. De joven corría y entrenaba, tenía un cuerpo de atleta. Los Merry Pranksters lo recuerdan siempre haciendo malabarismos con un martillo, un juego obsesivo. Era una manera de correr en el sitio cuando no podía hacerlo de otra manera. La principal fuente de energía que mantenía en rotación el planeta Cassady era la Benzedrina; su metabolismo la transformaba en energía cinética.

Lógicamente, apostaba en las carreras de caballos.

De niño vivió un tiempo con su padre en un albergue miserable en el que cohabitaban con vagabundos y borrachos. Compartían cuarto con un mendigo tullido y alcohólico.

El padre mentía a quienes le querían sobre su adicción al alcohol; el hijo mentía a quienes le querían sobre su adicción al sexo.

La madre murió cuando Neal tenía diez años. Sus hermanastros mayores —ella había tenido seis hijos de otro matrimonio— se divertían torturándolo.

Kerouac, en *En el camino,* comenta que Neal tenía «un hijo ilegítimo en algún lugar del Oeste». Aunque es posible que tuviese otros hijos ilegítimos, como menciona Cassady en sus cartas, lo que es seguro es que a los veinticinco años había estado casado tres veces, tenía dos hijos de su segunda esposa, uno de la tercera y esperaba otro de la segunda (atención al orden).

Una noche que Carolyn, su segunda esposa, volvió a casa, se encontró en la cama a Neal, a su primera esposa y a Allen Ginsberg.

«Me masturbo, al menos, tres veces al día y vengo haciéndolo así desde hace años...»

Carolyn, con cierto rencor hacia ese marido tan irresponsable para con su familia como popular con sus amigos, que le imponía el ingrato papel de esposa severa y aguafiestas: «Todos dieron una alegre bienvenida a Neal, como siempre...».

No terminó la escuela; sin embargo, conversaba sobre literatura y filosofía con Ginsberg, Burroughs, Kerouac...

Cassady hubiese querido ser escritor; bromeaba diciendo que no podía ser músico porque no tenía oído y que siendo daltónico no parecía que fuese tampoco a dedicarse a la pintura, así que sólo le quedaba escribir. No fue capaz de construir una obra sólida; tan sólo el inicio de su autobiografía y algo que encajaba bien con su manera de ser: cientos de cartas; el género epistolar es su auténtica obra literaria; no le exigía la disciplina de la novela y a cambio le permitía la inmediatez que para él era imprescindible en la escritura.

Escribir de lejos, en movimiento, mantener el contacto sin tener que mantener la compañía, estar ahí estando en otro sitio, vivir en varios lugares al mismo tiempo.

A principios de los años cincuenta Cassady se sometió a un test psicológico. El diagnóstico fue: «Personalidad sociopática con tendencias esquizofrénicas y maníacodepresivas que podrían dar lugar a una psicosis».

Neal tuvo su primera experiencia sexual completa a los nueve años; su padre y él estaban pasando una temporada con un matrimonio, alcohólicos los dos, que tenía doce hijos. El ambiente era de degradación absoluta: los chicos fumaban, bebían, decían palabrotas. Una tarde Neal acompañó al mayor de los muchachos en el juego de violar a todas las hermanas que pudieron atrapar.

Neal Cassady tuvo una gran influencia en la cultura, y desde luego en las leyendas, de su generación: Jack Kerouac lo convirtió en protagonista de *En el camino* y en personaje de otras novelas; Allen Ginsberg estuvo desesperadamente enamorado de Neal: escribió para «N. C., héroe secreto de estos poemas, follador y Adonis de Denver...», puede leerse en «El automóvil verde», incluido en *Aullido;* Jerry García, líder de Grateful Dead, dijo que sin Cassady no habría existido la banda: fue él quien les empujó a crear sin limitaciones, sintiéndose libres en cada momento. Y fue una carta de Cassady, en la que contaba algunas aventuras amorosas de su adolescencia, la que mostró a Kerouac cómo escribir *En el camino.* En una carta anterior le había dicho: «Siempre he pensado que al escribir debe uno olvidar todas las normas, los estilos literarios y cualquier otra pretensión como las palabras sonoras, las frases magníficas... El Arte es bueno cuando surge de la necesidad. Este tipo de origen es la garantía de su valor; no hay otro». Estaban aplicando el *bebop* a la literatura y al *rock.*

Jack Kerouac hizo de él un personaje de leyenda. Cassady hizo de Kerouac un escritor.

También Ken Kesey y John Clellon Holmes lo convirtieron en personaje de alguna de sus obras; pero ¿convirtieron a la persona en personaje o usaron al personaje como personaje? Hum, parece un acertijo, pero tiene sentido preguntárselo: da la impresión de que en los sesenta Neal Cassady había dejado de existir, suplantado por su álter ego Dean Moriarty.

Su IQ: 132. Un genio; un genio sin obra o, quizá, como dijo Kesey: «[...] Cassady hizo todo lo que hace una novela, sólo que lo hizo mejor, porque lo estaba viviendo, no escribiendo acerca de ello». ¿Es verdad que vivir es mejor que escribir?

Antes de cumplir veinte años, Cassady había sido detenido diez veces, condenado seis y había pasado casi un año y medio en reformatorios —se escapó de dos— y prisiones.

«Siempre había temido la idea de un Neal anciano; habría sido grotesco: para todos los que le conocieron era la personificación misma de la juventud.» (Carolyn.)

Lo que muchos no vieron: Cassady no era una novela; era un ser humano particularmente atormentado. Al parecer intentó suicidarse varias veces; en una ocasión, su mujer Carolyn lo encontró muy excitado en el interior de su coche con un revólver en la mano: estaba intentando reunir fuerzas para apretar el gatillo y terminar con su propia vida.

Kerouac sí se daba cuenta: «Cody es triste. Nos entristece». Kerouac también era triste, y adoró a Cassady/Cody/Moriarty, en quien veía a su hermano mayor, que murió con nueve años; pero se distanció de Neal para dedicarse a una desesperada autodestrucción. Murieron con sólo unos meses de diferencia.

LuAnne tenía quince años, Neal diecinueve; se casaron. Él le leía por las noches en voz alta Shakespeare y Proust. Después de su divorcio, y después de que Neal se casase con Carolyn, continuaron manteniendo relaciones. Él la alejaba de sí porque quería estar con Carolyn, pero poco después iba a buscarla. Según Carolyn, Neal violó a LuAnne una vez; y se sabe que la golpeó varias. En una ocasión en la que una amiga quiso protegerla, LuAnne dijo: «No, no pasa nada. Me gusta».

Necesitaba ser querido, continuamente. Por eso, aunque tomaba decisiones que herían profundamente a quienes le rodeaban, intentaba convencerlos de que era lo mejor para ellos.

Mentía a quienes le rodeaban porque no podía renunciar a llevar una doble, triple, cuádruple vida.

Muchos de quienes le conocieron, también los que le aborrecían, afirmaron que Cassady podía ser de una amabilidad conmovedora.

Era un hombre extremadamente generoso. Era un hombre extremadamente egoísta.

Y también era cariñoso, dulce, salvo haciendo el amor. Su violencia entonces aterrorizaba a Carolyn. La primera noche que la poseyó, Allen Ginsberg estaba tumbado en un sillón a pocos metros. Al parecer, creyó que sus gemidos eran de placer.

Quizá exagerando un poco, Neal decía haber robado más de quinientos coches. No los revendía; los robaba para conducirlos a toda velocidad. Fue a la cárcel en varias ocasiones por acumulación de multas de tráfico impagadas.

De una carta dirigida a Carolyn cuando él estaba trabajando en México con el ferrocarril: «¿Tomarás mi triste cabeza entre tus manos y calmarás a la bestia feroz?».

De niño, durante los veranos, acompañaba a su padre en largos viajes haciendo autostop o viajando en trenes de carga, en busca de trabajos estacionales. A veces el padre se bebía todo lo que ganaban. Durante uno de esos viajes, cuando Neal tenía ocho años, su padre se emborrachó durante varios días gastando todo lo que había ganado con la venta de matamoscas de puerta en puerta; acabó en la cárcel y fue Neal el que hizo un discurso conmovedor al juez para que lo dejasen ir, pues él, si no, se quedaba solo en el mundo. De adulto Neal sería un experto en discursos conmovedores. Los usaba para dar sablazos o para engañar a sus amantes y esposas.

No fue inmune, como casi nadie de su generación lo fue, a la moda de las filosofías y religiones orientales. La decepción con la civilización cristiana, capaz de generar el holocausto e Hiroshima, impulsó el ateísmo en Europa, y en Estados Unidos una espiritualidad oriental filtrada por el psicoanálisis. Neal y Carolyn se hicieron seguidores de un místico que mezclaba espiritualidad cristiana y oriental. Cassady creía en la reencarnación. En un trance dirigido, pudo verse en otras existencias previas: en todas fue asesino, violador o drogadicto; en todas su vida fue una tragedia alimentada por los excesos. Al escuchar con Carolyn la grabación que habían hecho de la sesión de trance, Neal no pudo contener las lágrimas.

Fue detenido en febrero de 1958 por ofrecer marihuana a dos policías de paisano. Le impusieron una pena particularmente severa, quizá porque lo identificaban con el inmoral Dean Moriarty. De los cinco años cumplió dos. Cuando salió de la cárcel se encontró con que era una persona famosa debido a la novela de Kerouac. Durante los años siguientes apareció en revistas, periódicos, en reportajes televisivos.

Carolyn se divorció de él. Neal continuaría escribiéndole cartas de amor, aunque en los años sesenta el número de sus amantes es incontable; de todas partes llegaban mujeres que querían acostarse con él. Unas eran jovencísimas, otras mujeres maduras que veían una relación con Cassady como la última oportunidad de recuperar la pasión y la despreocupación de la juventud.

Neal condujo a Burroughs y Huncke, junto con la cosecha de marihuana que habían cultivado éstos, de Texas a Nueva York. Era la tarea perfecta para él: combinaba riesgo, velocidad, amistad y un poco de dinero.

Miles de jóvenes querían ser Neal Cassady. Imitaban al personaje de *En el camino,* impostaban vidas espontáneas y apasionadas, pero en realidad estaban calculando su efecto, como actores que ensayan un papel trágico y lo van retocando hasta que parecen sufrir de verdad.

Acompañó con frecuencia a los Merry Pranksters; para quien no los conozca, una breve explicación: eran un grupo de jóvenes que, siguiendo al escritor Ken Kesey —*Alguien voló sobre el nido del cuco*—, recorrieron Estados Unidos en un autobús cubierto con pintura fosforescente y organizando los llamados *Acid Tests,* auténticos espectáculos multimedia en los que se consumía LSD, que aún no había sido ilegalizado. No se trataba sólo de organizar juergas descomunales; querían cambiar la conciencia de Estados Unidos. Durante los tests, Cassady tomaba un micrófono e improvisaba monólogos rítmicos, a veces incoherentes, pero salpicados de frases brillantes. Era un maestro del rap.

Los Beatles imitaron el proyecto de los Merry Pranksters: también pintarrajearon un autobús, invitaron a amigos a acompañarlos, montaron durante el camino fiestas con drogas; hicieron una película; grabaron música. Pero con el *Magical Mystery Tour* no querían cambiar nada, salvo el saldo de sus cuentas bancarias.

Una de sus grandes preocupaciones era el tiempo, la percepción del tiempo; a veces, cuando escuchaba a un músico de jazz tenía la impresión de entenderlo todo, como si en su cabeza se condensase, en un instante infinito, toda la materia del universo.

Cuando era el conductor del autobús de los Merry Pranksters, su especialidad era completar un trayecto sin pisar una sola vez los frenos, aunque a veces tuviese que salirse de la carretera para ello. A nadie parecía importarle que condujese drogado.

También: estaba muy cansado. Él lo atribuía a las expectativas de los demás, a tener que ser deslumbrante todo el tiempo. Pero sin duda las drogas, la falta de sueño, su frenética vida sexual contribuyeron a dejarlo exhausto. A veces regresaba a visitar a Carolyn y a sus hijos. Nunca dejó de considerarlos su hogar.

Su última amante, J. B., tenía veintidós años y oía voces.

Es demasiado simbólico; a veces me detengo mientras leo sobre su vida y me parece estar dentro de una obra de ficción: nació en medio de un viaje de sus padres, que tuvieron que detenerse en su camino hacia Hollywood para que la madre diese a luz en Salt Lake City; murió tras ser encontrado inconsciente una mañana junto a la vía del ferrocarril en San Miguel de Allende; se dirigía a pie a Celaya —a más de veinte kilómetros— después de una pelea con su amante y de dejarse arrastrar al festejo de una boda mexicana.

Nació y murió en el camino.

El médico que dictaminó su muerte escribió: «Congestión de todos los sistemas», como si el organismo entero de Cassady se hubiese rendido de golpe. Había tomado barbitúricos y alcohol; esto último era poco frecuente en él.

No es cierto, como se ha dicho, que estuviera contando las traviesas cuando cayó inconsciente junto a la vía para no volver a despertar jamás. Tampoco es cierto que sus últimas palabras fuesen «sesenta y cuatro mil novecientos veintiocho». Nadie estaba a su lado para escuchar sus últimas palabras.

¿Qué queda por contar? ¿Qué queda por entender? Casi todo; cuando alguien se convierte en leyenda, la mayor parte de lo que se dice sobre él es mentira. ¿No es así, Neal?

Yeah, yeah, yeah, right, right, right.

3. Co.: Corso, Ginsberg, Huncke, Kerouac, Kesey

Años cincuenta y sesenta, del *beat* al *flower power*.

¿Para esto Hiroshima? ¿Para esto Nagasaki? ¿Para esto la lobotomía social que permite extirpar cualquier órgano que amenace con borrar las forzadas sonrisas de los anuncios? ¿Es éste el futuro que nos prometéis si nos sumamos a la paranoia anticomunista? ¿Westinghouse, Hoover, Kellogg's, un ama de casa que ha preparado una magnífica tarta al hombre que regresa del trabajo, un perro fiel, una casa en los suburbios?

Cada uno llegó a las drogas y a la marginalidad, en algunos casos a la delincuencia, por motivos que tenían que ver con su historia individual; sin embargo, eran parte de un movimiento antirracional, contracultural, de rechazo al orden existente, el orden de la Guerra Fría y del capitalismo.

Es imposible querer saltarse todas las reglas sin infringir la ley.

En 1956 *Aullido,* en 1957 *En el camino,* en 1959 *El almuerzo desnudo;* y no tembló la tierra ni se abrieron los cielos para que Dios fulminase a los impíos con un rayo. Hubo quienes echaron espumarajos por la boca, pero al poco tiempo ya nadie les hizo caso. Otros, más prácticos, confiaron en que los pervertidos se autodestruirían, igual que algún policía se alegra cada vez que una banda de gánsteres ha eliminado a miembros de la banda rival. Dejad que ellos mismos hagan el trabajo. La droga mata, pensaban, y se reían para sus adentros.

Algunos supieron satisfacer las expectativas: Kerouac a los cuarenta y siete con el hígado destrozado, Cassady a los cuarenta y uno; pero otros decidieron alcanzar edades bíblicas a pesar del alcohol, las anfetaminas, la heroína; Herbert Huncke, quién lo iba a decir, a los ochenta y uno; William Burroughs a los ochenta y tres; Allen Ginsberg duró algo menos: a los setenta.

Unos pasaron por la cárcel, otros por el psiquiátrico, los primeros soportaron los abusos de los guardianes, los segundos los electroshocks.

Gregory Corso era un poeta curtido en la calle, en los orfanatos, en los burdeles, en las cárceles; su padre le contó que la madre había huido a Italia, lo que no era cierto. De niño se niega a aceptar que su vida es propiedad del Estado; huye de las distintas instituciones en las que le encierran. Little Italy huele a pan tostado, la gente es amable, le pagan por hacer recados. Conoce la cárcel de adultos antes de serlo, con trece años y por un pequeño hurto. Con diecisiete lo condenan a tres años en una prisión de máxima seguridad por robar un traje usado; como para creer en las palabras moralizantes de las autoridades. Bohemio, poeta que impresionó a Ginsberg, errabundo, inconforme. «Y yo, como quien derriba un jarro de leche, vierto lo más secreto en la página moribunda.»

Ginsberg no fue a la cárcel. Aunque la policía encontró en un registro de su apartamento buen número de objetos robados, sus padres consiguieron que lo encerrasen en el psiquiátrico. Preferible un hijo loco a delincuente, y él no tenía mucho en contra de la locura. En el psiquiátrico se encontró con Carl Solomon, quien sería uno de los grandes editores de los escritores *beat:* había conseguido hacerse internar en el psiquiátrico como acto dadaísta: era una confesión de que su razón y la de la sociedad funcionaban de maneras distintas; era el gesto del que se entrega al sheriff para que lo detenga antes de cometer un delito.

Quizá no habría sido justo que Ginsberg fuese a la cárcel, salvo por albergar en su casa a Huncke, amigo de Burroughs, ladrón y camello, aparte de autor de una interesante autobiografía en la que retrata su vida de heroinómano y sus aventuras con escritores, músicos de jazz y todo tipo de personajes tan tirados como él. Icono cadavérico de su generación, perpetuo candidato a la sobredosis y el cáncer de pulmón, prostituto, escritor tan interesante como fracasado, y al parecer inventor del término *beat* que luego popularizaría Kerouac.

Por cierto, ¿fue justo que Kerouac fuese a la cárcel? Kerouac el deportista, el marinero, Kerouac el hombre tímido y tierno, él, que hubiese querido que el mundo fuera continuamente intenso y continuamente hermoso; el dolido por las feroces críticas que le dedicaba *Times,* por el odio de las familias que van a misa y sólo se apuñalan en privado; cuando su amigo Lucien Carr acuchilló a un admirador demasiado insistente, Kerouac le echó una mano para deshacerse del cuchillo. Pero sólo fue acusado como testigo material y, en una historia muy propia de los años *beat,* los padres de una amiga pagaron su fianza —que su propio padre se negó a pagar— a condición de que se casara con su hija. Kerouac no fue un delincuente, salvo por los delitos de consumir drogas y de un suicidio a plazos; el alcohol, su auténtica maldición, no estaba prohibido, por lo que pudo seguir el mismo rumbo que su padre y destrozarse el hígado. Es doloroso leer *En el camino,* que rezuma ganas de vivir, de experimentar a fondo la existencia, una alegría y un en tusiasmo contagiosos que no consiguen ocultar una tristeza de fondo que al final acabó ganando la partida.

Y Kesey, tampoco fue él un auténtico delincuente aunque pasó varias temporadas en prisión, estuvo huido, en la carretera, para anunciar la buena nueva; Kesey, el profeta del ácido lisérgico, que no aceptaba que le prohibiesen tomar y poseer drogas. El mismo Estado que te lobotomiza se preocupa por tu salud.

Resumamos: no se puede abarcar todo; no aquí, desde luego, donde he reseñado telegráficamente las vidas de algunos poetas de la autodestrucción y la desobediencia. A mí me habría gustado vivir esa época... y salir indemne, claro. Casi todos nos conformamos con leer, con adivinar de lejos cómo fue, qué sentían, qué rabia o descontento los llevaba a inmolarse.

«Vi las mejores mentes de mi generación destruidas por
la locura, hambrientas histéricas desnudas,
arrastrándose al amanecer por las calles de los negros
en busca de un pinchazo rabioso.»

Después llegó la generación *hippie*. Más tarde el *punk*. Y después el SIDA y Ronald Reagan. Los ochenta enterraron a la generación *beat* sin detenerse siquiera a escribirle un epitafio.

Maurice Sachs, el encantador de serpientes

En uno de sus mejores libros, *Le Sabbat,* Maurice Sachs cuenta que el día que fue licenciado del servicio militar se arrodilló en la biblioteca del cuartel, desierta en ese momento, y dijo: «Juro ser un gran hombre». Ese proyecto, tan ambicioso como inconcreto, intentaría cumplirlo sobre todo a través de la literatura, haciendo caso omiso de lo que al parecer le advirtió Cocteau: «Maurice, tú podrás hacer todo lo que quieras, menos una cosa: ser escritor». Quizá Cocteau se había dado cuenta de que Sachs no quería escribir, sino ser un gran escritor, que no es lo mismo. De ahí que escribiera frenética y desordenadamente: nunca tuvo la paciencia de aprender nada. Y si su vida terminó en tragedia, en una tragedia mezquina, fue porque utilizó a los demás sin ningún escrúpulo para realizar su ambición.

Maurice Sachs (véase imagen 7) nació en 1906 en París, de padres judíos. Su apellido auténtico, Ettinghausen, lo cambió por el de la madre, quizá porque no sentía el menor vínculo con un padre que, tras divorciarse de su mujer, Andrée Sachs, cuando Maurice tenía seis años, jamás volvió a visitarlo. La rama materna era la parte poco convencional de una familia burguesa; el abuelo fue un joyero socialista que se codeaba con políticos de izquierda y con intelectuales, casado con una mujer, Alice, independiente y muy poco maternal que se divorció de él y volvió a casarse enseguida. La madre tampoco se ocupó mucho de Maurice; confiaba su cuidado a una niñera y cuando volvió a casarse prefirió que la abuela se ocupara del niño. Se lo pasaban de una a otra como quien se libra de una carga.

No parece sorprendente que Maurice se convirtiera en un hombre ansioso de recibir cariño y que al mismo tiempo no supiera qué hacer con el aprecio de los demás cuando lo recibía. Parte de la tragedia de su vida es que intentaba desesperadamente ser «adoptado» por personas a las que admiraba, pero no dudaba en traicionarlos si le surgía la oportunidad. «Sólo se traiciona bien a aquellos a los que se ama», escribió en uno de los muchos aforismos de *La chasse à courre,* el libro que escribió en la cárcel a la que le envió la Gestapo.

Tras la marcha de Herbert Ettinghausen, madre e hijo vivieron juntos un tiempo. Fue una época de apuros económicos. Sin embargo, el hijo presumía en el colegio de que su familia era rica y empezó a sustraer pequeñas cantidades de dinero; sólo tenía seis o siete años. Al realizar las sustracciones sentía una voluptuosidad y una excitación parecidas a la excitación sexual que descubriría más tarde.

Pero era un ladrón frágil, que deseaba seguir siendo amado aunque no consiguiera vencer la tentación. El niño se arrepentía de sus robos, lloraba, prometía enmendarse... y volvía a robar.

Maurice era un chico solitario; en el internado anglofrancés que le costeó su abuelo se convirtió enseguida en el típico niño al que todos los compañeros maltratan y torturan. No es seguro que fuera violado por un alumno mayor en el colegio, como escribió Sachs en un manuscrito de *Le Sabbat,* aunque la mención no aparece en la versión publicada. Lo cierto es que en el colegio eran frecuentes las relaciones homosexuales entre alumnos, y se sospecha que algunos profesores abusaban de ellos.

Además de su sexualidad, Maurice descubrió entonces su amor por la naturaleza y, sobre todo, por la literatura. Con catorce años ya había decidido que sería escritor o nada (la disyuntiva llama la atención por lo peligrosa).

Al terminar el internado regresó a París y descubrió que su madre se había vuelto a casar, con un escritor que no estaba enamorado de ella pero que aceptó el matrimonio porque Andrée le había prometido que lo mantendría. Maurice empezó a vivir con su abuela, que se volvió poco después a divorciar. Con ella visitaba los salones literarios. Un joven mayor que él, al que conoció en uno de esos salones, lo inició a la bebida. Maurice, mientras tanto, buscaba el calor familiar del que carecía en el segundo exmarido de su abuela, Jacques Bizet, quien había sido un industrial de renombre y contado a Proust entre sus amigos, pero que acabó convertido en alcohólico y morfinómano. Su tema favorito de conversación era el suicidio. Maurice solía encontrarlo drogado o enloquecido o las dos cosas; a veces, paseándose con un revólver en la mano, incluso disparando contra algún objeto. En más de una ocasión explicó al joven Maurice la mejor manera de suicidarse: un tiro en la boca.

En noviembre de 1922 el viejo se quitó de en medio según el método que defendía. Antes de hacerlo, redactó su testamento, en el que no había ni una línea para la única persona que lo había visitado asiduamente durante su decadencia: Maurice. La decepción de éste fue profunda.

También la madre intentó suicidarse después de que se descubriese que estaba en la ruina y que pagaba con cheques sin fondos. Maurice creció de pronto, como esos personajes de los cuentos que toman una poción mágica y se enfrentan a tareas para las que no parecían capacitados. Por fin tenía la oportunidad de demostrar a su madre que podía confiar en él. Lo primero que hizo fue llevarla a Londres para escapar a la justicia; después se puso a buscar dinero por todas partes para pagar las deudas. Se instaló en Londres con ella y empezó a trabajar en una librería —y a sustraer libros—. También había empezado a pintar. Podría haber sido, a pesar de todo, una buena época para ellos. La crisis familiar habría podido acercar a la madre y al hijo, darles una segunda oportunidad.

Pero las cosas no debieron de ir tan bien. Maurice regresó a Francia ese mismo año para trabajar como secretario de René Blum. Poco después, como vendedor de libros a domicilio. Y no mucho más tarde era conserje en el hotel de una familia con cuyos vástagos había trabado amistad, los Delle Donne. Maurice nunca dejó de buscar esas familias que satisfacían su añoranza de un hogar intacto, culto, refinado.

A través de esas relaciones llegó para Maurice un momento crucial de su vida: aquel en el que conoció a Jean Cocteau, a quien empezó a idolatrar con entusiasmo parejo a la saña con la que le atacará más tarde. Visitaba al poeta casi todos los días. Se convirtió en su secretario y en su hombre de confianza, de la que abusó no pocas veces, pero Cocteau no le guardaba rencor durante mucho tiempo. De hecho, en *Journal d'un inconnu* le defiende de las acusaciones de robo cometido con sus pertenencias. Maurice lo acompañaba en sus salidas nocturnas, a fiestas, a bailes para homosexuales, en las *soirées* míticas del Boeuf sur le Toit, bar frecuentado por los artistas y los intelectuales más destacados: Picasso, Picabia, Brancusi, Isadora Duncan, Coco Chanel...

Maurice estaba encantado de poder codearse con ellos, era amable hasta caer en la adulación más empalagosa. Habría dado todo por ser uno de ellos, eterno colegial pobre entre niños ricos.

Empezó a gastar más de lo que podía, comprando trajes a medida y saliendo todas las noches. No tardó en sustraer pequeñas cantidades de dinero a los clientes del hotel. Una prueba de su encanto: a pesar de las quejas, no fue despedido. Otra prueba, ésta más banal: aunque no era ninguna belleza, tenía constantes aventuras amorosas.

El acercamiento de Cocteau al catolicismo le cogió por sorpresa. Jacques Maritain, que había decidido junto con su esposa hacer apostolado entre los intelectuales, consiguió que Cocteau comulgara. Maurice, tras algunas dudas, decidió seguir a su maestro y se bautizó poco antes de cumplir los diecinueve años. Quizá le hacía feliz el interés que había despertado en los Maritain, pero, como será habitual en él, llevó las cosas al extremo: no se conformó con hacerse católico; él, judío apenas preocupado por las cuestiones religiosas hasta poco tiempo antes, se propuso ordenarse sacerdote, lo que despertó el entusiasmo de sus mentores, aunque Raïssa Maritain también anotó: «Este muchacho tiene un algo oscuro que me inquieta».

Cocteau avisó a los Maritain de que lo que Sachs pretendía era huir de sus acreedores. Pero no sólo no le escucharon sino que se hicieron cargo de buena parte de las deudas.

El resultado fue catastrófico; al principio parecía entusiasmado con su nuevo papel —es imposible evitar la sensación de que Maurice, desde muy pronto, interpreta papeles con tanta convicción que él mismo se los cree—, pero el entusiasmo le duraba poco, ésa era su maldición. El aburrimiento le acechaba constantemente. Y la carne, ya se sabe, es débil. De nada le sirvieron el cilicio y las disciplinas. La carne seguía ahí, pidiendo placer, no dolor. Ese mismo verano llegó el escándalo. El joven seminarista se fue de vacaciones a la playa con su abuela, no sin antes pedir dinero prestado ¡a su confesor! Y allí mantuvo una relación no sólo sentimental con un adolescente americano. Cuando lo descubrieron, Maurice tuvo que salir huyendo y abandonar el seminario. En esa época empezó a frecuentar al escritor y pintor católico y homosexual Max Jacob, quien le animó a escribir; ese mismo otoño terminó su primera novela: *Le voile de Véronique,* que envió inmediatamente a Cocteau; éste le recomendó que la guardara en un cajón.

Durante el servicio militar, al que se vio obligado tras abandonar el seminario, tuvo su primera relación heterosexual, no muy satisfactoria, pero Sachs se adaptó a ella, como a casi todo.

Como estaba huérfano otra vez —había agotado la paciencia del señor Delle Donne y Cocteau y los Maritain estaban irritados con él—, al licenciarse decidió entrar en contacto con Gide, al que admiraba fervorosamente. Pero Gide no era Cocteau; él no necesitaba seguidores ni se dejó embaucar por los elogios desmesurados del joven. Maurice salió muy decepcionado del encuentro. Comenzó a beber incluso más de lo habitual en él, a frecuentar burdeles masculinos. Sobrevivía dando sablazos y con algunos trabajos editoriales que no le aportaban demasiado; buscando mayor rentabilidad, se puso a comerciar con ediciones originales y manuscritos dedicados. Algunos se los robaba a los conocidos.

Coco Chanel, en cuya casa vivía ahora Cocteau, le encargó que le creara una biblioteca privada —¡esos burgueses exquisitos que quieren aparentar cultura sin realizar el esfuerzo de asimilarla!—. Por primera vez Sachs disponía de dinero abundante: su salario y el dinero para comprar primeras ediciones, libros de anticuario, obras valiosas. En lugar de aprovechar esa oportunidad, abusó de la ignorancia de Coco Chanel llenándole la biblioteca de obras sin valor alguno. El dinero se lo gastaba en caviar, champán, ropa, jovencitos, regalos con los que compraba la compañía de sus amantes y de sus supuestos amigos. Había entrado en una espiral frenética: gastaba tanto que tenía que encontrar continuamente nuevas fuentes de dinero. Una de ellas fue el comercio con cuadros, en el que no tenía ningún empacho en estafar a compradores y vendedores, incluso a su amigo Max Jacob, al que nunca pagó las pinturas que éste le había dejado en depósito.

Una vez más tuvo que escapar de sus acreedores y lo hizo a lo grande. Se embarcó hacia América, después de un intento fallido de encontrar la salvación en el psicoanálisis.

Quien atraviesa el mar cambia de cielo, no de carácter, escribió Horacio. Y sin embargo, podría haberle ido bien en América. Otra oportunidad que desaprovecharía con su *nonchalance* habitual. No tuvo dificultades para hacerse aceptar de buena gana en los salones: era culto, un gran conversador, contaba anécdotas de Picasso, de Matisse, de Cocteau... Los americanos estaban fascinados con la cultura y el refinamiento fingidos de Sachs. Le propusieron una gira de conferencias. Seguro que con sus delirios de grandeza se imaginaba ya como su admirado Dickens, cobrando sumas ingentes, ovacionado por las masas. De hecho, al principio ganó bastante. También con emisiones de radio que llegaron a escuchar más de tres millones de oyentes. Sachs hablaba de economía —lo presentaban como un gran economista francés—, de política, de arte, de historia. De cualquier cosa.

Durante la estancia en Estados Unidos se casó con la hija de un pastor presbiteriano a la que había conocido poco antes. Para ello tuvo que convertirse al protestantismo, pero qué más daba otra conversión. En la fotografía de su boda vemos a un hombre grueso, con poco cabello, que aparenta muchos más años de los veintiséis que tiene.

Como era de prever, el matrimonio no duró mucho; Sachs abandonó a su esposa sin previo aviso cuando aún no llevaban ni seis meses casados. Al poco tiempo se enamoró de Henry Wibbels, un joven al que había conocido en California, y al que convenció para que lo acompañara a Francia.

Pero llegaron a Europa sin dinero, una situación imposible de soportar para Sachs. La idea de ir ganándose poco a poco la vida con el empleo que obtuvo en Gallimard gracias al apoyo de Gide, que parecía compadecerse de él, no satisfacía sus deseos de lujo y de impresionar a su amante. Así que volvió a los sablazos —incluso a Gide le sacó dinero—, a las estafas, a robar a los amigos. Estaba escribiendo una novela que se titularía *Alias,* en la que contaba parte de sus propias aventuras. La novela se publicó en 1935 sin el menor éxito. Consiguió, eso sí, que su paciente y fiel amigo Max Jacob, de quien hacía en el libro un retrato cruel, no volviera a dirigirle la palabra.

Pronto se había gastado todo el dinero que le había adelantado Gallimard, por lo que parte de su salario estaba embargado. Cambiaba con frecuencia de apartamento para esconderse de los acreedores. Escribió varias obras de teatro, frenéticamente. Y también estaba escribiendo *Le Sabbat*, una interesante autobiografía en la que intentaba entender y explicar sus tendencias delictivas; libro también del que quería resurgir siendo otro, un hombre bueno, alejado del vicio. El libro debía ser confesión de los pecados y absolución al mismo tiempo... impartida por él mismo. Una vez más, Sachs se disculpa y promete ser otro —y si es otro, ¿no es injusto que le pidan cuentas de lo que hizo aquel joven que él ha dejado de ser?—. Sachs, sin embargo, sería el mismo toda su vida.

Henry lo abandonó en esa época, harto de sus mentiras y de sus robos, y Sachs, aunque destrozado, vendió un proyecto de novela sobre ese abandono. Borracheras interminables, desintoxicación en un psiquiátrico. La única buena noticia de aquella época: una comedia inglesa que había adaptado con el actor Fresnay tuvo un gran éxito. Aunque le empezaron a ir mejor las cosas, robó un cuadro de cierto valor a unos amigos que lo habían acogido en su casa. Luego lloró delante de ellos... y le perdonaron.

El inicio de la guerra interrumpió una nueva espiral autodestructiva de Sachs. Destinado en Caen, como intérprete en la oficina del comandante de las tropas británicas, creó una especie de salón literario por el que desfilaron numerosos jóvenes estudiantes; quizá deseaba crearse un círculo de seguidores, como Cocteau, que halagaran su vanidad; y quizá también, igual que su antiguo maestro, quería un vivero de jovencitos para sus aventuras. Un estudiante que frecuentó el salón escribió que Sachs era «lo que llamaríamos hoy un gurú [...] Nos recibía recostado en una cama, un poco como Madame Récamier [...] estaba gordo, mal afeitado [...] escuchábamos sus monólogos sobre su superado alcoholismo o sobre sus relaciones con Gide». «Su conversación era extremadamente seductora», escribe otro testigo. Su encanto era tal que se acostaban con él jóvenes muchachos que nunca habían tenido tendencias homosexuales. Y los amigos a los que estafaba se fiaban una y otra vez de sus promesas, le creían cuando interpretaba una de sus frecuentes escenas de arrepentimiento y propósito de enmienda.

En la primavera de 1940 regresó a París, donde le ofrecieron trabajar en emisiones de propaganda dirigidas a Estados Unidos. En junio, poco antes de que los alemanes entraran en París, todo el equipo salió huyendo. Aunque su nombre estaba en una lista negra, Sachs, curiosamente, regresó a la ciudad ocupada, donde, en muy poco tiempo, le ocurrieron tres cosas importantes: la primera, que empezó a traficar con oro. La segunda, que tuvo una extraña aventura amorosa con Prune, la exmujer de un médico al que frecuentaba entonces; con ella se marchó a vivir a Giverny, cerca de la casa de Monet. La tercera: Maurice Sachs, el libertino, el irresponsable, adoptó a un huérfano judío y se lo llevó a vivir con él y con Prune.

¿Había madurado Maurice? ¿Iba a abandonar su parte perversa y a alimentar su vena moral? Al fin y al cabo, era un hombre generoso, o al menos nada avaro, un hombre que, con todos sus defectos, se había atrevido a atacar en sus artículos a los escritores antisemitas franceses, que no eran pocos, y a defender en sus emisiones de radio a la Francia amenazada.

Es difícil conocer las razones de Sachs, aunque él nos las cuente, o finja contárnoslas, en sus libros. Dejó abandonados a su hijo y a Prune a los pocos meses, sin previo aviso, decepcionado porque el muchacho era poco inteligente. Sachs se salía de las rutas del pícaro para adentrarse en el camino de la abyección.

Tras una nueva etapa de desenfreno y tráficos de todo tipo —oro, diamantes, las lujosas alfombras de su apartamento, que no eran suyas—, volvía a estar con el agua al cuello. Le perseguían los acreedores y los nazis. Vivía escondido en un burdel. Se dejó crecer la barba. Tenía que volver a inventarse una nueva vida, cuanto antes.

Después de un tiempo en el que se dedicó a hacer pasar a judíos a la zona no ocupada por los alemanes —a cambio de dinero, claro—, convenció a Violette Leduc, que estaba enamorada de él, para instalarse juntos en un pueblo de Normandía. Allí pasaron una temporada, sin mantener relaciones sexuales, para desesperación de su compañera. Sachs iba al cuarto de Violette por las noches —tenían cuartos separados— y se dedicaba a contarle historias. «Su conversación es su libro más logrado», escribiría ella. Pero a Sachs le agobiaba vivir con una mujer tan enamorada de él. Y le agobiaban las mujeres en general. Una vez más, desapareció sin despedirse.

Y de pronto lo encontramos en Hamburgo. No se sabe cómo ni por qué llegó allí. Sabemos que fue con la Organización Todt, encargada de la construcción de infraestructuras militares y de comunicaciones alemanas, en parte con mano de obra esclava. Cuando vuelve a escribir, informa de su trabajo como operario de una grúa en el puerto de Hamburgo. La culminación de sus imposturas: un judío francés haciendo trabajo voluntario para los nazis.

Durante unas semanas le apaciguó estar en lo alto de una grúa, solo, con la ciudad a sus pies. Pero ese empleo no podía satisfacer a Sachs mucho tiempo. Además, el contacto con obreros vulgares no le resultaba muy agradable. Así que empezó a maquinar, con su habitual falta de escrúpulos; gracias a sus contactos homosexuales, se convirtió en informante de la Gestapo. Pero él no se veía como un mero soplón, sino que fantaseaba con ser un gran espía, rodeado de lujo y de personajes novelescos. Sus servicios sirvieron para desmantelar una red de La Rosa Blanca, la organización antifascista bávara. También participó muy activamente en el mercado negro. «Estoy bien, me va muy bien. Tengo un trabajo fascinante», le escribió a una amiga. Mientras tanto, estaba escribiendo una serie de cartas filosóficas y la continuación de *Le Sabbat*, con la intención de crear una obra comparable a la de Casanova. Y planeando una novela de mil páginas, una obra inmensa. Sachs no había cambiado: aún no había empezado a escribir la novela pero debía ser algo enorme, impresionante.

Cuando comenzaron los bombardeos masivos de Hamburgo, Sachs estaba feliz: «[...] Voy a ver cosas magníficas, únicas en una vida. ¡Qué suerte estar aquí!», exclamó ante la ciudad arrasada. Pero la vida de delator comenzaba a aburrirle. Ya se había cansado de jugar a los espías. Le asqueaba el contacto con los otros delatores. A pesar de las llamas y las bombas, había ido volviendo a su vida habitual: alcohol, lujo, promiscuidad. Su apartamento de Hamburgo se convirtió en refugio de amigos y conocidos, en el que se corrían grandes juergas. Fantaseaba con marcharse a Oriente. Ser otro, huir de sí mismo. Una vez más.

Ese plan, más bien sueño, fue abortado por la Gestapo: Sachs no había informado debidamente sobre un conspirador, un jesuita con el que mantenía largas conversaciones. ¿Una buena obra? ¿Algún interés que desconocemos? Quién sabe. Última etapa de su vida: prisión de Fuhlsbüttel, rodeado de prisioneros que le odiaban; pero él disponía de una celda para él solo, le permitían tener libros; escribía. «He vuelto a encontrar la felicidad», le dijo a un amigo. Y mantenía sus privilegios a base de sonsacar a los presos recién llegados que alojaban en su celda temporalmente. Maurice informaba a los alemanes de las confesiones que hacían sus compañeros a ese hombre encantador que sabía escuchar tan bien.

Durante esos meses escribió centenares de páginas: retratos, reflexiones, proyectos. Hubiese podido seguir viviendo así bastante tiempo, por fin entregado a su gran obra. Pero la proximidad de las tropas aliadas obligó a desalojar la cárcel. El trayecto tenía que hacerse a pie. Maurice, agotado, se detuvo al borde de un camino con un compañero. Se negaban a continuar. Un oficial flamenco les pegó un tiro en la nuca. Según el testimonio de los vecinos del lugar, Sachs no murió inmediatamente: su cuerpo era aún presa de convulsiones cuando se acercaron a él. Su cadáver fue enterrado en un pueblo cercano. El certificado de defunción es un resumen involuntario de su vida: Domicilio: desconocido; profesión: desconocida.

Sus libros, que no habían interesado a casi nadie cuando estaba vivo, se convirtieron después de su muerte en grandes éxitos de público y de crítica. Y Andrée, la madre que nunca se había ocupado de su hijo, regresó para defender su legado o, más bien, para defender los ingresos que le correspondían de ese legado. Maurice siempre lo supo: nadie le había querido de verdad, desinteresadamente. Y él les pagó en la misma moneda. Él, que despreciaba a los comerciantes, se pasó la vida comerciando con su bien más valioso: su encanto. Aunque le reportó beneficios a corto plazo, a la larga fue un negocio ruinoso.

Sir Thomas Malory, el escritor fantasma

Quizá sólo la identidad del autor del *Quijote* apócrifo haya dado tanto que hablar como la de quien escribió
La muerte de Arturo, una compilación y recreación de varios
libros de la saga artúrica que fue publicada en inglés en 1485
y que sigue siendo considerada como una de las grandes
obras escritas en ese idioma. La diferencia es que el *Quijote*
apócrifo fue firmado con un pseudónimo —Alonso Fernández de Avellaneda, cuya identidad real aún se descono-
ce—, mientras que *La muerte de Arturo* llevaba la firma de
su verdadero autor: Sir Thomas Malory.

Si la confusión reinó desde el principio se debe a
que el libro fue publicado después de la muerte del autor
y a que el editor, William Caxton, se basó en la copia de
una copia del manuscrito de Malory, al que puede que ni
siquiera conociese. La propia novela tampoco daba muchos indicios salvo que el autor era un caballero y que escribió el libro, o una parte de él, en una cárcel.

Aunque se barajaron diversos Malorys como posibles autores de la obra, pareció que el tema quedaba con-
venientemente encarrilado cuando en 1894 el profesor
G. J. Kittredge aportó documentos que sugerían que el
autor de *La muerte de Arturo* fue un caballero que tenía su
hacienda en el condado de Warwick —en el que nacería
también Shakespeare—, el cual había pasado parte de su
vida en la cárcel, concretamente en las fechas en las que el
libro fue escrito.

Si es verdad que el trabajo de Kittredge rescató a su
posible autor de la desaparición en el olvido, también lo es
que aireó una serie de hechos que quizá Sir Thomas Malory

no habría apreciado que fuesen tan comentados. Pasar a la historia por haber escrito un gran libro es una cosa, pero es otra muy distinta que también tus robos, violaciones e intentos de asesinato estén en boca de tantos, y que al final se pueda llegar a la conclusión de que el caballero era sobre todo un bandido y un salteador de caminos. Aunque, bien mirado, si leemos con atención la vida de los Caballeros de la Mesa Redonda, y también la de algunos nobles que inspiraron sus hazañas, descubrimos que un caballero andante a menudo no era otra cosa que un salteador de caminos con pedigrí.

Tras la identificación realizada por Kittredge, fueron muchos los estudiosos que examinaron las pruebas, y mayoría los que las dieron por buenas. En 1924 otro investigador, Edward Hicks, pareció dejar el asunto casi zanjado tras analizar una serie de documentos que aportaban nuevas informaciones sobre la vida del Malory de Warwick y de actas de procesos a los que fue sometido. Además, analizando *La muerte de Arturo* encontraba numerosos paralelismos entre el texto y la biografía de su probable autor. Y sin embargo...

Sin embargo, no había nada demostrado. Y quedaba sin resolver verdaderamente un asunto que traía de cabeza a todo el que se ocupaba del tema: ¿cómo era posible que alguien capaz de escribir un libro en el que se ensalzaban las virtudes caballerescas, páginas llenas de sensibilidad y de emoción, y de sentidos discursos morales, pudiese ser el truhán que iban desvelando los nuevos documentos? Pues las actas procesales hablaban de un individuo que había intentado cometer un asesinato, responsable de varios robos con violencia, violador reincidente...

Debo confesar una cierta perplejidad por el dilema en el que se encontraban los eruditos. ¿De verdad les costaba tanto aceptar que alguien pudiera escribir páginas sublimes y ser un miserable? ¿O que se pueda predicar una cosa y practicar la opuesta? La historia de la literatura, y más aún la de las religiones, abunda en ejemplos de palabras virtuosas unidas a actos infames. Pero para Hicks, y para otros historiadores más recientes como Christina Hardyment, no podía ser un violador ni un marido infiel alguien que ponía en boca de Lancelot frases como la siguiente: «Pues los caballeros adúlteros o veleidosos nunca serán felices ni afortunados en la guerra...». Así que algunos empezaron a poner en duda los delitos de Sir Thomas, atribuyéndolos a conspiraciones de sus rivales políticos, o justificándolos por la atmósfera violenta y las costumbres brutales del siglo xv en Inglaterra, o poniendo en duda que «violación» fuese lo que hoy entendemos por tal, ya que el término podía usarse en aquella época para referirse al mero uso de la fuerza para apartar a una mujer de su casa... Hardyment, que hace una reconstrucción más fruto de la fantasía que del rigor, incluso sugiere que Malory en realidad salvó a una dama de los malos tratos de su marido llevándola consigo, y éste para vengarse le acusó de violarla.

Pero antes de adentrarnos en las conjeturas y en las posibles explicaciones, intentemos resumir lo que sabemos de la «turbulenta carrera» de Sir Thomas Malory, caballero, guerrero y quizá delincuente.

Thomas Malory nació a finales del siglo xiv o principios del xv —tampoco en eso se ponen de acuerdo los expertos— en Newbold Revel, en el condado de Warwick, una región de paisajes plácidos, pastizales y ovejas, aunque no hay que cargar los tintes bucólicos: muy cerca se encontraba Coventry, una bulliciosa ciudad comercial, y también había en la vecindad un terreno de torneos muy concurrido, que pudo inspirar en Malory la afición a las justas y las aventuras caballerescas. Los Malory descendían de normandos que se instalaron en Inglaterra con Guillermo el Conquistador. Aunque poseían tierras, no se puede decir que fuesen ricos. Otra rama de la familia, los Revel, era también de origen normando y varios de ellos habían sido miembros de la Orden de Malta.

Thomas Malory nació en tiempos revueltos: Enrique IV se acababa de imponer a su hermano Ricardo II, pero durante los primeros años del siglo Enrique tuvo aún que luchar contra movimientos rebeldes, y también contra la secta reformista de los lolardos. Lo cierto es que el pequeño Thomas abría los ojos a un siglo que resultaría particularmente convulso en aquella región del mundo: la Guerra de los Cien Años aún debía durar más de medio siglo, y tras ella se iniciaría la Guerra de las Dos Rosas, el enfrentamiento entre la casa de Lancaster y la de York que se desarrolló en medio del caos económico y de tal corrupción en la Corte que la puso al nivel de la de los Médicis.

Thomas debió de recibir una buena educación, y desde luego aprendió a leer en inglés y francés, quizá en latín. Y sin duda adquirió un buen conocimiento de la historia de su país y de los hechos de armas de la familia. Aunque no es bueno dejar volar la fantasía cuando se narra la vida de una persona de la que tan pocos datos tenemos, es fácil imaginar a un Thomas adolescente orgulloso de sus blasones, de las posesiones de la familia y de las múltiples aventuras que sin duda le contaban sus mayores: batallas en Francia, en Aragón y Castilla, viajes de los caballeros de Malta a Rodas y enfrentamientos con los turcos, participación en torneos, que eran muy populares en la época... Probablemente ya entonces habría escuchado alguna de las aventuras de los Caballeros de la Mesa Redonda, cuyas historias eran de las más conocidas y apreciadas. Siendo su padre *squire*, concepto que ha evolucionado con el tiempo pero que entonces quería decir soldado lo suficientemente adinerado como para pagarse su equipo militar, y teniendo en cuenta su futura carrera, es lógico pensar que en su educación también entraran disciplinas menos intelectuales, como el tiro con arco, el manejo de la espada y el arte de la caza.

1414 es el primer año en el que tenemos noticias ciertas de Thomas Malory: forma parte del séquito de

Richard de Beauchamp, conde de Warwick, enviado por Enrique V a reforzar Calais, en aquel momento bastión inglés. El rey, poco después de subir al trono, había comenzado a planear un nuevo episodio de la guerra contra Francia. La pertenencia al séquito de Beauchamp es considerada por muchos autores como una experiencia fundamental para el futuro escritor de *La muerte de Arturo*, pues el conde era famoso en su época por su participación en torneos y porque pasó dos años como caballero andante, recorriendo parte de Europa y visitando Jerusalén. Si Malory le acompañó o no en ese viaje no se sabe, pero alguna de las aventuras de su señor parecen encontrar eco en *La muerte de Arturo:* por ejemplo, la convocatoria de un torneo desafiando a los tres mejores paladines franceses, a los que venció en una serie de combates con distintas armas. Lo que sí sabemos es que Malory estuvo en Calais, acompañado de dos arqueros, y que recibía una renta anual por ello. El joven debía de tener entonces entre quince y veinte años. Los años siguientes fueron particularmente sangrientos: Enrique V se había propuesto obtener de una vez por todas el trono de Francia para su familia y se lanzó a ello con toda la furia y toda la fuerza de sus ejércitos. Aunque no sepamos en qué batallas participó Malory, al encontrarse al servicio de Beauchamp, y poco más tarde de otro caballero de su región, sólo un grave impedimento podría haberlo alejado de la lucha. En junio de 1421 volvemos a encontrarlo en Newbold Revel, donde firma como testigo en un título de propiedad.

Pocos indicios tenemos sobre los siguientes años: algunos litigios por asuntos de vecindad, unas veces como demandado y otras como querellante, la negativa del padre a ser nombrado caballero —lo que indica que su posición económica no era tan desahogada como para permitirse los gastos inherentes a las obligaciones inherentes al título—, la muerte del padre en 1432.

Los diversos autores han especulado sobre lo que hizo Thomas hasta 1441, cuando su nombre vuelve a aparecer en un documento que por primera vez lo identifica como caballero: Sir Thomas Malory. Pudo ir con su tío a defender Rodas frente a los turcos; otros apuntan a que participó en las sangrientas batallas que se libraron en suelo francés, y que quizá no andaba lejos, como no lo andaba Richard de Beauchamp, cuando Juana de Arco fue capturada y quemada en la hoguera.

Suposiciones, conjeturas, probabilidades. Algunos se esfuerzan en encontrar indicios en *La muerte de Arturo*: referencias a ciertos lugares o ciertos personajes, el conocimiento de tal región, hazañas similares de los legendarios caballeros y de los de carne y hueso; estrategia ésta de paralelismos siempre poco fiable. Como si los escritores no pudiésemos obtener esas informaciones de otros libros o de las historias que nos cuentan. Como si los escritores no fuésemos vampiros de las vidas ajenas. La mayoría de los autores de libros de aventuras no fueron ellos mismos aventureros; escribían sin moverse de casa.

Lo único seguro es que fue armado caballero, y eso sugiere que en los últimos años había participado en hechos de armas. Su posición social había mejorado, lo que queda atestiguado también porque en enero de 1445 fue elegido miembro del Parlamento en representación de Warwick y también desempeñó el cargo de sheriff del mismo condado. Sabemos que se había casado con Elizabeth, de quien tenemos pocas informaciones: con ella tuvo al menos dos hijos varones, uno de los cuales moriría muy joven.

En fechas cercanas a su elección como parlamentario, el nombre de Malory es citado en un asunto turbio: Lady Katherine Peyto le acusaba de haberle robado cuatro bueyes y amenazado con matar al alguacil si se atrevía a intentar impedirlo. Es el inicio de su leyenda negra.

Sólo el inicio: Malory fue acusado de haber tendido una emboscada junto con otros veintiséis hombres armados con espadas, arcos, ballestas y jabalinas con el fin de matar al duque de Buckingham. La acusación se presentó algo más de un año después de los hechos, que habían tenido lugar a principios de 1450. Entretanto, Malory había continuado su carrera política; el hecho de que fuese elegido para los Comunes en un condado que no era el suyo indica que había sido auspiciado por algún noble de alto rango, los cuales solían imponer a sus hombres en condados con los que no tenían la menor relación para asegurarse mayorías en el Parlamento.

En marzo de 1451 recibe nuevas acusaciones, dos de robo con amenazas y una de robo de ganado. En julio lo detienen, pero Malory sólo pasó dos días en la mazmorra.

Un mes más tarde, un tribunal se reunió para examinar los delitos de Malory; aparte de los mencionados, se añadieron otros supuestamente cometidos un año antes: los nuevos cargos eran robo, rapto y violación. Habrá otras acusaciones, pero no hace falta ser exhaustivos. Basta señalar que Sir Thomas Malory fue perseguido por varios delitos, algunos de ellos particularmente graves.

Lo que sigue es una larga historia de juicios, huidas, capturas y encierros en distintas prisiones, el más prolongado durante tres años. Es cierto que Malory no debió de sufrir las condiciones inhumanas a las que estaban sometidos la mayoría de los prisioneros, ya que tenía dinero para pagar a sus carceleros por ciertos privilegios. Y en 1462 se benefició de un perdón real que cubría todos sus delitos, otorgado por Eduardo IV. Poco después Malory marcha con el ejército de Eduardo IV hacia el norte, donde se ha refugiado Enrique VI, en uno más de los muchos episodios de la guerra entre la casa de York y la de Lancaster.

Para Malory, sin embargo, no se habían acabado los días de encarcelamiento. Acusado, como otros muchos, de conspiración y rebelión a favor de la casa de Lancaster, será excluido de los siguientes perdones reales —también de uno que sólo excluía a un caballero, Sir Thomas Malory— y enviado a prisión, donde parece que puso punto final a *La muerte de Arturo* en 1469; en sus últimos renglones escribió la frase que sirvió de pista tiempo después para identificar al autor del libro; en ella pedía a los lectores que rogaran a Dios por su liberación mientras estuviera vivo y por su alma cuando muriese.

No tardaría mucho en hacerlo: falleció en marzo de 1471, probablemente en la cárcel, aunque no hay pruebas de que fuera así, como tampoco las hay de que muriese de la epidemia de peste que se desató ese año.

Después de detallar esos hitos de la vida de Thomas Malory es imposible escapar a cierta perplejidad. ¿Quién era en realidad? ¿Fue un bribón y un desalmado, un guerrero brutal que usaba las armas tanto frente al enemigo como para aterrorizar a los vecinos? El número de acusaciones que acumuló en su vida así parece sugerirlo. Sin embargo, quedan muchos puntos oscuros en esa interpretación: ¿por qué varias de las acusaciones más importantes, incluida la de violación, se hacen más de un año después de los hechos? ¿Cómo es posible que el duque de Buckingham presidiera lo que hoy llamaríamos la instrucción del caso, cuando era él la supuesta víctima del intento de asesinato? ¿Por qué fue excluido explícitamente de varios perdones reales de los que sí se beneficiaron otros con delitos más graves que los suyos sobre la conciencia?

Lo cierto es que hay argumentos para sospechar que, como propone Christina Hardyment, Malory fuese víctima de una conspiración. El hecho de ser vasallo de Richard de Beauchamp, enfrentado al duque de Buckingham, podría explicar la sucesión de cargos que el propio duque o algunos de sus seguidores hicieron a Malory mucho después de los supuestos hechos. También es posible que Malory hubiese permanecido fiel a la casa de Lancaster, lo que explicaría la insistencia de Eduardo IV en excluirlo de cualquier medida de clemencia. Hardyment intenta explicar que las desgracias de Malory se debieron

142

precisamente a ser un caballero fiel y honesto, que seguía al pie de la letra las virtudes cantadas en la saga artúrica.

Las dos versiones se me antojan excesivamente simplistas. Malory debió de ser un caballero de su época, es decir, un hombre acostumbrado a la violencia, a cobrarse por las armas lo que consideraba que le correspondía; algunos de sus robos pudieran haber respondido a la costumbre de cobrar deudas reales o imaginarias mediante el uso de la violencia. También es probable que no confiara en la justicia de su época, en la que la fuerza de las armas y el apellido de los litigantes solían inclinar la balanza en uno u otro sentido. Y sin duda participó en las conspiraciones y en los tejemanejes políticos que abundaron durante la segunda mitad del siglo xv en la Corte de Inglaterra, en la que no fueron raros los envenenamientos y asesinatos de rivales, las acusaciones falsas, las condenas por cargos inventados de hechicería, la deslealtad y la traición.

¿Cómo se compagina todo esto con las virtudes artúricas? No es difícil de adivinar. Virgilio escribió la *Eneida* para ofrecer una estirpe mítica a Augusto y glorificar su Imperio; todos los nacionalismos del xix tuvieron sus poetas y novelistas que crearon ficciones literarias que servirían de cantos fundacionales de las nuevas naciones; durante el siglo pasado la novela estuvo tanto al servicio del comunismo como del anticomunismo. La literatura nunca fue inocente, y *La muerte de Arturo* puede ser entendida como una obra de propaganda en favor de la monarquía y de la aristocracia inglesas. Los mismos caballeros que mataban en una emboscada o envenenaban a parientes y amigos se adornaban con blasones artúricos, decoraban sus casas con tapices en los que se representaba a los Caballeros de la Mesa Redonda y participaban en torneos con tema artúrico. El editor de *La muerte de Arturo* insistía en el prólogo en que no era invención, sino historia, adornando así a la monarquía inglesa con un pasado glorioso y ayudando a que los reyes ingleses, algunos de ellos particularmente intrigantes, avariciosos y carentes de escrúpulos, fuesen también vistos a la luz que alumbraba las hazañas de Lancelot o de Galahad. Por ello el Arturo de Malory es más heroico que el que aparece en algunos relatos franceses; por eso Lancelot es más fiel, por eso Ginebra no pone los cuernos de manera explícita a su marido, pues habría sido difícil aceptar que un rey inglés fuese cornudo y se quedase tan campante..., aunque ese mismo fue probablemente el caso de Enrique VI.

La reivindicación de Malory, su idealización más bien, por parte de historiadores como Christina Hardyment, podría responder al mismo deseo patriótico de dar brillo a la propia tradición, en este caso literaria. Y a quienes piensan que no pudo ser un violador quien escribió tan maravillosa novela habría que señalarles que *La muerte de Arturo* empieza precisamente con una violación: el rey Uther Pendragon, enamorado de Igraine, la mujer del duque de Cornualles, se lanzó a la guerra contra éste, lo mató y, ayudado por Merlín, adoptó su apariencia para meterse en el lecho de Igraine: el fruto de esa violación mediante engaño fue precisamente el rey Arturo.

Chester Himes, la ambición y la rabia

Quizá podamos conocer a una persona mediante el trato, pero entenderla no es posible sin saber nada de sus padres. Resulta a estas alturas una obviedad afirmar que sus biografías, sus traumas y la relación entre ellos marcan a los hijos. Cada hijo usa una estrategia distinta para prosperar o sobrevivir en ese envolvente ecosistema, y algunos se empeñan en proyectar sobre las diferencias entre hermanos el espejismo de la libertad; pero no es indiferente nacer en primer o último lugar, recibir la predilección del padre o de la madre, ser aquel sobre el que un padre frustrado proyecta sus ambiciones o aquel que elige para consolarse una madre infeliz. Y es frecuente que en las familias más destructivas haya un hijo que exprese todas las tensiones, todas las fracturas que tiene ante sus ojos con un comportamiento desequilibrado: el niño problemático suele expresar, actuándolos, los síntomas del organismo enfermo al que pertenece. Chester Himes (véase imagen 6) da la impresión de haber absorbido el ambiente envenenado de la familia y de la sociedad en las que le tocó nacer, convirtiéndose en una maqueta viviente de todas sus tensiones y violencias. Sería tan absurdo ahora condenar sus delitos, sus mezquindades, su trato brutal a las mujeres como intentar justificar cada uno de sus actos con el muestrario de sus traumas infantiles. Pero no es posible hablar de él, ni entender sus libros, sin asomarse a ese vértigo que produce alguien cuya niñez parece no haber contenido ni una sola razón para convertirle en un hombre feliz.

¿Le quisieron sus padres? Es probable. ¿Hubo buenos momentos en su infancia? Existen incluso en familias en las que los padres abusan de sus hijos. ¿Obtuvo Chester en la niñez alguna herramienta para enfrentarse a la vida? Sobre todo, una rebeldía y una rabia que crecían en el callejón sin salida de la ambición de sus padres, deseosos de prosperar pero incapaces de poner en tela de juicio los valores de la sociedad que los oprimía.

La cuestión racial, candente en la sociedad estadounidense, era particularmente virulenta en el hogar de los Himes. Chester nació en 1909 en Jefferson City, en el Estado exesclavista de Missouri. El abuelo había sido un herrero esclavo de un judío cuyo apellido, probablemente Heinz, fue el que tomó el abuelo al obtener la manumisión. El padre, Joseph, fue profesor en diferentes colegios para negros; era un hombre de baja estatura, afectuoso, tímido sobre todo cuando hablaba con blancos. Procedía de una familia muy pobre; desde adolescente había tenido que ganarse la vida y era un ejemplo de cómo un negro trabajador y obediente podía llegar a una posición digna; hoy diríamos que sufría el «síndrome del tío Tom», pues, aunque discriminado y maltratado en una sociedad racista, defendía sus valores —la honradez, la laboriosidad, la aceptación de las jerarquías establecidas— y tenía hacia los blancos una actitud servil; si sentía algún rechazo hacia ellos no lo manifestaba rebelándose, sino evitando su contacto. La madre, Estelle, de piel mucho más clara, estaba orgullosa de sus ancestros blancos, uno de los cuales había sido un capataz que tuvo un hijo con una esclava. Mujer de cierta cultura, maestra con inclinaciones literarias, era hija de un pequeño constructor; para ella suponía un motivo de orgullo que a veces sus interlocutores no se diesen cuenta de que era negra; por resumir con un detalle tan minúsculo como significativo, pellizcaba a sus hijos en el puente de la nariz para que no se les achatase. No es que odiase los prejuicios raciales, es que le parecía injusto que se los aplicasen a ella. A menudo Estelle se enemistaba con los vecinos, a los que consideraba inferiores, y siempre despreció a la familia de su marido. Durante un tiempo dio clase a sus hijos en casa porque no le gustaban las escuelas para negros que había en la región y para inculcarles su propio orgullo y ambición. Precisamente la falta de ambición de Joseph, que se contentaba con ser un oscuro profesor de instituto, era una fuente continua de enfrentamientos. Chester recordaba a sus padres peleando sin tregua. En una ocasión se interpuso entre ellos: el padre, herido en la cabeza por un golpe que le había dado Estelle con la plancha, intentaba estrangular a su mujer. Al parecer, la rabia por la discriminación a la que se veía sometida fue desequilibrando poco a poco a Estelle, quien empezó a frecuentar hoteles y restaurantes para blancos donde contaba a cualquier desconocido que su peor error había sido casarse con un negro. La familia, en parte empujada por la insatisfacción de ella, se mudó en varias ocasiones, y el padre cambiaba una y otra vez de empleo, descendiendo progresivamente la escala social hasta acabar trabajando de carpintero. Que la relación terminaría en divorcio parecía evidente desde el principio.

Chester, el más joven de tres hermanos, reflejaba la tensión familiar con problemas en la escuela, novillos, peleas con otros chicos, diversos accidentes deportivos. Era un chico complicado, a lo que se añadió un cierto sentimiento de culpa cuando su hermano Joe se quedó ciego durante un experimento de química al que Chester debía haberle acompañado. A partir de entonces la vida familiar giraría alrededor del adolescente discapacitado, de sus curas y tratamientos.

Chester se puso a trabajar de botones en un hotel, el primero de una larga serie de «trabajos de negro». Por cierto, en aquella época un negro estaba obligado a soportar vejaciones de los blancos, a no rechistar si era maltratado por la policía, a aceptar severas condenas por delitos menores, y no era infrecuente que acabara en un penal por el mero hecho de no tener empleo; entonces se veía obligado a realizar durante meses o años trabajos gratuitos para el Estado, encadenado a sus compañeros. Era la versión civilizada de la esclavitud.

Mientras trabajaba en el hotel, Chester se cayó por el hueco del ascensor desde una altura de doce metros; aunque sufrió fracturas múltiples, salió con vida del accidente, con una pequeña pensión de invalidez y con un corsé para apuntalar la dañada columna vertebral.

Negro y lisiado: demasiado para el orgullo de Chester, que se matriculó en la universidad, por la que se paseaba vestido con un abrigo de piel de mapache, y se compró un Ford T Roadster. *Cool,* muy *cool.*

Los parches que componían su formación escolar no aguantaban las exigencias de la universidad. Chester no era un alumno brillante y se consolaba en garitos, tabernas y burdeles; fue expulsado de la universidad por un incidente en un burdel al que había llevado a algunos compañeros para presumir. Había comenzado a frecuentar a golfos y buscavidas y a cometer pequeños delitos; aún nada serio: algún trapicheo, robos de coches, consumo de drogas. No estaba pertrechado para una brillante carrera universitaria y prefería empezar una de delincuente, con lo que conseguía a la vez frustrar las expectativas de mamá y de papá: ni negro sumiso ni orgulloso burgués de color. Aunque quizá aún no hubiese sabido formularlo así, probablemente ya sentía de forma difusa lo que dijo años más tarde con desprecio en una sonada conferencia en la que el público no aplaudió al final: «El negro americano, debemos recordarlo, es americano. Su rostro puede ser africano, pero su corazón late al ritmo de Wall Street».

Se paseaba armado, tenía fama de violento. En esa época conoció a quien sería su primera mujer, Jean, a la que trataba sin ninguna consideración, dándole plantones que duraban semanas y frecuentando más a las putas que a ella; su relación con las mujeres sería siempre una mezcla de dependencia y rechazo, lo que por otro lado podría decirse de millones de hombres, pero no todos usan los puños para expresarlo.

El primer tropiezo grave llegó cuando cometió un robo de armas; sin embargo, la jueza se apiadó al oír la historia de esa familia que parecía sacada de un folletín: el padre sin empleo, el hermano ciego, el accidente de Chester. Le concedió la libertad condicional. Pero lo volvieron a detener poco después por usar cheques con nombre falso, identificándose con un carné que había encontrado; sin embargo, curiosamente, la condena a dos años se dejó en suspenso. Quizá hubiese sido mejor que lo encerraran, porque Chester no estaba dispuesto a portarse bien; lo volvieron a detener tras un asalto a mano armada: había robado a una pareja de ancianos en su casa. El botín fue de un anillo y trescientos dólares. Él escribiría más tarde que había robado varias joyas y una gran cantidad de dinero, porque aunque con frecuencia echase la culpa de sus males a la sociedad, no deseaba quedar como el delincuente cutre que era; Chester siempre quiso parecer más grande y más fuerte, porque prefería ser temido a despreciado. El mecanismo es frecuente: el marginado que se automargina para que parezca que la iniciativa es suya.

La policía andaba en realidad detrás de otro delito, pero, tras la habitual paliza que hacía las veces de interrogatorio, el joven acabó confesando el suyo. La condena esta vez fue severa: entre veinte y veinticinco años de trabajos forzados. Chester tenía entonces diecinueve y su vida parecía estar ya acabándose.

De su época en la cárcel no tenemos muchas informaciones fidedignas; en su autobiografía dedica pocas páginas a esos años fundamentales, y en su novela autobiográfica sobre ese período, *Por el pasado llorarás,* no está claro lo que es cierto y lo que no, sobre todo porque la novela sufrió varias revisiones en las que se alteraron cuestiones importantes: en la primera versión el protagonista era negro, y en la última blanco, quizá porque Chester Himes no quería que se le identificase demasiado con ese joven que narra con naturalidad sus aventuras homosexuales. Aunque es probable que las tuviera, al mismo tiempo Himes fue siempre violentamente homófobo, y en sus novelas abundan maricones mezquinos, travestís ridículos, afeminados que suelen recibir una dosis de violencia desproporcionada con su protagonismo. Su obsesión por la homosexualidad era casi tan marcada como la que tenía por el sexo interracial.

Fue en la cárcel donde se aficionó a la escritura. La madre, siempre ambiciosa, le consiguió una máquina de escribir, le llevaba papel, solicitó y obtuvo que le permitieran escribir en una época en la que las autoridades penitenciarias no veían con buenos ojos que los presos publicaran. Unas décadas atrás las ejecuciones aún eran públicas, pero para entonces la brutalidad de la justicia se había convertido en un secreto bien guardado y a menudo se confiscaban los escritos de los prisioneros para que no contaran su vida en la cárcel; en los años ochenta, en plena involución reaganita, habría una nueva oleada de represión de la libertad de expresión de los presos..., pero ésa es otra historia.

Himes publicó sus primeros relatos, todos relacionados con la vida en la cárcel, en revistas de y para afroamericanos, aunque él durante mucho tiempo sólo mencionaría los que publicó en *Esquire,* quizá porque le avergonzaba que pudieran pensar en él sólo como escritor negro, e incluso tardó un tiempo en identificarse como tal a sus lectores de *Esquire;* la sombra de mamá nunca dejó de planear sobre sus complejos. Quería una identidad «sin más rasgos identificadores que el peso, la estatura y el género». Sin embargo, su negritud le perseguiría siempre, para bien y para mal, sobre todo para mal.

Un incendio en la cárcel de Ohio en la que se encontraba mató a trescientas personas; una parte de *Por el pasado llorarás* relata el incendio con una violencia descarnada que ya no abandonará su escritura. Para los supervivientes el desastre fue un golpe de fortuna, porque la opinión pública descubrió las condiciones de hacinamiento en las que vivían los presos y el escándalo llevó a la reducción de pena de muchos de ellos, entre ellos de Himes.

A la salida de la cárcel en 1936, sin dinero, en un Estado que no ha acabado de recuperarse de la Gran Depresión, y ya sin derecho a la pensión de invalidez, Chester vuelve a sus antiguas costumbres: la bebida, el juego, las prostitutas, aunque si hiciéramos caso al presuntuoso Himes estas últimas no le costaban nada porque le concedían sus favores gratis. Afirmaciones de este tipo dicen mucho de los esfuerzos por ocultar la inseguridad del joven expresidiario que fue. La madre, incapaz de controlar a su hijo, consiguió que transfiriesen la custodia al padre, que vivía separado de ella en Cleveland. Mientras iba sobreviviendo con trabajos de poco futuro, continuó escribiendo y se casó con Jean; tras varios años de malvivir, se dirigieron en 1941 a California, donde gracias a la guerra inminente los astilleros y las fábricas de munición trabajaban a pleno rendimiento.

El racismo en California era mucho peor de lo que habría esperado Himes: no sólo campaba entre los obreros y la gente menos culta, sino que las humillaciones también llegaban de círculos más cultivados; por ejemplo, el productor Jack Warner interrumpió la incipiente carrera como guionista de Himes porque no quería en su empresa «a un maldito negro». Pero Himes también descubrió en Los Ángeles un ambiente político de solidaridad en los sindicatos y en el Partido Comunista, donde por primera vez creyó encontrar una causa en la que el color de la piel no tenía ninguna importancia. Aún no se habían desarrollado los movimientos raciales de protesta y de afirmación del orgullo negro, y la izquierda cultivaba la ilusión de que la lucha era compartida y los intereses comunes.

De esta época son las dos primeras novelas que publicó Himes, violentamente reivindicativas: *Si grita suéltale* y *Una cruzada en solitario,* y también sus primeros artículos políticos. Pero su virulencia le hizo pocos amigos; aunque obtuvo cierto reconocimiento con las novelas, su éxito entre los lectores fue escaso; la rabia de Himes no era constructiva, no adulaba la buena conciencia de la izquierda, ni se limitaba a atacar a un solo bando: blancos, negros, comunistas, racistas, judíos, las mujeres con demasiado (sic) poder..., nadie escapa a la rabia quizá poco argumentada pero evidente de Chester Himes. El protagonista de *Una cruzada en solitario* no servía como prototipo de negro explotado al que se podía compadecer y redimir, cuya causa podía apoyarse con buena conciencia liberal, sino que para muchos era un desequilibrado poco recomendable. Los comunistas se alejaron de él y Himes se quedó con la impresión de que lo habían utilizado. Su antisemitismo y su sexismo tampoco le congraciaban con los liberales de izquierda. Como escribe Sallis, el protagonista de *Una cruzada en solitario* «[...] quiere atropellar a los blancos con su coche y obtener su reconocimiento». Esa paradoja iba a acompañar al propio Himes toda su vida: fustigaría sin parar a blancos y a negros, les arrojaría todo su odio a la cara, pero no podía soportar que no lo considerasen un gran escritor y que sus libros no tuviesen el éxito que en su opinión merecían.

El rechazo que provocaba llevó incluso a que los organizadores anulasen algunas presentaciones y a que le cancelaran entrevistas cuando empezó a conocerse el contenido de su segunda novela. Himes se desesperaba ante ese boicot de la sociedad biempensante; además, su fracaso le infligía una segunda humillación: no podía soportar que su mujer ganase más que él y no ser capaz de mantenerla, como si él mismo se mirase con los ojos con los que Estelle había visto a Joseph.

Los siguientes años pueden resumirse en pocas palabras: mudanzas continuas, trabajos inestables y mal pagados, alcohol, violencia doméstica, aventuras de faldas constantes. Al final, en 1952 su mujer lo abandonó. «Jean no podía soportar las cosas que escribía ni los procesos de mi pensamiento que me llevaban a escribirlas», anotó en una carta a uno de sus pocos amigos; Himes no quería entender que no lo alejaba de su mujer la escritura, sino la sucesión de borracheras, engaños y malos tratos; aunque probablemente para él todo era lo mismo, ya que lo que escribía era siempre autobiográfico y estaba teñido de una desesperación que sólo encontraba refugio en el exceso.

Tras la separación de Jean tuvo una relación tan apasionada como violenta con Vandi Haygood, alcohólica, depresiva, más infeliz si cabe que Himes. La cuenta en una de sus mejores novelas, *El fin de un primitivo,* una obra amarga, cínica, en la que muestra una gran habilidad para encontrar el punto débil de cada personaje, incluido su álter ego, y hundir en él el cuchillo para mirar cómo se retuerce. Unas cuantas frases como ejemplo:

«Ella sentía una cólera ciega consigo misma por haberle visto otra vez, y más aún por tener necesidad sexual de él. Si pudiera dormir con él e inmediatamente después decapitarle, entonces sí disfrutaría de su compañía.»

«¿Para qué otra cosa querría ella a un negro? —pensó—. Por supuesto que no lo querría para su árbol genealógico.»

«Walter entró galopando a horcajadas de su agresiva personalidad.»

Vandi no terminó asesinada por su amante, que es el vulgar final que Himes dio a la novela quizá porque era incapaz de encontrar una salida, tanto en la vida como en la literatura, a una historia tan sórdida. El final real también fue vulgar: Vandi murió de sobredosis.

Ni *El fin de un primitivo* ni la siguiente novela tuvieron el éxito esperado por Himes, que decidió volver la espalda a los Estados Unidos y se embarcó hacia Francia. Incapaz de estar sin mujeres, en el mismo barco empezó una relación con Willa, una americana de clase alta que estaba intentando salir de un matrimonio traumático.

Aunque continuaron las mudanzas y el alto consumo de alcohol, con Willa al menos tuvo momentos «exquisitamente felices y satisfactorios», palabras difíciles de encontrar en la literatura y en las cartas de Himes. Pasaron períodos plácidos en Arcachon y en Mallorca, escribiendo ambos y soñando con lograr un éxito de ventas; pero se fueron quedando sin dinero y tuvieron que empeñar la máquina de escribir y el anillo de bodas de Willa. Ella, harta de una relación tan agotadora, regresó a Nueva York; Himes la siguió poco más tarde y tuvo que sobrevivir con otra serie de trabajos mal pagados. Lo que ganaba se lo gastaba en los garitos de Harlem, y de esa época saldrán muchos de los personajes y de las situaciones de la serie de novelas que lo harían, por fin, famoso, aunque al principio no en su país de origen. En aquellos tiempos, sin embargo, ningún editor se interesaba por sus obras. Pero Himes se aferraba a la literatura como tabla de salvación; no podía resignarse a ser un fracasado más, un negro más aplastado por los prejuicios de sus contemporáneos. «El mundo puede negarme cualquier otro empleo, lapidarme por exconvicto, por negro, por ser una persona desagradable y antipática. Pero mientras escriba, lo publiquen o no, soy un escritor, y eso no me lo puede quitar nadie.»

Tras una separación definitiva de Willa, Himes regresó a París. Su salud mental se estaba deteriorando, y podría decirse que estaba volviéndose paranoico. Se sentía perseguido y no salía de casa sin un cuchillo en el bolsillo; pasó semanas de borracheras interminables, sexo anónimo, peleas. Su relación con otros escritores afroamericanos que vivían en París era distante; no era un gran intelectual, y cuando intentaba expresar sus ideas fuera de la ficción solía ser algo torpe, demasiado simplista. A pesar de sus ataques de agresividad, muchos de los que le conocieron mencionan su risa contagiosa.

En París se enamoró de Regine Fischer, una estudiante alemana de interpretación con la que tendría una relación turbulenta, una más. «Necesitaba a las mujeres para restaurar mi ego, que había sido vapuleado en Nueva York.

Necesitaba a las mujeres para que me consolaran, para que me atendieran, que cocinaran para mí, que se ocupasen de la casa, que hablasen conmigo, que me prometieran que no estaba solo.» No se puede negar que Himes utilizó sin muchos reparos a las mujeres; pero también es cierto que con frecuencia intentaba salvar a mujeres desgraciadas; se sentía obligado a ayudarlas, porque consideraba que ellas estaban tan explotadas como los negros. Que luego las maltratase es una paradoja más de su carácter. Como también lo era que el mujeriego desaforado tuviese, él mismo lo confiesa, problemas de impotencia que atribuía al alcohol. Regine y él mantuvieron una relación malsana salpicada por intentos de suicidio de ella y de palizas propinadas por él.

En 1958 Himes había terminado *Mamie Mason,* una comedia ambientada en Harlem con la que intentaba alejarse de la literatura de protesta y de su amargura habitual y que no vería la luz hasta 1962. Pero el cambio más importante en su literatura y en su vida llegó cuando un editor de Gallimard le ofreció un contrato por varias novelas de detectives a entregar con pocos meses de diferencia. A Himes no le hizo mucha gracia: si tenía dificultades para que le tomasen en serio como escritor abordando temas serios, ¿cuántas dificultades tendría escribiendo novelas de género a destajo?

Sus penurias económicas le empujaron a aceptar; sin saberlo, iba a revolucionar la novela negra. Himes introdujo en el género el absurdo, el desorden, lo arbitrario. Sus novelas no se parecían en nada a las antiguas novelas de detectives, hijas del liberalismo, en las que la razón y la virtud permitían eliminar a los miembros enfermos de una sociedad fundamentalmente sana; y también iban más lejos que las novelas de Hammett o de Chandler, que eran mucho más pesimistas en cuanto a la sociedad en la que vivían sus detectives. En las novelas negras de Himes la violencia estalla sin razón, la avaricia o el deseo son los motores principales de sus personajes; si los blancos aparecen como explotadores, los negros no son mejores que ellos; de hecho, ridiculiza las ideas en boga entre los movimientos afroamericanos sobre la solidaridad racial, sobre las tradiciones y las raíces que unen a los negros. Ni siquiera resultan simpáticos sus detectives, los ya legendarios Sepulturero Jones y Ataúd Ed Johnson, que se saben defensores del orden de los blancos. El Harlem que retrata Himes es un conjunto de fétidas viviendas donde hay «una población de negros convulsos en su desesperación de vivir, similar a un voraz hervidero de millones de hambrientos peces caníbales. Ciegas fauces devoran sus propias entrañas. Quien en ese hervidero sumerja la mano, retira un muñón».

Las imágenes que usa son más propias de la zoología que de la sociología: ratas, cucarachas, chinches, gatos esqueléticos y enfermizos, perros destrozándose a dentelladas, prostitutas que pululan como moscas verdes alrededor de un plato de tripas, mendigos que acechan como hienas... La violencia sin sentido sustituye a la lógica, e incluso la trama, fundamental en la novela clásica de detectives, se difumina para ceder protagonismo a un rompecabezas de escenas delirantes.

Aunque en Estados Unidos la recepción fue tibia al principio, en Francia las cosas fueron mejor. De hecho, para consolarse por haberse vuelto un mercenario de la literatura que escribía historias inverosímiles, se decía que escribía sólo para los franceses y que «ellos creerían cualquier cosa sobre los americanos, blancos y negros, si era lo suficientemente mala».

Cuando también *Mamie Mason* se convirtió en un éxito de ventas se abrieron para Himes las páginas centrales de los suplementos literarios, a las que nunca había tenido acceso. «Me siento como un escritor de verdad», escribió en esos años. Mientras tanto, alternaba dos amantes; una de ellas, Lesley Packard, sería más tarde su esposa. El éxito no le empujó a abandonar el alcohol: nuestra vida puede cambiar, que lo hagamos nosotros es mucho más difícil. Himes regresó brevemente a la cárcel por conducir ebrio y esa misma razón le llevó al hospital tras un accidente de tráfico. Una hemiplejía acabó de arruinar su salud en 1962. Tenía la mitad del cuerpo paralizada y apenas podía hablar. Lesley, que tanto tiempo había tardado en aceptar vivir con él, pues no era mujer que soportase los arranques violentos de Himes, se convirtió en su acompañante y en su enfermera. Después de vivir en varios países, decidieron construirse una casa en Moraira, al norte de Alicante. La opinión de Himes sobre los españoles no era muy halagüeña: denostaba sus carreteras, su racismo, tan marcado como el del sur de Estados Unidos, los obreros eran vagos, incompetentes y poco de fiar... No valían «ni para producir comida para gatos».

Pero el iracundo Himes cada vez podía dar menos rienda suelta a su violencia, tanto física como verbal: varias apoplejías fueron limitando sus movimientos y su capacidad de hablar, dejando inerme a quien tanto se había debatido para no estar a merced de nadie, ni de los lectores, ni de los editores, ni de las mujeres. Sin embargo, antes de perder completamente las facultades alcanzó también en América el éxito que le había eludido durante tantos años. La acogida entusiasta que recibió durante un viaje a Estados Unidos le demostró que por fin era alguien en el mundo literario americano, a lo que habían contribuido las adaptaciones al cine de algunas de sus novelas. La publicación de la primera parte de su autobiografía en 1972 fue un acontecimiento. Sin embargo, siguió sintiéndose tan desplazado en su país de origen como en todos los demás. Por añadidura, su salud cada vez era peor: tenía el estómago destrozado, artritis, secuelas de sus apoplejías. Empezó a escribir cartas en las que se disculpaba por su ferocidad pasada; como tantos hombres brutales, se suavizó en la vejez. Vivía pendiente del correo, para saber si se reeditaban sus libros y si la prensa hablaba de él. Lesley le leía las reseñas de sus libros y Himes a veces lloraba emocionado al escucharlas. Las máscaras con que se había protegido toda su vida caían una a una. La última quizá fue la de la indiferencia que fingía frente a la opinión de los críticos.

En 1978 consiguió el divorcio de Jean y se casó con Lesley. A principios de los ochenta ya no podía valerse por sí mismo y había perdido el habla; también se quedó ciego. El 12 de noviembre de 1984 pronunció sus últimas palabras: *«Oh Lord. Oh Lord»*. Lesley llamó a un médico y a un sacerdote. Sólo el primero llegó a tiempo.

María Carolina Geel y María Luisa Bombal, la pasión a mano armada

Hacía ocho años que María Luisa Bombal* (véase imagen 8) no veía a su examante Eulogio Sánchez, ingeniero, piloto, playboy. Se habían conocido en 1931, y María Luisa se enamoró de él con toda la pasión de sus veintiún años; aunque vivía separado de su mujer, él seguía legalmente casado, así que María Luisa había tenido que conformarse con una relación semiclandestina. Cuando no pudo soportar más las promesas y los apaciguamientos se marchó a Buenos Aires, donde se dedicó a la literatura. Años después volvió a Chile, también tras una separación dolorosa de otro amante, que la alejó de sí para casarse. Tanto rechazo le resulta insoportable a cualquiera.

---

* Si aplicara estrictamente los criterios señalados en el primer capítulo de este libro, María Luisa Bombal no debería estar en él, puesto que fue absuelta del delito del que se la acusaba. Aunque nadie puso en duda que lo había cometido, se la consideró momentáneamente enajenada e irresponsable de sus actos. Tampoco escribió sobre el suceso, con lo que ni siquiera cumpliría este otro criterio, aunque sí transformó su vida y casi podríamos decir que estaba latente en su literatura.

Sin embargo, no he podido resistirme a escribir esta breve semblanza. Una de las razones principales es el parecido de su caso con el de María Carolina Geel; aunque Bombal no consiguió perpetrar el homicidio y Geel sí, sus actos fueron muy similares; que las consecuencias jurídicas fueran distintas tiene también que ver con que Geel nunca se defendió; las dos fueron tratadas con mucha benevolencia, una al ser absuelta, la otra al obtener una pena muy reducida que además no cumplió porque fue indultada.

Es difícil de imaginar que hubiesen recibido el mismo trato de no haber pertenecido a la buena sociedad. Con lo que vuelve a ponerse de manifiesto lo tambaleante de mis criterios: ¿es entonces un delincuente quien es condenado a varios años de cárcel por robo porque no tiene más que un abogado de oficio, y no lo es quien comete un homicidio pero cuenta con los apoyos para recibir un trato preferente en los tribunales? Aunque haya seguido ese criterio en el libro por razones metodológicas, no es algo que pudiera defender desde un punto de vista ético.

Y si hay cierta justicia poética en ponerla junto a los condenados, también la hay en recordar la obra de una mujer que, a pesar del interés de sus libros, tan ninguneada fue como escritora por un canon literario dictado por hombres.

Un día de 1941 María Luisa lee en el periódico que Eulogio Sánchez ha regresado a Santiago después de unos años en Estados Unidos; con su esposa. La rabia por tanta frustración amorosa se concentra en el primero que la desdeñó. Averigua su número de teléfono, su domicilio, el lugar donde trabaja. Se instala en el Hotel Crillón, en cuyos salones suele darse cita la alta burguesía santiagueña, para tomar el té, conversar, dejarse ver. Ella no quiere ser vista, sino ver, por esa ventana desde la que se domina la calle. ¿Será verdad que pidió un Cointreau? ¿Lo vio salir de la oficina y corrió a buscarlo, como afirman algunos, o se encontraron casualmente a las puertas del Crillón? En cualquier caso, María Luisa se sitúa tras él, saca una pistola del bolso y le dispara por la espalda; él, al caer, vuelve la cara, sin duda tan aterrado como perplejo; al parecer, ni siquiera había reconocido a la mujer que le estaba disparando. María Luisa decía no recordar cuántos disparos había realizado. Fueron tres. Ninguno mortal.

Un salón del mismo Hotel Crillón, catorce años más tarde. Es la hora del té. En una de las mesas conversa una pareja; alrededor de ellos, gente de la burguesía, algunos artistas conocidos, políticos. La pareja está enfrascada en lo que algún testigo denominaría una discusión, aunque discreta; en los salones del Hotel Crillón es fundamental hacer gala de buenos modales. Él se llama Roberto Pumarino, tiene veintiséis años, es socialista y empleado de la Caja de Empleados Públicos y Periodistas; ha enviudado tan sólo hace dos meses, y días atrás ha propuesto matrimonio a su amante, sentada frente a él en esos momentos. Ella se llama, en realidad, Georgina Silva, pero hoy conocemos sobre todo el pseudónimo con el que firmaba sus libros: María Carolina Geel. La mujer, quince años mayor que su amante, no había aceptado la propuesta de matrimonio; otro matrimonio más, no; ya lleva dos, seguidos de dos separaciones, y le da miedo que su relación se tiña de «la espantosa miseria moral que el matrimonio llega a infiltrar en los seres». Pero aunque ella lo haya rechazado, tiene la impresión de que es él quien se aleja; si no estuviese tan desgastado el tópico de la intuición femenina, podríamos decir que ella adivina, tras las miradas esquivas del amante, que hay otra, más joven, con la que se consuela del rechazo. Poco después de las cinco de la tarde, María Carolina Geel saca una pistola del bolsillo; la había comprado tan sólo dos días atrás; es una Baby Browning belga de 6.35 mm, un calibre que no usaría nadie que estuviese pensando en un asesinato; al menos nadie que entienda de armas. La mujer aprieta cinco veces el gatillo: el primer impacto le alcanza en la cara, los demás van descendiendo hasta alcanzar el hígado. María Carolina Geel arroja la pistola y exclama: «¡Era lo que más quería en la Tierra!». Después se acerca al cadáver derrumbado y sangrante entre los sillones y le besa en la boca. El calibre era pequeño, pero los impactos fueron mortales.

María Luisa Bombal había nacido en 1910, María Carolina Geel en 1913; las dos fueron personajes atípicos en la sociedad chilena, dos mujeres que infringieron las normas no escritas y las escritas, más por carácter que por convicciones; de ninguna de las dos podría decirse que fuese feminista, pero sus transgresiones fueron una semilla liberadora. Dos mujeres rodeadas de ceños fruncidos, de chasquidos de lenguas, de murmuraciones.

María Luisa era considerada una excéntrica, coqueta, demasiado apasionada para lo que exigían las costumbres burguesas de la época: los hombres la deseaban, pero casi ninguno la habría elegido para madre de sus hijos: demasiado activa, demasiado independiente; las mujeres murmuraban a sus espaldas, esos tacones altos, las uñas pintadas de rojo, ese gusto por conversar con los hombres de cosas de hombres. Tras la muerte del padre, cuando ella tenía nueve años, la familia se fue a vivir a París, donde María Luisa estudió en un colegio de monjas y después continuó sus estudios en la Sorbona aunque la madre regresó a Chile; era una buena estudiante... que llevaba una vida paralela: a escondidas aprendía arte dramático y actuaba en un grupo de teatro hasta que su tío la descubrió y la familia la obligó a volver al redil de su hogar; una señorita no sube a mostrarse sobre un escenario. Fue entonces cuando inició una relación amorosa con Eulogio, a quien conoció nada más regresar; aquello debió de ser muy apasionante, pero también muy doloroso: él le prometió casarse con ella, pero al mismo tiempo la mantenía a distancia; probablemente le divertía aquella chica alocada y decidida, pero ella sufría; huyendo de él, de su pasión por él, se fue dos años más tarde a Buenos Aires, invitada por Pablo Neruda y su mujer; en la mesa de la cocina escribe él *Residencia en la tierra,* ella su primera novela: *La última niebla.* Y se casa con Jorge Larco, un pintor y decorador de escenarios que prefiere los encantos de García Lorca a los de su mujer. Publica en Argentina dos novelas, pero en Chile nadie le hace ni caso. Los escritores, hombres casi todos, son condescendientes o abiertamente despreciativos: novela romántica, todos esos amores cursis, y todo ese onirismo... Histeria femenina; ellos están en otras cosas: realismo social, criollismo, fundando la patria con su literatura, sin darse cuenta de que el patriotismo literario es otra forma de romanticismo, de que el realismo social también puede ser un enamoramiento de seres inexistentes.

Sí le gusta a María Carolina Geel, que la incluye en *Siete escritoras chilenas;* este ensayo es para Geel una forma de reparar una injusticia, el olvido al que según ella se condena a las escritoras en Chile, a pesar de contar con una premiada con el Nobel. Si lo sabrá ella: cuando escribe el ensayo en 1949 ha publicado dos novelas, *Extraño estío* y *El mundo dormido de Yenia,* cuya edición ha tenido que costearse. Lo suyo era también «literatura de mujeres», pero con un agravante: además, se trataba de literatura erótica, que algunos calificaron de obscena; quizá sabiendo lo que se le echaría encima, había elegido publicar con pseudónimo. Geel tenía un carácter más retraído que Bombal; aunque al parecer era buena conversadora, no se movía como María Luisa en ambientes literarios, no podía como ella preciarse de conocer a Borges, a Storni, a Lorca. Pero había muchas cosas que las unían: lo más importante, aunque fuera un rasgo común a otras autoras de la época, la exploración de la identidad femenina en sus obras: para la mujer chilena de entonces, el mundo era un lugar limitado, lleno de prohibiciones y tabúes, un desierto del que muchas intentaban escapar mediante el matrimonio, hasta que se daban cuenta de que el matrimonio no era un oasis sino un espejismo que, al disiparse, les mostraba que no habían salido del desierto; por eso los personajes femeninos viven mundos de fantasía, exploran sus propios deseos, sus sueños, pues el inconsciente sí escapa a veces al control de la sociedad patriarcal; María Luisa Bombal es la primera escritora chilena que describe el acto sexual, aunque se trate de una alucinación; el deseo revienta las convenciones y desvela el individuo que es cada mujer; aunque en las novelas de Bombal esas mujeres respondan a un cliché acuñado por hombres —sus cabellos largos y sedosos, sus cuerpos gráciles, sus ojos grandes—, la mujer que se mira en el espejo y aprecia su desnudez inicia una indagación de sí misma: ese cuerpo que normalmente se encuentra oculto es una primera prueba de su identidad, y en su exploración autoerótica se desvelan también el deseo y la consciencia. Consciencia siempre dolorosa, porque reconoce el estrecho corsé que las oprime; para ellas el impulso de escribir responde a un ansia de liberación; pero a medida que avanzan en la escritura se topan con su propia frustración, con la imposibilidad de romper las ataduras; «Y es por eso que las mujeres ya no tienen premoniciones, ni poder magnético sobre los elementos y las cosas, ni sueños: sus sueños son una triste marea que trae y retrae miles de imágenes cansadas y domésticas», escribe Bombal en *Trenzas*. Al final, el suicidio suele rondar a las protagonistas; y a las escritoras.

Antes de marchar por primera vez a Buenos Aires, María Luisa Bombal había intentado suicidarse en casa de su amante; sin mucha convicción quizá, se había disparado en el hombro, mientras que la protagonista de *La amortajada*, su segunda novela, había disparado en el último momento contra un árbol, en lugar de hacerlo contra sí misma: disparos fallidos, pero disparos al fin y al cabo. La expresión de un malestar que no encuentra motivos para la esperanza. También María Carolina Geel tenía fantasías suicidas; y, si debemos creerla, cuando compra la Browning no ha tomado aún la decisión de matar a su amante, sino que responde a un impulso, a la vaga sensación de que ella «venía sobrando demasiado ya entre la gente. O quizá ahora, pronto, pero con él, junto a él, porque no podría volver a resistir ese mirar que huía [...]». Otra fantasía romántica, el suicidio con el amante; antes la muerte de ambos que la separación o aceptar que su pasión degenere en una historia vulgar. Ese deseo de autocastigo se manifiesta también en que Geel no se defiende en el juicio; ni una palabra que pueda reducir su culpa; ni siquiera busca atenuante en una locura pasajera. Acepta, con extrema repugnancia, todos los exámenes a los que es sometida: «Humilde asentimiento a la petición de exámenes que pretendían ubicar el origen de mi acto [...] frente a dos médicos más que examinaban mi cuerpo, medían mis miembros, anotaban los diferentes grados de pigmento de mi piel [...]». El diagnóstico fue «una personalidad desequilibrada y momentáneamente fuera de control». Hubo quien echó la culpa a sus lecturas: «Intoxicada de literatura [...]», «al absorberse en los libros fue víctima de una marcada egolatría [...]»; cosas que quizá no habrían diagnosticado en un hombre; ya se sabe, las mujeres son frágiles y volubles. Tampoco faltaron voces que la acusaron de buscar la notoriedad para sus libros: el asesinato como técnica de marketing. Al final, el juez fue benévolo: tres años y un día. María Luisa Bombal había tenido aún más suerte: obtuvo la libertad condicional después de pasar poco más de diez semanas en prisión preventiva, aunque la internaron en una clínica psiquiátrica mientras se resolvía el caso; fue absuelta unos meses más tarde al considerarse que había actuado «privada de la razón y del control de sus acciones». Su víctima, caballerosamente, no había presentado cargos.

María Luisa Bombal deja Chile poco después de quedar en libertad. Aunque haya sido absuelta, le habría sido muy difícil llevar una vida social acorde con su clase. En Argentina aún tiene buenos amigos, escritores, artistas. Pero pronto la atraen otros proyectos y se marcha a Estados Unidos, donde sigue escribiendo novela y teatro, hace doblajes para el cine, trabaja en guiones, también en la publicidad. Se casa con Fal de Saint Phalle, un aristócrata y banquero de origen francés, bastante mayor que ella; María Luisa explicaba su atracción por los hombres mayores con la muerte de su padre cuando era niña; en los hombres buscaba a su padre, mal punto de partida para una relación; si el marido es también papá la esposa se infantiliza necesariamente. El banquero era un hombre amable, aficionado a los caballos y a divertirse con amigos; para consolar a María Luisa de sus ausencias, cuando salía le dejaba una botella de vino sobre el aparador. Y ella se consolaba. Sin embargo, la relación fue duradera, hasta la muerte de Saint Phalle en 1970; tuvieron una hija que nunca se entendió bien con la madre; casualmente o no, tomó la profesión del amante al que María Luisa había disparado: aviadora civil. Tras la muerte del marido, María Luisa regresó a Chile. Vivió relativamente retirada, con graves problemas de adicción al alcohol, esperando a que le concediesen el Premio Nacional de Literatura para el que fue propuesta en varias ocasiones; esperó en vano. Los miembros de los sucesivos jurados prefirieron dárselo a hombres, aunque fuesen críticos literarios y no escritores, antes que a ella.

«No es que esté enferma, ni me falta compañía ni éxito literario, a pesar del fracaso del Premio Nacional. Es que estoy enferma del alma y he perdido toda alegría y deseo de vivir [...] He dejado completamente de beber», escribió en una carta a su hermana en 1977. No sabemos si consiguió dejarlo; sí que la angustia no la abandonó. Murió en 1980 de una hemorragia digestiva masiva.

María Carolina también buscaba en otros hombres al padre que había perdido de niña. O al hermano, que murió cuando ella tenía cinco años y al que creyó reconocer en el rostro de su amante. Pero después de probar el matrimonio dos veces, no quería repetir la experiencia. Tuvo un solo hijo, que se marchó a Estados Unidos. Ni el matrimonio ni la maternidad y tampoco la escritura la habían salvado de la sensación de fracaso. Ni siquiera el éxito haría de ella una mujer feliz. Quizá porque, como en el caso de Bombal, el éxito fue el resultado no de la valoración que obtuvo su obra, sino de una notoriedad conseguida en las páginas de sucesos. María Luisa Bombal no fue publicada en Argentina hasta que su intento de asesinato despertó la curiosidad de los lectores y el instinto comercial de los editores. El libro que escribió María Carolina Geel en prisión, *Cárcel de mujeres,* se convirtió en una sensación: tres ediciones en pocos meses. Pero si los lectores buscaban en él explicaciones al asesinato o detalles escabrosos, quedaron defraudados. Geel se centra más en sus estados de ánimo que en los hechos; apenas da información sobre la vida cotidiana en la cárcel; de sus compañeras nos enteramos de algunos detalles narrados desde la distancia, entre otras cosas porque Geel tiene el privilegio de purgar su pena en el Pensionado, un ala de la cárcel destinada a la gente que tiene los medios para pagarse una celda individual en una zona protegida; de hecho, al leer sus páginas se tiene la impresión de que la escritora no sólo no entiende gran cosa de la vida de las otras presas, es que ni siquiera está realmente interesada; en todo caso, le preocupa más la forma en la que las voces, las peleas, las historias de las convictas influyen en sus propios estados de ánimo. Lo que más despierta su curiosidad, aunque la envuelva en un rechazo asqueado, es el sexo, las relaciones lésbicas (tema que ya había aparecido en *El mundo dormido de Yenia*). No hay en ella ninguna admiración por las formas de supervivencia de las menos privilegiadas, no descubre entre ellas dignidad ni carácter como sí encontraba Goliarda Sapienza; Geel se identifica sobre todo con las abnegadas monjas, con su piedad, su recogimiento; en la cárcel se convierte, va a misa, reza; no porque el remordimiento la empuje a la religiosidad; más bien porque prefiere la protección que le dispensan las monjas a mezclarse con quienes han delinquido; ella no se arrepiente, pues entiende su acto como algo inevitable, como un impulso independiente de su voluntad y por tanto de su responsabilidad. En su acto no hay rebelión, porque no afirma, no crea nada. En realidad, es una transgresión conservadora, que confirma esa esencia soñadora, impulsiva, inmadura que el discurso masculino atribuye a la mujer. Y no sólo el masculino: «No me inspiró para nada el feminismo porque nunca me importó —la misma María Luisa Bombal dijo en una entrevista— [...] no sentía que la mujer estaba subordinada, me parece que cada uno siempre ha estado en su sitio, nada más [...], el hombre es intelecto [...] mientras la mujer es puro sentimiento». Leyendo *Cárcel de mujeres* también se obtiene la impresión de que para su autora no hay razones, es inútil buscarlas; sólo hay impulsos, sensaciones, el mundo confuso de una subjetividad con una percepción lacerada del entorno y de sí misma.

Cuando Geel salió de la cárcel, indultada gracias a que Gabriela Mistral y otros intelectuales solicitaron una medida de gracia al presidente, se había convertido en una escritora conocida. Pero el interés de la crítica no duró mucho; y la fidelidad del público nunca está garantizada. Sólo publicó dos novelas más, y desde 1961 se limitó a una labor de crítica para distintos periódicos. Murió aún más olvidada que Bombal, recluida, casi sin contacto con otras personas; no hablaba nunca del incidente que la llevó a la cárcel; y quizá lo fue olvidando, como fue olvidando el resto de su vida. Durante los últimos años el alzhéimer había ido devorando su memoria.

Jimmy Boyle y Hugh Collins, vidas paralelas

Aunque de distinta manera, ambos cuentan historias parecidas. Cambian los nombres, algunos detalles, unos años de diferencia —Boyle nació en 1944, Collins en 1951—, pero, en el fondo, el argumento de sus vidas, tal como ellos las relatan, coincide; se podrían adaptar sus autobiografías para rodar con ellas una sola película. Habría, eso sí, que integrar los dos estilos narrativos: Boyle, en sus libros autobiográficos, es más superficial, quizá más torpe; cuenta todo lo que recuerda o quiere recordar aunque a veces sea irrelevante; es repetitivo, algo plano; su prosa es más la de un asistente social que la de un escritor; y cuando quiere ser pedagógico resulta ingenuo; en él se nota más la falta de formación literaria previa. Y también que pretende pulir la imagen que de él tienen los lectores; sí, fue un delincuente violento —además de innegable, es parte de su atractivo—, pero oscurece algunos hechos de su biografía para aparecer menos culpable y hace más referencia a los factores sociales que Collins. Éste, aunque con un lenguaje menos académico, tiene mayor penetración psicológica; resulta más conmovedor porque el lector ve las cosas con los ojos del niño que fue, del adolescente empeñado en parecerse a su padre, del criminal violento; no pide excusas, no intenta justificarse con referencias al «sistema», no se presenta como un rebelde con un programa: «Jimmy Boyle a lo mejor es capaz de aguantar todo eso, los debates políticos sobre las causas de la delincuencia, las declaraciones sobre la pobreza, pero yo no puedo. No puedo echar la culpa a otros por lo que he hecho, culpar a mis padres, a mi abuela o algún otro. La cagué yo solito... Maté a un hombre y no sé por qué. No sé por qué. ¿No es ésa la brutal verdad? ¿No es la honradez mejor que un millón de putas razones? Ninguno de nosotros conoce el porqué». Sus libros son más expresión que argumentación, están tan llenos de contradicciones como su autor; además, al menos la *Autobiography of a murderer* la escribió consumiendo cantidades considerables de Temgesic (buprenorfina, un analgésico que le ayudó a descolgarse de la heroína y a dejar de beber). Sabe que la droga le destruye y que puede devolverle a la cárcel, pero eso no le lleva a mantener un discurso socialmente aceptable. Boyle da la impresión de haber escrito para los lectores y Collins para sí mismo, lo que paradójicamente lo vuelve mucho más interesante para los demás.

Boyle nació en Gorbals, un barrio pobre de Glasgow; sus fechorías tenían como telón de fondo la demolición de decenas de casas insalubres; su niñez se derrumbaba al mismo tiempo que el paisaje urbano. Collins nació en otro barrio mísero de Glasgow, Garngad, al otro lado del río Clyde. Los dos estaban habitados principalmente por inmigrantes, la mayoría católicos irlandeses. El hacinamiento, los problemas para pagar la electricidad a fin de mes, los trabajos que hoy llamamos precarios, las enfermedades, las madres prematuramente envejecidas, la brutalidad de profesores y alumnos en el colegio, los piojos, la ropa de la beneficencia, todo ello es descrito con la naturalidad de quien no ha conocido otra cosa ni se plantea la posibilidad de que la realidad pudiera ser distinta. Los niños corretean por las calles sucias de carbonilla y excrementos y a pesar de todo ríen; la felicidad es un término relativo. También pertenece a la normalidad de aquellos barrios que los hombres, cuando llega el viernes por la tarde, se gasten en el pub el dinero que la familia necesita para comer o vestirse. Las borracheras de fin de semana son tan habituales como hoy pudiera serlo ver el fútbol en la televisión. Es algo que hacen los hombres, emborracharse, salir tambaleándose del bar, romperse la crisma con botellas, piedras, a veces incluso dar un navajazo que luego nadie reprocha porque un hombre puede hacer eso y de lunes a viernes por la tarde ser un buen padre de familia, trabajador, vecino solícito. Según Boyle, uno de los mejores momentos de la semana era el viernes a la hora de cierre de los pubs, porque niños y adultos iban a ver las peleas.

Con esa misma despreocupación que genera lo cotidiano empezaron los dos a realizar pequeñas sustracciones en las tiendas; era casi un juego, también un rito de iniciación. Pero Boyle y Collins no se quedaron en las golosinas y los lapiceros; también aligeraban de carbón los camiones que lo transportaban, y se dieron cuenta de que los vecinos estaban dispuestos a pagarles por esos pequeños lujos que no podían permitirse: una botella de whisky, medias de nailon, un transistor; como los adultos, aunque no los de la propia familia, les pagaban por ello, e incluso les hacían algún encargo, no tenían la impresión de estar haciendo nada malo. Pero el siguiente paso lógico es forzar una noche la cerradura de un negocio, llevarse los pocos chelines que ha dejado allí el dueño y, más tarde, por qué no, reventar torpemente una caja fuerte. Viven buena parte del tiempo en la calle, quizá porque el ambiente de casa es demasiado tenso, está cargado de aprensiones, miedos, rabias de los que se deja fuera a los niños, pero eso no significa que no los perciban. Salen por ahí, faltan a clase, la banda sustituye a la familia —el padre, de todas maneras, está siempre ausente—, la banda no vive en una realidad opresiva sino en un futuro heroico, no en la miseria sino en una fantasía de lujo y chicas fáciles, y con la rara sensación de omnipotencia que da derrotar a la banda rival o salir vencedor en un duelo a navajazos; los niños se ven ya hombres de verdad, admirados, temidos, como creen que son sus padres. Jimmy apenas recuerda de su padre que era un ladrón violento y que murió poco después de que él empezase a ir a la escuela. Los pasajes más conmovedores de la obra de Hugh Collins son los que tienen que ver con su padre, Wullie. «No conozco a ese hombre, el padre con el que nunca he vivido, pero siento hacia él una poderosa lealtad. ¿De dónde salen sentimientos así, tan fuertes y con tan poca base? No tengo experiencia alguna de ser hijo suyo, y sin embargo quiero cuidarlo, defenderlo [...].» Wullie era un tipo duro, tan temido como admirado en el barrio, que pasó en la cárcel buena parte de la infancia de su hijo. Y que más tarde jaleaba a Hugh cuando rompía la cabeza a otro en una pelea. Hugh se da cuenta de que ese hombre admirable en realidad no existía, de que su padre era un delincuente sin escrúpulos y un borracho, una figura que se vuelve más patética a medida que va envejeciendo y que acude a lloriquear a su hijo cada vez que recibe alguna ofensa; Hugh, sin pensarlo, corre a rajar a cualquiera que haya insultado a papá. Poco a poco el deseo de obtener el reconocimiento paterno se va mezclando con el desprecio hacia ese exmatón que se mea en los pantalones y convive con una prostituta prematuramente avejentada. Pero a Hugh le sucede lo que nos sucede a todos: que cada vez nos parecemos más a nuestros propios padres, también en aquellos rasgos que con más rabia habíamos rechazado de jóvenes.

Volvamos a Boyle, a su juventud: a los trece años es detenido por primera vez por reventar expendedores de chicles con sus amigos; a los catorce es el líder de una banda de delincuentes; sus estancias en el reformatorio se repiten; antes de dejar el colegio a los quince, clavó un cuchillo de carnicero en la cara de un miembro de una banda rival; no recuerda haber sentido ningún remordimiento de conciencia. Tanto él como sus amigos se emborrachaban continuamente y participaban en frecuentes peleas con bandas rivales. Hizo algún intento de regresar a una vida socialmente aceptable, sin éxito; dejaba pronto los empleos mal pagados que conseguía y, aunque más adelante tuvo hijos, la paternidad no le llevó a intentar vivir dentro de la ley, entre otras cosas porque no veía posibilidad alguna de salir así de la miseria. Lo más que se podía alcanzar era tener un pequeño comercio. ¿Merece la pena trabajar para eso?

No hace falta dar todos los detalles de su vida delictiva, cada vez más violenta; bastan un par de jalones para completar la imagen. A los dieciséis años fue enviado por primera vez a la cárcel de Barlinnie, donde apuñaló a otro presidiario, aunque no se lo pudieron probar. Fue acusado de asesinato, según él sin fundamento; más de un testigo en su contra cambió su declaración después de recibir amenazas o de que una explosión reventara su casa. De todas formas, regresó a prisión en más ocasiones, llegando a acumular seis meses de aislamiento penal, sin contacto con otros presos. Por fin, en 1967 vuelven a juzgarlo por asesinato —del que Boyle aún hoy se declara inocente—; Lord Cameron, el mismo juez que había condenado al padre de Hugh Collins a diez años de prisión, sentenció a Boyle a cadena perpetua. Da la impresión de que hasta entonces se había sentido invulnerable, como si hubiese creído que podría seguir así el resto de su vida: entrando y saliendo de la cárcel, dedicado a negocios clandestinos, emborrachándose con alcohol y con la emoción de las reyertas. Pero de pronto, a los veintitrés años, parecía que su vida en libertad se estaba acabando y que con ese descubrimiento él renunciaba a cualquier apariencia de normalidad. En la cárcel se ganó pronto el apodo de «el hombre más violento de Escocia»: agredía a guardianes y a los directores de la prisión, tuvo reyertas con otros presos, dirigió revueltas, defecaba y orinaba en el suelo, para después untarse con los excrementos, que también repartía por las paredes, destrozaba las celdas. Según él era una estrategia de resistencia contra las continuas palizas que recibía de los funcionarios de las distintas prisiones que visitó; su única forma de conservar la dignidad era mostrarles que no se rendía, que no estaba dispuesto a aceptar ninguna de sus reglas, aunque le costara, como le costó, cumplir su pena en aislamiento penal, en parte en unas jaulas especiales, parecidas a las de un zoológico, que construyeron en la cárcel de Inverness para él y para otros como él.

Todo resultaba ya tan previsible: los quince años que tenía que cumplir como mínimo se irían incrementando con nuevos delitos cometidos en prisión, si es que no moría de una cuchillada en cualquier pasillo o a consecuencia de los golpes que le propinaban los guardianes. Pero en 1973 lo trasladaron a la recién creada Unidad Especial de Barlinnie, destinada a los delincuentes más incorregiblemente violentos. La Unidad era, por un lado, la respuesta a la impotencia del sistema penitenciario para controlar o someter a los presos más conflictivos; estaba claro que los malos tratos y las vejaciones no bastaban. Al mismo tiempo, la creación de la Unidad era también consecuencia del escándalo que empezaban a provocar en la opinión pública las noticias sobre el trato degradante que recibían los presos. La Unidad era un proyecto experimental que debía servir para orientar la reforma del sistema penitenciario: los presos decidían cómo usar su tiempo, recibían visitas con más frecuencia que en una cárcel normal y sin que se prohibiese el contacto físico, ni siquiera el íntimo; se fomentaban las actividades artísticas, los conflictos se resolvían no mediante castigos sino mediante sesiones de mediación en las que participaban presos y funcionarios, y, lo que más sorprendía a hombres que habían acuchillado a varios guardias: los presos tenían acceso a herramientas y a cubiertos de metal.

Boyle fue uno de los cinco primeros cobayas de la Unidad y, después de una primera fase de confusión y desconfianza, uno de sus principales defensores. Allí lo encontraría, cinco años más tarde, Hugh Collins, cuando Jimmy era ya un personaje conocido en toda Escocia, no sólo por sus delitos. Para entonces ya había publicado su primer

libro, *A Sense of Freedom,* donde contaba su historia y de-
nunciaba las bestiales condiciones de las cárceles escocesas,
una obra de teatro suya estaba en cartel, sus esculturas le
habían dado una cierta fama y raro era el mes en el que un
tabloide no publicaba algún artículo alarmista sobre el trato preferente que recibía criminal tan notorio. Porque la
prensa amarilla identificaba a Boyle con la Unidad Especial,
y ésta era atacada por todos los que consideraban que la
cárcel debía ser un castigo ejemplar y no una forma de
mimar a gente peligrosa. Es una paradoja que nunca ha
sabido resolver la opinión pública más conservadora: por
un lado es la primera en condenar el aumento de la delincuencia, por otro insiste en defender los castigos más duros,
a pesar de que suele ser una medida inútil para disuadir a
los delincuentes, y rechaza cualquier intento de rehabilitación. El miedo y el afán de venganza son más fuertes que
la razón. Esa opinión pública y su prensa, que adoraban
titulares como «La caradura del asesino Boyle», porque se
iba a casar antes de terminar su condena, o «Se busca hogar
para la estatua del asesino» cuando hubo que trasladar una
estatua de Collins, se enardecían si se alababa la reintegración de presos como Collins o Boyle. ¿Por qué elogiar o
premiar a quien ha delinquido sólo porque deja de hacerlo?
¡Otros se criaron en las mismas condiciones y no delinquie-
ron! Así que muchos, en lugar de alegrarse del éxito de
Boyle, lo consideraban un mal precedente. Y tenían razón:
otros seguirían el mismo camino.

Al llegar a la Unidad, Collins tenía a sus espaldas
una carrera delictiva que no desmerecía de la de Boyle. También él había empezado con pequeños hurtos, para pasar a
robos con escalo y a atracos, había sido expulsado del colegio después de noquear al director con un cabezazo en
la cara, se convirtió en el cabecilla de una violenta banda
juvenil, los Shamrock. Pasó su adolescencia y su primera juventud entrando y saliendo de la cárcel; su padre estaba
orgulloso de él: «Éste es mi hijo», exclamó satisfecho una

vez que zanjó una discusión entre su padre y un amigo de éste rompiendo al amigo una botella en la cabeza. Pero lo que mejor manejaba era el cuchillo, y varias caras heridas lo atestiguaban, no sólo en Glasgow, también en otros lugares de Gran Bretaña adonde le llevaban sus negocios con drogas o las huidas de la policía. Él describe aquella vida sin pedir perdón —cosa que le afearon con frecuencia—, de manera descarnada, casi objetiva: «Le agarré por detrás, le cogí por el pelo, tiré de su cabeza hacia atrás y le rajé a lo largo de la mandíbula derecha; la sangre me salpicó de repente la cara, el pelo y la camisa en un chorro constante. Se dobló hacia delante y le tiré con más fuerza del pelo [...]». No embellece, no difumina, no olvida: «La mayoría de las autobiografías de criminales utilizan la amnesia, pasando de puntillas sobre los hechos. Es increíble cuántos asesinos no pueden recordarse matando a una persona. Lo que yo estoy describiendo aquí es la fealdad de la violencia gratuita. ¿Hay algún otro tipo de violencia?».

Otro navajazo, éste mortal, le costó la cadena perpetua en 1977. Su propia novia ayudó a que lo detuviesen; él no nos dice si la maltrataba pero parece probable. Tenía veintiséis años y ninguna esperanza, era drogadicto, se comportaba con una violencia extrema. Su carrera entre rejas fue similar a la de Boyle: continuas peleas, navajazos, agresiones sangrientas a los guardianes, aislamiento penal. Pero en 1978 lo trasladaron a la Unidad. Para los presos más duros, la Unidad era cosa de maricones, también para Collins; y se reían de que Boyle se hubiera vuelto un blandengue. A Collins le costó adaptarse, y fue Boyle quien más le ayudó a aprovechar la última oportunidad que le iban a ofrecer de rehacer su vida aunque aún le quedasen muchos años de prisión. Una diferencia importante entre ambos es que Collins era un drogadicto. No debía de ser muy difícil procurarse las drogas en la Unidad gracias al escaso control al que eran sometidas las visitas; el padre de Collins le llevaba estupefacientes cuando iba a visitarlo.

A pesar de su desconfianza hacia los guardianes, que nunca perdió del todo, Collins fue adaptándose y decidió aprovechar la oportunidad de realizar actividades artísticas. El arte para los presos no era sólo una forma de expresión, también les permitía entrar en contacto con comunidades de artistas que recibían a los convictos de la Unidad con una curiosidad amistosa a la que éstos no estaban acostumbrados. Igual que Boyle, en la Unidad descubrió cómo canalizar su furia a través de la escultura; y, como aquél, comenzó a escribir un diario.

«*I am not Jimmy fucking Boyle!*» Ése es uno de sus problemas, de sus fantasmas; todos los comparan, yo también; «Boyle haría esto», «Boyle no haría esto». Cuando sale de la cárcel, él es el otro, el que estaba con Jimmy, el que también es artista. Fuera de la cárcel Jimmy sigue siendo la estrella: sale en programas de televisión, dirige proyectos de ayuda a delincuentes y a drogadictos y ha creado una fundación para apoyar su reintegración con los derechos de *A Sense of Freedom;* se adapta al cine su autobiografía, incluso se lleva a escena un musical con la vida de Boyle, que a los pocos años de dejar la cárcel ya era millonario. Resultaba casi inevitable que Collins acabase odiando a Boyle; le había admirado al principio, luego le defendería de sus críticos; y no parece casual que el primer texto que publicó Collins, un relato para *Granta* que sería el inicio de su autobiografía, se titulara *Hard Man,* casi idéntico al de la obra de teatro de Boyle. Pero la relación fue degradándose; aunque lo invitó a su boda —Boyle se había casado mientras estaba en prisión con una psiquiatra de una conocida familia y Collins se casó con la artista Caroline McNairn, a la que había conocido en un taller cuando aún estaba en la Unidad—, Collins acabó por no soportar a su exprotector y le prohibió asistir al entierro de su padre. Pero es él mismo quien se compara con frecuencia: «A mí aún me conocen como el otro tipo, ese que estaba en la Unidad Especial con Jimmy Boyle. Jimmy lleva fuera casi diez años, se ha casado con una mujer rica, un modelo de éxito, pero ¿yo? Yo no tengo noción del tiempo, he salido hace no sé cuántos meses y no tengo un duro. Supongo que esto me convierte en un fracasado». Es verdad que, en muchos sentidos, Hugh es un fracasado: tras salir de la cárcel y a pesar del apoyo de Caroline sigue tomando drogas, se emborracha, frecuenta a antiguos compañeros de prisión. *Walking Away* es una crónica sincera y nada complaciente de los primeros tiempos en libertad: lo duro no es estar en la cárcel, sino ser libre cuando no sabes cómo actuar, cuando no resistes la presión de la familia, de los amigos, cuando quieres reconstruir una vida como quien quiere levantar una casa sin cimientos. Se niega a presentarse como modelo de nada, no tiene un discurso edificante, muestra de manera descarnada sus contradicciones sin dejar de señalar las de la sociedad que lo condena. Y, al menos durante varios años, sigue siendo un hombre violento aunque luche contra ello. En una ocasión en la que quiere salir a la calle a rajar a alguien con quien ha tenido una discusión, Caroline se interpone en su camino y él la lanza contra una ventana. Pero ella no le abandona: «Siempre había dicho que si un hombre me ponía la mano encima dejaría al muy cerdo. Pero es diferente cuando amas a un hombre que necesita ayuda. Él no quería hacerme daño. Quería salir para hacérselo a otro. Y yo quería ayudarle a cambiar». Y con la ayuda de Caroline, Collins cambió; dejó las drogas y la bebida, se mudaron a un agradable apartamento en Edimburgo, montó con ella un taller artístico para jóvenes, fue poco a poco creándose una nueva vida. Las dos novelas que ha publicado hasta ahora están ambientadas en los bajos fondos de Glasgow. Aunque han recibido una buena acogida por parte de la crítica, Collins no ha tenido el mismo éxito que Boyle; no vive como él en mansiones de lujo en Francia y Marruecos ni tiene viñedos y un helicóptero propio ni aparece en las páginas de sociedad de las revistas; lo que no significa que haya sido menos feliz. Jimmy se separó de su esposa y uno de sus hijos murió acuchillado por un asunto de drogas.

Quizá la diferencia principal entre ambos sea la ambición: Jimmy siempre quiso ser alguien, ser el mejor, o el más brutal, o el más influyente en la prisión, o el modelo de delincuente rehabilitado, o el de hombre de éxito que desprecia la opinión de los demás. Incluso acaba triunfando en la escritura, para la que no estaba dotado; la torpeza de *A Sense of Freedom* y *The Pain of Confinement* es casi conmovedora, pero sabe lo que debe decir y con el tiempo aprende también el cómo: *Hero of the Underworld* es ya la novela de un profesional.

Collins, por su parte, va a tientas. Su primera ambición había sido ganarse el reconocimiento de su padre y con el tiempo descubrió que su padre era un individuo que le dejó solo de niño y de adulto, un matón que se fue desmoronando diluido en alcohol; ese hombre que lo despreciaba por entrar en la Unidad Especial, que dejó de hablar durante años con él e intentó obtener una orden judicial para detener la publicación de *Autobiography of a Murderer* porque temía salir mal parado en ella. Si la rabia de Boyle tiene una dirección, un objetivo, la de Collins es rabia pura y en ese sentido más autodestructiva, pero también más sincera: no es una herramienta para conseguir algo. Quizá por eso Collins tenga más dificultades para encontrar su camino como novelista. Mientras que en sus libros autobiográficos resulta más sincero que Boyle, no acaba de sentirse a gusto con el artificio que necesariamente es una novela, sobre todo una novela negra: trama y sentido son siempre falsificaciones, en la ficción y en la vida real; y Collins puede haber sido un delincuente violento, pero no un falsificador.

La irresistible ascensión de Sir Jeffrey Archer

Cuando nació Jeffrey Archer (véase imagen 9), su padre tenía sesenta y cinco años y un pasado notable de estafador. El hijo recogió la antorcha y la usó, aparte de para su propio provecho, para intentar arrojar una luz favorable sobre la oscura historia de su familia. Porque William Archer no fue coronel de infantería, como afirmaría su hijo, ni obtuvo una Medalla por Conducta Distinguida, aunque Jeffrey ingresara en el club de los descendientes de los condecorados y después se viera obligado a darse de baja en él; y tampoco realizó el buen William una carrera diplomática por mucho que su hijo declarara que papá había sido cónsul en Singapur, afirmación peculiar teniendo en cuenta que Singapur era entonces una colonia británica y por tanto no tenía cónsul británico. Pero como no pretendo extenderme sobre William, sino sobre Jeffrey Archer, el político, escritor y convicto —interesante combinación—, resumiré muy brevemente la vida de sus padres: William no fue casi nada de lo que afirmó haber sido; salvo una breve incursión en la política municipal, poco hay en su vida que pueda adornar su biografía: abandonó a su primera mujer y a sus dos hijas después de derrochar el dinero de la esposa, tuvo un hijo con otra, emigró a Estados Unidos huyendo de los acreedores, montó varias empresas y las llevó a la quiebra, se hizo pasar por héroe de la Primera Guerra Mundial y por cirujano, fue asiduo de los juzgados por el delito de estafa en Inglaterra, Estados Unidos y Canadá, volvió a casarse en Estados Unidos y a abandonar a su nueva mujer, regresó a su país e intentó reconciliarse con la primera, creó otra serie de empresas y de nuevas identidades, y un día conoció a una mujer treinta y ocho años más joven que él, Lola Howard Cook, y se casó con ella.

Lola tenía también una biografía peculiar: sus padres fueron un pequeño comerciante y una maestra; como era una chica brillante, obtuvo una beca para un prestigioso internado en Bristol; pero Lola era una joven independiente y quizá algo alocada; a los diecisiete años se quedó embarazada y entregó a su hija ilegítima en adopción; trabajó un tiempo de enfermera mientras intentaba iniciar una carrera de actriz y antes de cumplir veinte años conoció a William Archer, que se acercaba a los sesenta y se presentaba como periodista y como exmilitar. En 1933 Lola volvió a quedarse embarazada; William desapareció inmediatamente después del nacimiento; tras una época confusa en la que los padres vivieron separados, Lola, más obligada que persuadida por su madre, también entregó en adopción a este hijo. Para entonces la pareja se había vuelto a reunir y en 1939 Lola y William se casaron de forma casi subrepticia y falseando algunos datos para que no se descubriera que William aún estaba casado. En 1940 llegó el segundo hijo de la pareja, al que pusieron el nombre del niño del que se habían desembarazado unos años antes.

No sé bajo qué signo nació Jeffrey ni me importa. No serán los astros los que me digan por qué Jeffrey Archer acabó pareciéndose tanto a su padre, y la única persona que podría darme alguna pista es un embustero a quien no merece la pena preguntar. ¿Cuánto supo Jeffrey del pasado de estafador de su padre, de sus diversas identidades, de sus mentiras? Al parecer sólo cuando era ya adulto se enteró de que tenía un hermano en Inglaterra y una hermanastra en Estados Unidos. Es poco probable que William contara a su hijo pequeño las aventuras que había ocultado al mundo, y en parte sin duda también a su esposa. Además, Jeffrey estuvo interno a partir de los once años y sólo la madre lo visitaba; no parece que el contacto con el padre fuese muy intenso. Sin embargo, Jeffrey tendría la misma tendencia a la impostura y a la falta de escrúpulos para conseguir sus objetivos; ¿cómo podía imitar a un padre al que casi no conocía? ¿Fue la herencia o la experiencia la que determinó su futuro de caradura? Tiendo a creer más en lo segundo: quizá el niño había percibido los silencios, los secretos, las desapariciones repentinas del ya casi anciano, las vidas paralelas que se amontonaban en su pequeño hogar. La mayor diferencia entre ambos es que las miras del hijo eran más ambiciosas que las del padre. Por eso sus éxitos y sus fracasos fueron mucho más sonados.

En el colegio no fue un chico popular, más bien uno de esos que tienen dificultades para encontrar amigos y que suelen ser el blanco de las bromas de sus compañeros. Pero su ambición y su tenacidad salieron a la superficie ya en aquellos años: como la amistad no se consigue mediante el esfuerzo, decidió conformarse con la admiración: aunque era un chico debilucho, comenzó a entrenarse y no paró hasta ser uno de los mejores atletas del colegio y capitán del equipo de rugby; montó obras teatrales y actuó en ellas, organizó acontecimientos deportivos que dejaron boquiabiertos a los asistentes. Pero la admiración es un fuego de pajas que se consume deprisa y calienta poco; hay que alimentarlo continuamente para que no se apague.

Los que le conocieron dicen que Archer era un joven arrogante, pero con una gran energía y capaz de aplicarla a objetivos concretos, a proyectos con un fin apoteósico que le permitían brillar por un rato. Vista su carrera ulterior podría decirse que no le interesaban las cosas en sí mismas —el deporte, el teatro, la literatura, la política—, sino que las usaba como trampolín para otros fines que siempre tenían que ver con el éxito, el dinero y el poder.

Quizá porque buscaba el reconocimiento público antes que la satisfacción en el trabajo, nunca fue un buen estudiante. Sus notas eran mediocres y ninguno de los que le conocían entonces habría podido imaginar que un día sería escritor. Pero sí dejó claro muy pronto que la ficción sería su mundo, su vida, su identidad. Archer ofrecía diversas versiones de su biografía según la ocasión y a medida que se iban descubriendo sus engaños, como el escritor que retoca una novela hasta que todo encaja y produce el efecto deseado.

Tras abandonar el colegio con un diploma de bajo nivel —los entonces llamados *O-Levels*—, Jeffrey viajó a Estados Unidos, se graduó en Berkeley en Anatomía, Fisiología y Psicología, pasó tres años estudiando en Oxford, trabajó para la BBC..., o ésta es la leyenda que él quiso crear.

Lo cierto es que trabajó de camarero, hizo un curso de verano en Estados Unidos, se matriculó en una escuela militar y la abandonó pocos meses después, y lo mismo hizo con una academia de policía. Siempre evitó hablar de esos inicios tambaleantes. Quizá su primera experiencia laboral satisfactoria fue trabajar como profesor de educación física en un instituto. Seguía sin ser una persona apreciada por sus compañeros, que lo tenían por presuntuoso y desconsiderado, pero a veces sí lograba deslumbrar a sus superiores, aunque fuese a costa de mentirles, y desde luego contagiaba a sus alumnos la fe ciega que tenía en sí mismo: los chicos lo admiraban y se sacrificaban para cumplir sus deseos. Espoleado por esa admiración, Archer daba lo mejor de sí y llevó al equipo de atletismo del Dover College a éxitos que nunca había alcanzado. Sí es cierto que pasó tres años en Oxford, pero sólo estudió el primero para obtener un diploma en Educación. En Oxford destacó en atletismo, sobre todo en 100 yardas lisas* y en 200 metros vallas, pero no consiguió su objetivo de pertenecer al equipo olímpico; en aquellos años ya presumía de que ganaría una medalla olímpica, sería millonario y llegaría a primer ministro. Sólo se cumplió lo

---

* Esta prueba, antes frecuente en varios países que usaban el sistema métrico británico, ha sido sustituida por los 100 metros lisos.

segundo, y por cierto no es fácil explicar cómo el joven Archer, sin provenir de una familia acomodada, era dueño de dos coches y dos casas y cómo se mantuvo durante los tres años que permaneció en Oxford. Un misterio más para su biografía.

Su principal éxito de aquella época también está relacionado con el dinero, aunque no con el propio; gracias a sus esfuerzos en una campaña de captación de fondos para Oxfam, sucedió lo imposible, algo que muchos habían catalogado como uno de los muchos delirios de grandeza del joven Archer: consiguió el apoyo de los Beatles a la campaña y que visitasen Oxford para promoverla; él aparece en las fotos a su lado, orgulloso como un niño al que acaba de salir bien una travesura.

Durante los años siguientes seguirá defendiendo causas humanitarias, pero de forma profesional: como empleado del National Birthday Trust Fund, a través de su empresa Babysitters Unlimited, dirigiendo una campaña para la United Nations Association o más tarde con su empresa especializada en captación de fondos para organizaciones benéficas y campañas políticas, Arrow Enterprises.

Quizá no le cayera bien a todo el mundo, pero nadie podía negarle su capacidad para movilizar a la gente, su inventiva a la hora de imaginar formas de obtener dinero. Eran muchos los que apreciaban su mezcla de encanto, descaro y ambición. Pero había quien le criticaba estar más interesado en establecer él mismo relaciones útiles y en promocionarse que en los resultados de sus campañas. También le reprocharon el uso de las instalaciones de sus empleadores para fines privados y, lo más grave, imputar gastos privados a los gastos de gestión.

Encanto, descaro, ambición; con esa mezcla de rasgos, a nadie sorprenderá que Archer se sintiese atraído por la política. Su primer éxito en este campo fue obtener un puesto de concejal en el Greater London Council con el Partido Conservador; aunque no fue el concejal más joven de ese órgano, como le gustaba decir, conseguirlo a los veintisiete años era de todas maneras un logro notable. Para acabar de completar la imagen de prosperidad y felicidad, Archer se había casado con Mary Weeden, una brillante licenciada en Química.

El siguiente paso estaba claro: ser elegido diputado, y pronto logró una candidatura por el distrito de Louth. El anuncio de su candidatura lo convirtió en un personaje público, lo que tuvo como consecuencia que sus pecadillos, hasta entonces asuntos privados, pasasen a ser de interés general, en particular los rumores de que también como concejal había cargado al ayuntamiento gastos sin justificar y que se dedicaba a rellenar los formularios de gastos de sus compañeros a cambio de una comisión. Una cierta fama de marrullero comenzaba a acompañar la trayectoria de Archer. Cuando un periodista le anunció que iba a escribir un artículo sobre sus irregularidades, Archer primero negó las acusaciones, después rompió a llorar suplicándole que no publicase el artículo. Cuando vio que las lágrimas no ablandaban al periodista, pasó a amenazarle con un proceso. Es algo que llama la atención durante toda su carrera: preocupado por cómo lo perciben los demás, está dispuesto a recurrir a cualquier método para modificar esa percepción: engañar, humillarse, amenazar; a lo que no está dispuesto es a cambiar de comportamiento.

Archer era muy popular entre las bases del partido; sabía hablar en público, conectar con los sentimientos de sus oyentes, hacerles creer que compartían las mismas preocupaciones. Con gran sentido táctico, presentó una demanda por difamación contra su principal denunciante y logró una orden judicial que le impedía continuar acusándole. Como el proceso tendría lugar mucho después de las elecciones, Archer compraba así una tregua; después de salir elegido, en lugar de permitir un proceso que habría dado demasiado que hablar, llegó a un costoso acuerdo extrajudicial. Archer se convirtió así en miembro de la

Cámara de los Comunes a los veintinueve años; sabía que el gasto incurrido en acallar a sus detractores era una buena inversión: estaba acercándose al centro del poder.

Como diputado, Archer se caracterizó por su rebeldía; no tenía reparo en defender políticas en contra de la línea del partido y también en contra de las directrices de Margaret Thatcher: era proeuropeo, se opuso a la pena capital y a varios recortes al estado de bienestar. Seguramente disfrutaba llamando la atención, pero no cabe duda de que también actuaba por convicción; en general se situaba en la margen izquierda del partido aunque nunca fue un ideólogo. Durante sus incursiones en la vida política también destacó por sus tremendas meteduras de pata, a menudo provocadas por un exceso de autocomplacencia; si se le ocurría una frase brillante la decía sin pensar en sus consecuencias, y a menudo se veía obligado a retractarse.

De 1969 a 1973 Archer estuvo dedicado a la política y a sus negocios; no es posible saber si era un hombre rico, pero sí que le gustaba el lujo y que la modestia no era su mayor virtud: era dueño de una galería de arte, invertía en bolsa, su casa y sus coches revelaban el estilo de vida de quien quiere disfrutarla y, sobre todo, que se le vea hacerlo, consciente de que a quien aparenta tener dinero le resulta mucho más fácil multiplicarlo. Pero el sueño del joven ambicioso estaba a punto de venirse abajo.

En 1972 a Jeffrey Archer le propusieron invertir en la empresa Aquablast. Dicha empresa pretendía comercializar una válvula que reducía a la vez las emisiones y el consumo de carburante de los automóviles. Nadie sabía, salvo unos pocos elegidos y entre ellos Archer, que pronto se publicarían los resultados de una investigación que demostrarían el rendimiento de la válvula; en cuanto se conociese la investigación, las acciones de Aquablast se dispararían. Archer se lanzó sin escrúpulos y sin medida a esa operación de iniciados que necesariamente iba a ser el negocio del siglo: hipotecó su casa y pidió dinero prestado, lo que le permitió invertir trescientas cincuenta mil libras (alrededor de tres millones de hoy).

Para resumir la situación: Aquablast era un fraude; la válvula no consiguió la patente en Estados Unidos; el valor de las acciones se había hinchado artificialmente; los captadores de incautos vendieron sus acciones antes que nadie, a su precio más alto, y desaparecieron. Archer se quedó sin dinero, endeudado y con cara de tonto: no sólo tenía que explicarle la situación a su mujer, a la que no había dicho nada de la multiplicación de los panes y los peces que se proponía realizar, también tenía que hacer frente a su propio partido, muy renuente a contar para las inminentes elecciones generales con un candidato que podía declararse en cualquier momento en bancarrota. La retirada de su candidatura fue sin duda dolorosa. «Fui una víctima de mi propia estupidez y de mi propia codicia y de mi propia arrogancia», dijo años más tarde, aunque siempre supo conjugar ese tipo de confesiones públicas con nuevas acciones que mostraban que no había aprendido nada de sus errores.

No habría sido descabellado pensar que Aquablast había supuesto el final de la carrera política de Archer, también el de sus expectativas de riqueza. Pero él no cayó en la depresión, o si lo hizo le duró muy poco. Aunque estaba en una situación desesperada, tenía contactos, inventiva, energía. Necesitaba una empresa que no requiriese inversión pero que le volviese a dar popularidad y dinero. A muchos escritores nos sorprendería pensar que alguien se lance a la literatura para hacer dinero fácil y rápido, pero obviamente muchos escritores no somos Jeffrey Archer, para bien y para mal.

Él, que cometía decenas de faltas de ortografía, que nunca había destacado por la calidad de su prosa, más bien por lo contrario, decidió escribir una novela. Como es lógico, el tema era el de un fraude con acciones de una empresa ficticia; cuatro estafados, cada uno con una habilidad especial, juntan sus fuerzas en *Ni un centavo más, ni un centavo menos* para vengarse de la persona que les ha llevado a la ruina, y hacer así en la ficción lo que Archer habría deseado poder hacer en la vida real. Archer escribió pensando en el cine y buscando un público lo más amplio posible: intriga, humor, un poco de sexo, localizaciones con glamour: Montecarlo, Aston, Oxford, Boston...

Todos los editores británicos a los que envió el libro lo rechazaron; el libro no estaba muy bien escrito a pesar de que su mujer lo había corregido a fondo (según las malas lenguas lo había traducido al inglés), los personajes eran planos, la intriga predecible..., pero un editor estadounidense más avispado vio el atractivo comercial y decidió correr el riesgo; en un mes se vendieron veinte mil ejemplares; muy pronto Warner Brothers compró los derechos de adaptación al cine. ¿Se puede esperar más de una primera novela?

La siguiente, *¿Se lo decimos al presidente?*, se vendió aún mejor, y la tercera, *Kane y Abel*, aguantó veintinueve semanas en la lista de libros más vendidos de *The New York Times*. Con estos y sus siguientes libros Jeffrey Archer se convirtió en uno de los escritores ingleses más comerciales de la historia. ¿Qué más daba que sus editores tuviesen que pasar semanas corrigiendo la prosa y la estructura del libro, retocando personajes, eliminando los fragmentos más inverosímiles? Cuando uno de sus libros salía a la venta, Archer recorría las librerías y exigía que sus libros estuviesen bien visibles, perseguía a los comerciales, amenazaba, invitaba a almorzar en buenos restaurantes a cualquiera que pudiese serle útil.

Las pocas manchas que empañaban los destellos de su éxito aún no habían alcanzado las primeras planas de los periódicos: el robo de tres trajes en una tienda de Toronto, la evasión de impuestos, sus amantes.

En Londres organizaba fiestas, champán Krug y pastel de carne como menú invariable, a las que acudía todo el que tuviese nombre e influencia. Sabía perfectamente que su regreso a la vida política dependía del apoyo de unas cuantas personas, y también sabía cómo ganárselas. Por fin, en 1985 Margaret Thatcher le ofreció el puesto de vicepresidente del Partido Conservador. Ni que decir tiene que Archer lo aceptó.

Pero le perseguían escándalos; la contradicción entre el brillo de su vida pública, con su deseo de estar continuamente bajo los reflectores, y las sombras de su vida privada era demasiado profunda. En noviembre de 1986 el periódico *News of the World* reveló en un artículo que, a través de un intermediario, Archer había pagado dinero a una prostituta para que saliese del país. Poco después *The Star* escribió que Archer se había acostado con ella; aunque esta conclusión era lógica, resultaba más difícil de demostrar y ése fue el frente por el que decidió atacar un Archer acorralado.

Primero lo negó todo, después acusó a la prensa de tenderle una trampa, más tarde confesó la entrega de dinero pero justificándolo como un acto de filantropía, y por último inició un proceso contra *The Star* por difamación. Varios testigos ofrecieron una coartada sólida para la noche que supuestamente Archer había pasado con la prostituta. También Mary testificó en defensa de su marido. *The Star* fue condenado a concederle la mayor indemnización que había pagado jamás un periódico británico. Al final del juicio, un miembro del jurado pidió un autógrafo a Archer. La imagen del escritor como hombre honesto y fiel a su esposa salió reforzada: no podía saberlo, pero este triunfo era el inicio de su peor derrota.

Los siguientes años fueron más tranquilos; sus novelas siguieron convirtiéndose en *best sellers,* aunque no siempre cubrieron los anticipos multimillonarios que exigía; hubo un par de acusaciones de plagio que no llegaron a los tribunales; le fue otorgado el premio de la American Booksellers Association al escritor más desagradable —su trato hacia los subordinados era con frecuencia despreciativo, incluso cruel—; hubo más de un periodista que quiso sacarle algún cadáver del armario, pero la cosa no llegaba a mayores pues los directores de los periódicos habían escarmentado en la cabeza de *The Star*.

Archer no había olvidado sus demás habilidades y en 1991 organizó una enorme y a la postre controvertida campaña benéfica en la que merece la pena detenerse un momento: movido por esa mezcla de buenas intenciones y afán de protagonismo que había inspirado otras campañas suyas, montó una serie de conciertos simultáneos en varios lugares del mundo bajo el lema *«The Simple Truth»* para recolectar dinero para los kurdos de Irak; pretendía recaudar más dinero que *«Live Aid»*, el doble concierto benéfico organizado por Bob Geldof unos años antes; al final, Archer anunció triunfalmente que habían batido todas las marcas: cincuenta y siete millones de libras. El problema es que ese dinero no llegó nunca a manos kurdas; es poco probable que Archer se enriqueciese indebidamente, pues no fue él quien lo administró, pero sí es muy posible que exagerase de tal manera la recaudación que consiguió decepcionar a casi todo el mundo.

Un acontecimiento más positivo: en 1992, gracias sobre todo a la influencia de su amigo John Major, Archer fue nombrado Lord. Él habría deseado un cargo político de mayor relevancia, pero muchos miembros destacados del Partido Conservador eran reacios a abrir las puertas de la alta política a personaje tan frívolo; su presencia en la Cámara de los Lores era una manera de reconocer sus méritos pero también de señalar sus límites. Un nuevo escándalo vino a dar la razón a los más escépticos: en 1994 Archer fue acusado de haber negociado con acciones de Anglia Television utilizando información proporcionada por Mary, que formaba parte del consejo de dirección; aunque no se demostró que se hubiera beneficiado personalmente, Archer tuvo una vez más que pedir disculpas públicamente.

Pero él no tenía intención alguna de quedarse encerrado en el museo de antigüedades que debía de parecerle la Cámara de los Lores. En 1995 inició una campaña privada mediante invitaciones, dosificación de rumores y declaraciones a la prensa para situarse como posible candidato conservador a la alcaldía de Londres, un cargo que podía servir de trampolín para objetivos más ambiciosos.

Es difícil decir si se trataba de inconsciencia o de arrogancia, pero Archer se lanzó a la campaña como si no tuviese nada que ocultar o como si verdaderamente creyese que una vez más iba a salirse con la suya, y que quienes lo atacasen acabarían rindiéndose a sus encantos o a la influencia de sus poderosos amigos. Y su sorprendente popularidad entre las bases hacía difícil que el mismo partido frenase sus aspiraciones. Además, eran muchos quienes le debían favores en el partido: Margaret Thatcher había recibido su ayuda para negociar la publicación de sus memorias, John Major le entregaba sus discursos para que los corrigiese, William Hague acudía a sus fiestas y utilizaba su gimnasio. ¿Cómo iban a dudar en público de la idoneidad de Archer? «Un candidato probo e íntegro», dijo Hague y probablemente deseó más tarde haberse mordido la lengua.

Fue la prensa, una vez más, la que se encargó de desenmascararlo. En pocas semanas aparecieron artículos según los cuales Archer había pagado a un testigo para que abandonase el país y no se viese obligado a declarar en el juicio por difamación contra *The Star;* también le acusaron de haber convencido a amigos suyos para que le proporcionasen coartadas para las dos noches que se manejaron como las del encuentro de Archer con la prostituta. Las nuevas amenazas del escritor-político no acallaron a los periodistas, que, tras algunos titubeos, decidieron no soltar la presa. Para agravar las cosas, la exsecretaria de Archer declaró, durante el proceso iniciado por *The Star* para recuperar la indemnización pagada años antes por difamación, que su jefe le había pedido que escribiese una nueva agenda con datos que apuntalaban sus coartadas y que destruyera la auténtica. Pero ella había guardado ésta y fotocopiado la nueva: no debía de fiarse mucho del patrón. Jeffrey fue condenado a cuatro años de prisión por perjurio y obstrucción de la justicia. Más tarde también sería condenado a indemnizar a *The Star*.

Todo una gran injusticia, por supuesto. Archer en ningún momento reconoció su culpa; no sólo eso, sino que escribió tres diarios de su estancia en prisión en los que se esfuerza en demostrar lo injustamente que lo trata el sistema.

Uno no sabe si es un caso de cinismo exacerbado, o si verdaderamente llega a creerse sus propias historias. Leyendo el primer volumen, se tiene la impresión de estar ante un hombre que se enfrenta con dignidad a un destino cruel; el poema *Invictus,* de Henley[*], que cita completo al inicio, ya muestra el tono: «[...] doy las gracias a cualquier dios que exista / por mi alma invencible / [...] bajo los golpes del destino / mi cabeza sangra pero no se inclina [...]». Por supuesto, en el diario altera la verdad con cierta frecuencia, y el lector debe tener muy en cuenta el consejo que su abogado le dio a Archer al entrar en prisión: «No te creas nada de lo que nadie te diga en la cárcel». Así, no necesitamos creernos que todos los presos lo adoraban, ni su orgulloso estoicismo, ni su amorosa y estrecha relación con Mary, y tampoco que le trataban peor que a los demás presos. De hecho, uno de ellos se quejó a la prensa de que después de sólo seis semanas Archer había obtenido el primer permiso de salida cuando «cualquier otro convicto habría tenido que esperar al menos el doble».

A pesar de todo, no deja de ser admirable la capacidad de Jeffrey Archer para sobreponerse a cualquier golpe, como si las adversidades, al no ser merecidas, no debieran

---

[*] El mismo poema que había leído antes de ser ejecutado otro famoso convicto, Timothy McVeigh, condenado a muerte por el atentado en Oklahoma City en 1995 que costó la vida a ciento sesenta y ocho personas.

afectarle ni empujarle a cambiar de comportamiento. Su ego sufre tan poco que Archer se permite adoptar un tono moralizante y dar consejos, a menudo improvisados, sobre la reforma del sistema penitenciario.

«Cuando quede en libertad, ¿tendré que seguir el sendero de Oscar Wilde y llevar una vida retirada en el extranjero, incapaz de disfrutar la vida social que ha sido una parte tan importante de mi vida?», se pregunta en la cárcel, y cualquiera que conozca un poco su trayectoria sabe la respuesta: no tiene ninguna intención de hacerlo. Al contrario, tras quedar libre da conferencias, aparece en programas de televisión, continúa escribiendo. Como es habitual en él, sus nuevos libros están plagados de referencias a su propia vida, a sus conocidos, a su mujer, intercalando aquí y allá alguna venganza sobre el álter ego de alguno de sus enemigos.

Incapaz de alejarse del escándalo durante mucho tiempo, Archer regresó a las primeras planas de los periódicos en 2004 al ser relacionado con el intento de golpe de Estado en Guinea Ecuatorial que había promovido Mark Thatcher con la ayuda de un grupo de mercenarios. No sólo se habían realizado varias llamadas telefónicas entre su casa —él afirma que no fue él quien habló— y el teléfono de uno de los conspiradores; un tal J. H. Archer —el segundo nombre de Archer es Howard— había extendido un cheque por valor de ciento treinta y cuatro mil dólares al cabecilla de los golpistas.

Probablemente no es la última vez que leeremos el nombre del lord fuera de las páginas de cultura de los periódicos. No pasará a la historia de la literatura, pero habrá sido uno de los escritores más comentados en la efímera prosa de los periódicos.

1. El escritor colombiano Álvaro Mutis durante una sesión fotográfica en México D.F. 2001

2. Retrato del poeta francés François Villon

3. El escritor alemán Karl May vestido como el héroe romántico de sus novelas, Kara ben Nemsi. 1895-1905

4. Pauline Parker (izquierda) y Juliet Marion Hulme saliendo del juzgado donde se celebró la audiencia provisional en la que fueron condenadas por el asesinato de la madre de Pauline. 1954

5. El escritor estadounidense William Burroughs sosteniendo un arma durante una sesión fotográfica. 1980

6. El escritor afroamericano Chester Himes posa con traje y corbata
durante una sesión fotográfica

7. La artista norteamericana Sylvia Lyon y el escritor Maurice Sachs en los jardines de la casa de Mademoiselle Chanel. 1929

8. Retrato de la escritora chilena María Luisa Bombal

9. Retrato del escritor inglés Sir Jeffrey Archer. 1999-2000

10. El escritor Abdel Hafed Benotman durante una sesión
fotográfica en Lyon. 2008

11. El escritor francés Jean Genet durante una sesión fotográfica

12. El escritor norteamericano Ed Bunker en su domicilio
de Los Ángeles. 2001

13. Retrato del escritor francés
Eugène-François Vidocq

14. Retrato del poeta francés
Paul Verlaine. 1880

15. Fotografía del escritor estadounidense
Jack Black en prisión, con su número
de recluso en el pecho

Abdel Hafed Benotman, la forja de un rebelde

A menudo en las novelas se encuentra un momento clave que permite ordenar el resto de los hechos; una muerte, un abuso, una traición, un descubrimiento, un hecho insólito. Y todo lo que sucede entre las dos cubiertas del libro es preparación o desarrollo de ese momento. Si la vida de Abdel Hafed Benotman (véase imagen 10) fuese una novela y yo quisiera escribirla, no tengo dudas de cuál sería ese momento, ese incidente cuya aparición prepararía con todo cuidado.

Yo lo conocía por haberme cruzado con él en dos salones de novela negra en Francia; hace poco fui a visitarlo al restaurante que lleva con su compañera Francine en París, precisamente porque quería contar parte de su historia en este libro. Hafed conoce perfectamente las técnicas narrativas, y él mismo se encarga de señalarme cuál es el momento clave, ese que hace que, de las múltiples posibilidades que había al empezar la historia, una surja como inevitable, la que va a desencadenar el drama que hasta ese momento era tan sólo una amenaza, como una tormenta que se avecina pero que el viento podría empujar en la dirección opuesta: llamémoslo el momento de la traición.

La traición del padre hacia su hijo de dieciséis años. Justo cuando Hafed sentía que todo podía cambiar. Que su vida no tenía necesariamente que irse a la mierda. Pero entonces interviene el padre, con la mejor de las intenciones; Hafed no pierde mucha saliva culpando a nadie de su historia ni de sus delitos; la sociedad no es culpable de lo que él haga; la sociedad tiene sus propias culpas, mucho más graves. Él no cuenta su vida como un drama, esa forma literaria inventada por escritores demasiado imbuidos de la moral judeocristiana, según la cual las catástrofes suceden debido a la culpa del protagonista o de quienes le rodean —la culpa es de Eva, la culpa es de Caín, la culpa es de los constructores de Babel—; tampoco como una tragedia, porque el destino no pinta nada en su narración; en todo caso es una tragicomedia; Hafed se ríe, no se rasga las vestiduras, pero tampoco oculta el dolor; es un equilibrio difícil el que busca; incluso cuando habla de la traición lo hace con una sonrisa, como intentando transmitir el asombro a su interlocutor porque la vida funciona de una manera sorprendente; Hafed se cuenta como un médico que se ausculta a sí mismo y no tiene reparo en encontrar cierta gracia a algunos síntomas, a algunos achaques. Hafed es ateo; no, la sociedad tampoco le ha empujado en brazos del fundamentalismo. Y ni siquiera podemos decir que la traición lo empujara por un camino; tan sólo cegó la única vía de escape que él había creído descubrir.

Dieciséis años, la primera vez que viaja en avión; su padre le ha pedido que lo acompañe a la aldea de la que son originarios, en la región de Tlemecén, a unos setenta kilómetros de la frontera con Marruecos. Van ellos dos solos, sin el resto de la familia. Como todos los emigrantes, el padre sueña con construirse una casa en Argelia, preparar el regreso, mostrar a los demás que no se marchó en vano. Aunque en realidad él no era un inmigrante: cuando llegó a París en los años cincuenta, Argelia era aún francesa y él había tenido la suerte de que no le alistaran para ir a Indochina, quizá porque tenía ya mujer y dos hijos. En su aldea había trabajado en el campo, en París trabaja en la construcción. El plan es regresar cuando haya ganado suficiente; el mito del regreso, el retorno de Ulises. Pero cambia de opinión y es su mujer la que tiene que irse a Francia con los niños, probablemente porque no ha reunido suficiente dinero. El pánico, la desesperación resignada, la obediencia: ella no habla francés, no sabe leer ni escribir, la alejan de la familia, del único lugar que conoce; en general, las mujeres argelinas no querían ir a Francia; ¿para qué?, ¿para estar encerradas solas esperando a que lleguen los niños del colegio? Penélope preferiría seguir tejiendo y destejiendo a ser arrancada del hogar por un hombre que, después de tanto tiempo de ausencia, se ha vuelto un desconocido.

El hogar en el que nace Hafed en 1960 es un lugar sombrío; durante un coloquio en el que participamos ambos alguien del público le pregunta: «¿En qué idioma se hablaba en su casa?». «En ninguno, en mi casa nadie hablaba», responde. El público ríe, Hafed también. Pero, como es frecuente, la risa es una manera de cauterizar la herida. Porque la madre cae en la depresión, intenta suicidarse. El padre es taciturno y violento con los hijos; esa violencia la glosará Hafed en *Éboueur sur échafaud;* y, en *Les forcenés,* una frase significativa: «Enterró bajo sus actos delictivos todas sus ideas de parricidio». El hermano mayor se somete a la voluntad paterna; las hermanas sufren tal violencia que les resulta imposible escapar, aunque una de ellas lo intenta; pero es mujer, no podrá llegar muy lejos; será Hafed el que enarbole la bandera de la rebelión, tras darse cuenta con despecho de que la violencia del padre estaba restringida al hogar; fuera, ese hombre corpulento, de una fuerza extraordinaria, era un ser sumiso, incapaz de alzar la voz; no sólo eso: golpeando a sus hijos intentaba expulsar de sus cabezas cualquier idea de revuelta. Hafed afirma que su padre había conocido la extrema brutalidad de los europeos en Argelia y que por eso quería evitar a toda costa que sus hijos fuesen sus víctimas en Francia; «los israelíes —me dice con su habitual sonrisa— sabían lo que hacían cuando aceptaron ir a Palestina; preferían la violencia de sus primos árabes a la de los europeos; el Holocausto no es árabe, es europeo». El padre somete entonces a sus hijos a su propia violencia, limitada, para que no se atrevan a enfrentarse a la violencia sin límites del Estado francés hacia los norteafricanos. La masacre de Sétif estaba aún fresca.

Si de verdad es ésa la estrategia del padre, desde luego fracasa con Hafed. Ya en el colegio había empezado a cometer los primeros robos. Podría entenderse este inicio en la pequeña delincuencia como una forma de obtener un estatus, de compensar la desventaja con la que parte en la vida. Porque él es un marginal en el colegio y en la calle, no por vocación, sino porque la familia ha ganado lo que él llama la lotería social: no viven en uno de los guetos del extrarradio sino en el *VI arrondissement,* barrio antes obrero y estudiantil que se ha revalorizado; el Barrio Latino vibra en esos años, pero de eso no se enteraría gran cosa el padre; únicamente sabe que le han adjudicado una vivienda social en ese barrio acomodado porque es magrebí, obrero, con sólo cuatro hijos y le ha tocado ser parte de ese contingente con el que se demuestra que la sociedad es justa con todos, también con los moros. Para la madre es una suerte trágica, que la convierte en una sombra que apenas se atreve a salir a la calle; para Hafed es una suerte de doble filo: por un lado, le aleja del gueto, le permite ir a un buen colegio, la escuela François Villon, tener buenos profesores, descubrir la lectura —habitando gracias a todo ello mundos a los que sus padres no tienen acceso—; él mismo dice que probablemente, de haber vivido en un gueto, habría conocido la droga, que nunca ha tocado, y quizá habría cometido delitos más violentos. Pero, al mismo tiempo, aprende muy pronto lo que es el racismo sin tener detrás un grupo de iguales que lo apoye, va a clase con los hijos de franceses que murieron en la Guerra de Argelia, viene de una familia pobre, no tiene un franco en el bolsillo. Pero tiene otra cosa: sabe cómo conseguir lo que desean sus compañeros; trabaja por encargo, política que seguirá más tarde cuando atraque joyerías; primero juguetes en los grandes almacenes, más tarde el último disco de Frank Zappa o el del festival de Woodstock; sus compañeros no saben que los roba; lo ven más bien como un intermediario, piensan —si es que piensan sobre el tema— que los consigue por sus contactos con otros magrebíes.

Hafed, que ha empezado así su propia rebelión, tiene problemas en el colegio: le castigan con frecuencia, pero él no se deja amilanar; al contrario, desafía abiertamente a sus profesores, prefiere el conflicto abierto a la guerra de desgaste. Y acaban expulsándolo. Pasa mucho tiempo en la calle —ya lo pasaba antes de que lo expulsaran—, la rabia y el orgullo van creciendo con la complicidad de otros como él. No está dispuesto a lanzarse por el tobogán que le proponen con sonrisas de prestidigitadores: porque es un descenso sin vértigo ni aventura, un lento deslizarse hacia empleos mal pagados, empleos de moro, una vida familiar como la que ya conoce, una vida silenciada, muda, ser el buey que empuja el arado en los campos de otros. A la mierda todos. Ni siquiera las palizas que le propina el padre le obligan a bajar la mirada. Se está convirtiendo en un muchacho violento. Ha pasado de los hurtos a los atracos callejeros. Pronto descubre lo fácil que es desplumar a esos burgueses de doble moral que frecuentan Saint-Germain-des-Prés, Rue de Rennes; sabe que a la mayoría el miedo a ser descubiertos les obliga a callar, así que pasea por allí, propicia los encuentros: «Me he escapado de casa, no tengo adónde ir». Y siempre hay un caballero solícito que le invita a subir al coche, a acompañarlo a casa, le dará de cenar y algo de beber, querrá cuidarlo, hacerle mimos, pero la carne joven no se tiende ni se entrega sino que de pronto se tensa y el tierno muchacho mostrará su tono más bronco; bastan unas pocas amenazas para que entiendan. Aún más fácil que en las calles: nadie que grite ¡socorro! ni ¡al ladrón!, por miedo a que alguien pregunte por qué le había permitido entrar en casa y desde cuándo recoge a menores en su apartamento. El miedo al escándalo alimenta la generosidad de los caballeros.

Era de prever: lo detienen antes de cumplir los dieciséis años. Al ser la primera condena, obtiene la condicional y Hafed no pasa mucho tiempo encerrado. Pero la imagen del hijo esposado entre policías deja claro al padre que, si no quiere perder su batalla, se impone la huida.

En avión, el Mediterráneo de por medio, padre e hijo, a trabajar hombro con hombro. Hafed se alegra; la tarea común, que lo tomen por fin en serio. Tiene dieciséis años y experimenta el placer generado por la propia energía; el trabajo físico, el sudor, ese cuerpo hasta hace poco infantil que se va moldeando, que exige desafíos; y trabajar con los hombres, aunque no entienda mucho de lo que dicen, pero están las sonrisas, algún asentimiento, comer con ellos, dormir en la obra. Trabaja como uno más y también lleva las cuentas. Pasan las semanas y empieza a pensar que la vida puede ser distinta, y que podría acostumbrarse a su padre; fuera de la familia, fuera de Francia, ha perdido parte de su brutalidad, se ha vuelto algo más accesible. Y él mismo está cambiado, feliz, menos agresivo.

Una mañana se despierta y el padre no está. Ha desaparecido. Hafed tarda un rato en entender que ha vuelto a Francia sin él. Y los días anteriores aparecen de pronto como una farsa, como parte de un plan cuyo único objetivo era impedirle el regreso; el padre insiste en proteger a su hijo, aunque sea engañándole, cortando el último vínculo que les quedaba, aun a costa de dejarlo solo allí, entre extraños que hablan una lengua que no entiende. El trabajo físico, la camaradería, la tarea común, no eran más que el cebo con el que el estafador atrae a su víctima; y Hafed se avergüenza de esos días de alegría, de haber sido tan ingenuo. Deja de llevar la contabilidad; pero las hojas del cuaderno le van a servir para algo. La escritura es una forma de superar la nostalgia, de establecer lazos emocionales con lo ausente. Así que Hafed comienza a escribir una novela en la que los protagonistas son él y sus amigos de París; sólo ahora empieza a echarlos de menos. Pero para Hafed la literatura no será nunca una forma de escapar a la realidad, al menos no por mucho tiempo, sino una manera de enfrentarse a ella. Así que no se limita a escribir para consolarse: actúa. Varias veces lo rechazan en los controles de puertos y aeropuertos; es un menor, no puede viajar solo fuera del país. Él sigue intentándolo hasta que consigue embarcar como polizón en un barco con destino a Funchal. Y después en otro hasta Marsella. El resto del camino es fácil. Llama a la puerta de casa; le abre su padre. No se dicen una palabra; Hafed se gira sobre los talones y se va. El regreso no es un regreso. Es la confirmación, cara a cara, de la ruptura definitiva.

Hafed inicia una carrera de atracador de joyerías. Trabaja por encargo, como cuando era un escolar que conseguía discos difíciles de encontrar. Primero habla con los peristas y ellos le dicen lo que necesitan; ha entendido bien los principios del capitalismo: es importante el equilibrio entre la demanda y la oferta, no arriesgar robando algo que quizá luego no tenga comprador. Llegan a las joyerías, dos o tres atracadores, armados, con un cepillo y una bolsa a la que barren el contenido de los escaparates. «Nunca cometimos lo irreparable», dice Hafed; aunque quien realiza un atraco a mano armada sabe que puede que tenga que utilizar el arma, su banda, más bien sus dos bandas, porque trabajaba con dos, no eran innecesariamente violentas e incluso solían llevar armas sin munición, como se demostró en el proceso que le llevó a la cárcel; además, si el trabajo se hace bien, es poco probable que un atraco a un banco o a una joyería acabe de manera sangrienta; los atracados cuentan con ello, saben cómo deben reaccionar... y están asegurados; atracando una panadería o un supermercado sí puede alguien perder los nervios y desencadenar la catástrofe. No hubo sangre en los atracos de Hafed, pero fue condenado a catorce años cuando lo atraparon; siete por sus atracos con una banda y otros siete por los cometidos con la otra. Sus cómplices reciben penas mucho menos severas; él es, por cierto, el único «moro». Una primera notoriedad nada literaria: su cara aparece en las noticias televisadas, en las páginas de sucesos de los periódicos. Tenía dieciocho años.

«Cuando te cae una pena larga tienes dos soluciones: o bien eres fuerte, mantienes la cabeza en el exterior, esperas todo el tiempo, y te abres; o bien te haces el sumiso, haces todo lo que puedes para recibir reducciones, la condicional [...]», explica un convicto a Gwénola Ricordeau, como ella refleja en su tesis sobre las relaciones familiares de los presos.

Benotman no era desde luego del segundo tipo. No es un Jimmy Boyle ni un Hugh Collins, no ataca a sus guardianes ni participa en peleas; lo suyo no es la violencia ciega, y tampoco la rebeldía sin esperanza; si lo mantienen buena parte de su condena en celdas de aislamiento es porque se niega a trabajar —el trabajo en prisión era obligatorio hasta que lo abolió una ley de 1982—; también, con el paso del tiempo, será considerado un preso difícil, un agitador.

Pero lo que hay en él, sobre todo, es una necesidad de expresión; la experiencia no tiene significado si no se comunica; y en el caso de un convicto, no comunicar es ceder la palabra a los otros, a los que te han condenado. El silencio es entonces, si no una derrota, sí una forma de sumisión. Benotman participa en la cárcel en un taller de teatro y, cuando queda en libertad, él mismo dirige talleres de teatro en los suburbios de Troyes: en barrios conflictivos, en centros para discapacitados físicos y mentales, en geriátricos; teatro para parias, marginados y marginales que se suben a un escenario improvisado para encarnar sus inquietudes. Y él mismo, un poco por casualidad, empieza a actuar, en los escenarios y en las calles, mientras escribe sus propias obras.

De regreso en París, escribe piezas de café-teatro que su hermano produce. Pero también retoma el contacto con compañeros que han ido saliendo de la cárcel de Clairvaux y vuelve a los atracos. En uno de ellos, comete un error que sería cómico si no fuese por sus consecuencias: se equivoca de víctima, atraca a una pareja de ancianos en su domicilio en lugar de a un cirujano adinerado; las cosas se tuercen y acaba en la cárcel otra vez. «Este asunto había roto en mí cualquier ambición de convertirme en jefe del hampa, a pesar de mis relaciones y mis competencias», dice con humor patibulario en el relato *Le coeur sous le pied.*

En la cárcel participa en un taller de escritura erótica que será providencial; el cuento que escribe se publica en un volumen colectivo de *Nouvelles Nuits;* el director de la revista se interesa, quisiera saber si Benotman tiene más textos. No es fácil averiguarlo: entretanto, el escritor convicto se ha escapado de la cárcel; gracias a una notificación de la muerte de su madre —que estaba viva—, ha conseguido que el juez le conceda un permiso para acudir al entierro; su huida puede parecer absurda, porque estaba terminando de cumplir condena, pero él sabe que a la salida le aguarda la expulsión del país. Nunca ha adoptado la nacionalidad francesa.

En la casa de la exmujer de Hafed se encuentran diversos manuscritos; con una parte de ellos el editor de *Nouvelles Nuits* compone lo que será el primer libro de Hafed: *Les forcenés,* una colección de cuentos cuyos protagonistas se mueven entre la delincuencia y la marginación, cuentos escritos con un lenguaje más poético de lo habitual en el género, lo que no les resta dureza.

Dos años huido, cometiendo atracos para sobrevivir. Como escribe Edward Bunker en *La educación de un ladrón:* «Un fugitivo, como cualquier otra persona, se ve confrontado con la necesidad de ganarse la vida». Sólo que no hay muchas maneras de ganarse la vida para un fugitivo que no aumenten el riesgo de regresar a prisión. Lo detienen tras un atraco a una oficina de correos que ha realizado con armas falsas, lo que se ha convertido en su modo habitual de trabajar: «No cometo más violencia que la psicológica».

Durante estos últimos años, Hafed ha ido politizándose; en la cárcel empezará a documentarse sobre cuestiones de procedimiento y derecho penal: ayudará a otros presidiarios a redactar sus protestas y solicitudes, participará en programas de radio reivindicativos, escribirá en publicaciones para los presidiarios o sobre la cárcel; practica una rebeldía constante pero no violenta que hace que más de un director de prisiones se esfuerce para que lo trasladen a otra. Apenas escribe ficción. Ya decía antes que para él la literatura no es un mundo imaginario en el que esconderse; la ficción la cultiva sobre todo cuando está en libertad. Es una manera de continuar la pelea, de definir el campo de batalla. En la cárcel lo que escribe son cartas; su escuela de escritura es la correspondencia; busca contactos epistolares a través de un suplemento de *Libération* que estaba consagrado a los anuncios de los prisioneros y obtiene muchas respuestas; en aquella época los presos no eran tan mal mirados como hoy; eran los años del post 68, mucha gente había estado en la cárcel por rebelarse contra el sistema, no se veía al preso como un monstruo, sino como un inconforme o como alguien que delinquía por necesidad. Pero él sabe que la gente le escribe por compasión y que la compasión, a la larga, aburre. Así que se esfuerza en contar cosas interesantes, qué importa que algunas sean inventadas. Lo importante es no perder ese hilo con el exterior. La mezcla de ficción y de autobiografía se afianza así en su escritura.

Cuando sale de la cárcel descubre que Rivages ha reeditado *Les forcenés*. Pero sólo en política es fácil vivir de la ficción; Hafed necesita otros ingresos, y se encuentra con que no le conceden permiso de trabajo. Las autoridades quisieran librarse de él, que «regrese» a Argelia. Hafed vuelve a su guerrilla individual: asalta bancos sin armas; más bien, armado de su poder de convicción. Otros tres años de cárcel; ahora al menos tiene una proyección hacia el exterior; su voz sale del recinto y de las publicaciones para presos. En 2003, aún en la cárcel, publica *Éboueur sur échafaud,* a la vez autobiografía y novela; es decir, reinterpreta lo que le sucede a él para convertirlo en algo mucho más amplio; la ficción, así, recicla lo individual para transformarlo en asunto de interés general; la queja se convierte en reivindicación, la psicología en sociología, la desobediencia en rebelión.

Vuelve a salir de la cárcel en 2007, el mismo día que Sarkozy entra en el Elíseo. Había conocido a Francine, su actual compañera, a través de una radio en la que participan ambos. Intercambian cartas, se visitan; cuando Francine sale de la cárcel él está esperándola. En la actualidad, no tiene permiso de trabajo ni de residencia. Una insuficiencia coronaria le ha obligado a someterse a dos operaciones. Ha recibido la notificación de que debe abandonar el país. Él sigue escribiendo, cuentos, novela, teatro; lleva un restaurante con Francine, sonríe, fuma a pesar de su enfermedad, me cuenta su biografía como quien está convencido de que lo que le sucede a uno puede tener una validez universal, sonríe, busca las palabras, me asegura que no se va a marchar, y que no lo van a someter. Sonríe otra vez. La lucha continúa.

Carlos Montenegro, la verdad, la mentira, la literatura

Montenegro no era un escritor vocacional; sólo una suma de casualidades lo llevó a la literatura. Sin embargo, su inclinación hacia la ficción es temprana, pues ya cuando era escolar inventaba historias para cambiar el rumbo de su vida. Desde muy niño supo que la mentira es una forma de abrirse camino cuando se tienen todas las de perder. Así que mintió para escapar al internado, mintió para oscurecer el primer delito que se le conoce, mintió para hacer menos reprehensible el hecho de sangre que le acarreó una larga condena. La escritura viene después, y en ella también la mentira tiene su protagonismo: en *La escopeta,* uno de sus cuentos más conmovedores, narrado en primera persona, un niño consigue eludir la ira paterna montando un embuste que costará una vida; el remordimiento, la culpa, serán ya parte inextirpable de la existencia de ese niño. Pero además, el pretendido autobiografismo con el que enfoca algunos de sus relatos hace que nos preguntemos qué parte se ajusta a los hechos y qué parte es invención.

Esa misma incertidumbre, siempre sugerente en literatura, se mantiene en la biografía de Montenegro. Salvo unos pocos datos de los que hay constancia administrativa, la mayoría de lo que sabemos proviene de sus labios o de su pluma; incluso la biografía que de él escribe Pujals es más bien una suma de entrevistas poco críticas en las que el entrevistador asume como cierto lo que escucha. Y algunos ensayistas retoman como verdad lo que allí leen, dando por cierto que su condena fue injusta. Tengo sin embargo la sospecha de que Montenegro resulta más sincero cuando miente..., o es más bien que aprovecha sus personajes inventados para contar la verdad, mientras que cuando cuenta su vida en primera persona prefiere desplegar un personaje maquillado ante el espectador para no enajenarse su buena voluntad. Avanzaré, entonces, con precaución.

Carlos Montenegro nació en Puebla de Caramiñal, una aldea encajada entre la ría de Arosa, la sierra de Barbanza y el mar, el 27 de febrero de 1900. Su padre, que había luchado en Cuba defendiendo el último resto americano del imperio español, regresó tras la derrota a Galicia, de donde procedía, casado con una cubana, y con dos hijas. No es posible juzgar la realidad a través de lo que se cuenta en la ficción; cuando un escritor revisita su infancia a través de la literatura, como hace Montenegro en numerosos cuentos, debemos ser conscientes de que la literatura no es una grabadora sino un amplificador: no oímos la voz del niño, no vemos lo que ven sus ojos; es el adulto el que transforma sus recuerdos, los distorsiona, los modula hasta conseguir el efecto deseado. Pero combinando sus declaraciones y sus cuentos podemos concluir que su padre era un hombre severo, extremadamente conservador, carlista, católico, lo que no le impedía preñar a las criadas ni abusar de los pescadores que le llevaban sus capturas a la empresa de salazones que creó en Puebla de Caramiñal. La madre descubrió en Galicia el significado del término *saudade;* no era feliz en aquella aldea lluviosa, por mucho que se encontrase al lado del mar; el Atlántico no es el Caribe. Carlos, de niño, estaba muy unido a ella; era un chico tímido al que no le gustaba salir a jugar con otros chicos y que detestaba el colegio y sobre todo a su despótico maestro, cuyo lema, que repetía mientras vareaba las nalgas de los alumnos que no conseguían memorizar el catecismo, era «lo que no entra por la cabeza entra por el culo». La madre era su refugio en un mundo por lo demás hostil; pero el refugio fue pronto ocupado por un intruso, y después por otro, y por otro... Cuando fueron naciendo sus cuatro hermanos siguientes, Carlos tuvo que renunciar también a la cercanía de la madre. Un padre distante y severo, una madre infeliz y continuamente ocupada, un maestro brutal, unos compañeros que no le aprecian... Su único consuelo es el mar. Y quizá en esa época nacerá su vocación marinera; el mar siempre ha sido una buena superficie de proyección para las fantasías de emancipación: huir, dejar atrás tierra firme y sus ataduras.

No es probable que lamentase mucho la decisión familiar de regresar a Cuba cuando él tenía siete años. Los negocios del padre no iban bien y aún eran tiempos en los que muchos buscaban en América la fortuna que les rehuía en Europa. Pero ni en Cuba, ni en Argentina, donde la familia probó suerte durante un año antes de regresar una vez más a La Habana, les fueron mejor las cosas. Probablemente fue un alivio para los padres que Carlos recibiese una beca para estudiar interno en el colegio de San Vicente de Paúl. La nueva escuela no le gusta más que la antigua; y para colmo ni siquiera le queda el consuelo de regresar por las noches a la cercanía de la madre. La vida en el internado se le hace insoportable, y le humilla, hijo al fin y al cabo de cacique, tener que hacer trabajos de sirviente: en el colegio se emplea a los becarios para pedir limosnas y como mano de obra gratuita. Para escapar del internado acude a la policía con una denuncia por malos tratos contra su preceptor. Pero no hace falta un interrogatorio muy intenso para descubrir que la herida en una mano que presenta como prueba se la ha hecho él solo; el escándalo que produce hace que el asunto llegue a la prensa, lo que acaba perjudicando al colegio al descubrirse la explotación que hacen de los becarios. Montenegro cuenta todo el asunto tiñéndolo de tintes heroicos, como si en aquellos años fuese un rebelde incapaz de soportar las injusticias: el niño se enfrenta abiertamente con un maestro, vierte un tintero sobre la cabeza de un chivato, desafía al maestro dándose un corte en una mano... Probablemente todo fue más silencioso, más discreto, menos épico: un niño solitario, tímido, inadaptado, que quiere regresar a su casa e inventa una mentira para conseguirlo, una mentira que hace más ruido del esperado y que acaba incluso en los periódicos. Pero al menos consigue que lo expulsen del internado; aunque sus padres le inscriben en otro colegio, apenas lo frecuenta; pasa semanas, meses, vagabundeando por las calles; en casa prácticamente no hay comida, y él la obtiene recogiendo lo que les tiran los marineros a él y a otros chiquillos que se lanzan al agua cuando ven llegar un barco; Montenegro, fiel a la empresa de retocar su biografía, afirma que él no mendigaba, pero que sus amigos le daban parte de lo que obtenían.

Con catorce años su padre lo enrola de grumete por la comida y la cama. Si fue deseo del chico o de los padres para tener una boca menos que alimentar, no lo sabemos. El niño, que se había ido alejando de su familia y también de la sociedad burguesa a la que pertenecía por origen, pasa a convivir con marineros, la mayoría sin raíces ni hogar, se aficiona a las cartas y a los burdeles. No aguantaba mucho bajo el mismo patrón ni llevaba bien las ataduras ni estar demasiado tiempo amarrado a puerto. Como decía antes, el mar puede alimentar fantasías de libertad, pero en los barcos, sobre todo en aquella época, imperaba un régimen draconiano. Montenegro se enroló en varios barcos y desertó de ellos, convivió con una prostituta «que se aprovechó de mi juventud e inexperiencia y prendida de mis ijares como un vampiro, quería chuparme la juventud...», trabajó en unas minas en la frontera con Canadá, en una fábrica de armas de Pensilvania, descargando cadáveres de soldados muertos en la Primera Guerra Mundial. Una gripe muy grave interrumpe esa vida de vagabundeo y subsistencia precaria. Montenegro sobrevive y, cuando está mínimamente restablecido, vuelve a enrolarse en un barco, el *Monterrey*.

En una ocasión en la que tocan puerto en Tampico tiene lugar un incidente que lleva a Montenegro por primera vez a la cárcel. Aunque escribirá varias veces sobre el asunto, la imagen que nos deja es tan imprecisa como el resto de su vida. En sus distintas narraciones del hecho, tanto en entrevistas como en la ficción, Montenegro da explicaciones confusas; unas pistolas que se habían salido de unas cajas, una injusta acusación de espiar a favor de Estados Unidos que le lleva a la cárcel... La versión más fidedigna es relativamente sencilla y se parece mucho a la que aparece en el cuento *La causa:* Montenegro había perdido su dinero jugando a las cartas; estar en puerto y sin blanca es una situación desagradable para cualquier marinero: ni mujeres ni alcohol; así que roba unas pistolas de la bodega del *Monterrey* y va a venderlas, con la mala suerte de que elige para ello al armero al que iban dirigidas. No le acusan de espionaje, sino de robo.

No pasó mucho tiempo en la cárcel; a pesar de que Tampico estaba ocupado por el ejército —eran los años de la revolución de Villa—, Montenegro se escapa desde la enfermería, en la que había aterrizado después de ser apuñalado durante una reyerta tras intentar robar sus ropas a un nuevo prisionero... si creemos la ficción, a menudo más fiable que la autobiografía, porque en ella podemos contar la verdad sin asumir la culpa.

Sin embargo, aunque haya salido relativamente bien parado de la aventura, Montenegro está resbalando por un camino cada vez más empinado que lleva hacia la prisión: juego, robo, violencia. Su siguiente delito ya no es una bagatela. Él, como de costumbre, dará varias versiones; la primera, que se vio implicado en una riña por defender el honor de su hermana; también que sufrió el acoso sexual de un marinero y él no hizo más que defenderse; años después, tras adquirir un barniz o un disfraz de conciencia social en prisión, se retrata como justiciero: en el barco en el que regresó a Cuba se discriminaba a los criollos y a los negros, y a él se la tenían jurada porque se había puesto del lado de los oprimidos. Así, una noche lo agredieron tres marineros, le golpearon con un madero, y él al levantarse blandiendo una navaja para intentar abrirse paso tuvo la mala suerte de herir a uno mortalmente. No sabremos nunca el origen de la reyerta. Ni si los jueces fueron tan injustos como él afirma; ni si su abogado era tan inútil y tan corrupto como lo retrata. Sí sabemos la condena, muy dura para un chico que no había cumplido los diecinueve en el momento de los hechos: catorce años y ocho meses.

Aunque la vida en el mar y los diversos trabajos realizados habían hecho de él un joven fuerte, cuando ingresa en prisión está en los huesos; su mal aspecto y su juventud llaman la atención del director del Castillo del Príncipe, el penal de La Habana donde cumple condena, y le concede dos privilegios: uno, muy útil en lo inmediato, una ración adicional de comida; el segundo, cuya utilidad se revelará a largo plazo, poder sacar libros prestados de la biblioteca.

De no haber pasado por la cárcel, es poco probable que Montenegro se hubiese convertido en escritor. Tenía una formación escolar muy deficiente y no había mostrado hasta entonces interés por las letras; pero si algo le sobraba en la cárcel era tiempo; así que leía; y quizá por eso llamó la atención de uno de los presos, el intelectual José Z. Tallet, que formaría parte con Carpentier del Grupo Minorista, un círculo intelectual de izquierda que marcaría la literatura cubana de los años treinta. Tallet está asignado a la Pagaduría de la cárcel, y a su alrededor se va formando una tertulia literaria en la que participan poetas e intelectuales presos; discuten de literatura, se leen mutuamente sus versos y sus cuentos. Montenegro comienza a frecuentarlos y Tallet le convence para que escriba un poema: Montenegro escribe unos alejandrinos; no es un gran poema, pero sí lo suficientemente bueno para que le animen a seguir escribiendo. De ese impulso sale *El renuevo,* un relato triste, casi cruel, y desde luego notable, con el que gana en 1928 el premio literario que concede la revista *Carteles*. Un preso escritor; un homicida con aliento poético. Esa combinación siempre atrae los ánimos redentores de los intelectuales de izquierda, y en efecto no tarda mucho en lanzarse una campaña solicitando el indulto. No sólo son los intelectuales cubanos los que lo apoyan, también algunos franceses y españoles. Pero el nuevo dictador, Machado, no está dispuesto a escuchar los ruegos; para colmo, los intelectuales presos que apoyan a Montenegro son colaboradores de la *Revista de Avance,* cercana al recientemente creado Partido Comunista. Y es en esa revista en la que Montenegro publica su primer libro de cuentos. Aún en la cárcel, se casa con una admiradora. También se relaciona con izquierdistas activos en la resistencia al dictador Machado. Ni que decir tiene que Montenegro cumple íntegra su condena: si salió en 1931 y no en 1933 fue porque, salvo en caso de mala conducta, los años de cárcel se contabilizaban en períodos de diez meses.

Durante los años siguientes trabajará en periódicos y revistas, generalmente ligados a la izquierda, publicará un nuevo libro de cuentos, dos obras de teatro y la que será su obra más conocida: la novela *Hombres sin mujer.* Después de dos libros de cuentos en los que el tema carcelario es recurrente, era de esperar que también la novela girase alrededor de la experiencia de la prisión; lo que no cabía esperar era que casi toda la historia se centrase en las relaciones homosexuales dentro de la cárcel. El tema es demasiado atrevido para la época, para el país. La publicación de un capítulo en 1936 en la revista *Mediodía* arrastra al Comité Editor en pleno ante los tribunales, por publicar «pornografía y propaganda subversiva». La tesis de la novela es que la cárcel corrompe, que no hay manera de escapar a la degradación que impone; la homosexualidad sería una de las manifestaciones de esa corrupción, pero también el racismo feroz, la traición, el desprecio hacia los demás, la deshumanización: en una escena, un grupo de prisioneros viola a otro convicto retrasado mental. Los seres humanos, hacinados, encerrados, reprimidos, se vuelven fieras. «Aquí uno va convirtiéndose en un cajón de basura.» No se salva nadie. «¡Todos eran iguales! [...] Eran hombres que carecían de algo; hombres de otro planeta, encendidos en pasiones torcidas y abyectas, miserables que en vez de arrastrarse, querían arrastrar todo lo que veían un poco limpio a su alrededor [...]» La separación de las mujeres animaliza a los hombres; y los dos que intentan escapar a la degradación, un negro y un blanco que se enamoran uno de otro, acaban muertos; el mundo que los rodea es demasiado ruin como para que puedan atravesarlo incólumes. No es entonces la «inversión» sexual el síntoma de la degradación para Montenegro sino unas relaciones sexuales caracterizadas por el juego de sumisión y opresión, así como por la crueldad; la penetración es una forma más de destrucción y de autodestrucción. Es probable que en el hundimiento irremediable de los que quieren mantenerse puros se esconda una forma de autojustificación por haber él mantenido relaciones homosexuales: no hay escape, parece decirnos, no pude actuar de otra manera sin hundirme.

Cabrera Infante consideraba una gran obra esta novela, que fue publicada en México y no encontró editor en Cuba hasta años más tarde; el crítico y escritor José Antonio Portuondo afirmó en 1944 que *Hombres sin mujer* era la mejor novela cubana de todos los tiempos. ¿Por qué deja de escribir alguien que es considerado uno de los mejores cuentistas de su generación y un gran novelista? ¿Es verdad lo que dijo muchos años después el propio autor, que escribió su primer libro de cuentos porque le convencieron de que siendo escritor le resultaría fácil obtener el indulto? A pesar de que la predicción no se cumplió, ¿continuó escribiendo porque era una manera de situarse y de encontrar trabajo al salir de la cárcel, una forma de aprovechar la buena voluntad de sus compañeros de izquierda? ¿Se afilió al Partido Comunista por los mismos motivos?

Como he señalado en otro capítulo, nadie actúa por una sola razón. Aunque esos cálculos pudieran animarle en su carrera literaria y política, parece improbable que no hubiese en él un deseo de transmitir sus experiencias —buena parte de su obra es, tras un fino velo de ficción, autobiográfica— y que su vida en la cárcel no le empujase a abrazar una ideología que luchaba contra un sistema represor. O fue un impostor inigualable o sencillamente, como tantos de nosotros, adaptaba sus gustos e intereses a sus necesidades, y más tarde, cuando quiso dejar una imagen coherente de sí mismo, maquilló sus contradicciones. Y ese maquillaje impide saber cuándo Montenegro se aleja del comunismo. Según él, el distanciamiento se produjo en España, mientras cubría la Guerra Civil como corresponsal del periódico *Mediodía*. Pero leyendo esos textos no se obtiene la impresión de que sea un hombre asolado por las dudas: tanto en *Tres meses con las fuerzas de choque*, la colección de artículos que publica en 1938 en la que relata su llegada a España y el tiempo que pasó con la División del Campesino, como en el relato publicado el año anterior, *Aviones sobre el pueblo*, el lector se encuentra con la habitual retórica comunista e incluso con una fidelidad absoluta a las directrices del partido; en el cuento esto se manifiesta en frases llenas de patetismo: «Y el pueblo estaba solo, abandonado por los demás pueblos de la tierra. La explotación y la tiranía usan todos los nombres, hasta llegado el caso se le puede llamar neutralidad». «¡Ya está en pie esa cosa terrible y hermosa que es un pueblo dueño de la verdad!» «De la ciudad llegaban los cantos nuevos, nunca oído [sic] hasta entonces, de los hombres libres.» En sus artículos es menos enfático, pero sus opiniones parecen sacadas de las directrices del PC: trotskistas y anarquistas actúan de manera irresponsable, si no son directamente traidores; los comisarios realizan labores encomiables a pesar de las calumnias de las que son objeto; las similitudes entre el pueblo español y el ruso son evidentes —para él—; y, por darle la palabra directamente en un asunto de no poco calado: «[...] si el gobierno no se detiene en el fusilamiento de espías, traidores y desertores, si pone toda su confianza en el heroico pueblo español, la llegada al Mediterráneo de las fuerzas coaligadas del fascismo internacional, marcará el comienzo de su derrota». Aparte de que su pronóstico no pudo estar más equivocado, es de suponer que años más tarde se arrepentiría de haber apoyado la política de eliminación de opositores a la línea del partido.

Montenegro afirma que se separó en 1939 del periódico *Hoy*, de tendencia comunista, pero Cabrera Infante lo recuerda allí el 27 de julio de 1941; era un «hombre alto, hirsuto, de cara mala a la que gruesas gafas daban aspecto de topo. Era encorvado, descuidado y de pies planos y uno se pregunta cómo fue una vez sexualmente irresistible». Montenegro tampoco solicita su baja en el PCC, como se ha escrito, al dejar *Hoy*. Si se va del periódico por razones ideológicas o por desavenencias personales con el director no está claro. De hecho, en 1940 escribe sobre la represión a la que estaban sometidos los comunistas durante el Machadato. Y hasta 1945 no es expulsado del Partido Socialista Popular, heredero del PCC. Pero para esa época la ruptura ideológica sí parece clara, pues estaba colaborando con *Tiempo en Cuba*, una revista que se distinguiría por sus ataques al comunismo.

El cambio en la orientación política de Montenegro coincide con el fin de su actividad literaria, lo que puede dar lugar a interesantes especulaciones y a pocas conclusiones. En 1941 había publicado su último libro de cuentos, y después sólo aparecerá algún relato suelto. Si su inspiración venía de una mirada piadosa sobre la gente corriente, sobre los perdedores, sobre la miseria, está claro que su interés ha empezado a orientarse hacia otros temas. Aunque también se separará de *Tiempo en Cuba* y fundará una revista con su mujer, *Gente,* el viraje anticomunista es de todas maneras definitivo. Cuando triunfa la revolución Montenegro abandona la isla a toda prisa. Primero va a México, desde allí a Costa Rica y en 1962 a Miami, como tantos otros cubanos que huyen del castrismo.

En todo ese tiempo sólo ha regresado una vez a su aldea de origen; no parece que la nostalgia sea en él una emoción muy fuerte; desde luego, no es ése el sentimiento que emanaba de unos cuentos en los que la infancia siempre era infeliz, cruel, solitaria. Si siente nostalgia es del mar; en su casa en Florida abundan los recuerdos marinos: maquetas de barcos, fotografías, libros. Y también, de muy mayor, llena el apartamento de pájaros enjaulados; a Cabrera le recordaba a Burt Lancaster en *El hombre de Alcatraz.*

Durante los años que pasa en Florida sigue escribiendo artículos y participando en tertulias, siempre desde el anticastrismo. La vena literaria parece definitivamente agotada, aunque poco antes de su muerte dice estar trabajando en una nueva novela basada en sus años en la cárcel de Tampico; por lo poco que cuenta, se trata de una visión romántica y pedagógica de sus experiencias, que desarrolla algunos cuentos ya publicados en su primer libro; pero avanza despacio. Le han abandonado la inspiración, la necesidad, la rabia. Escribe porque sabe hacerlo, pero se demora mucho, demasiado. Quizá es que ya no tiene nada que contar, aunque se empeñe en contarlo una y otra vez. Les sucede a muchos escritores.

Montenegro muere el 5 de abril de 1981 dejando una novela inconclusa y una vida en la que los hilos narrativos no están claros. La novela sigue inédita, la trama sobre la que se monta su vida también está por descubrirse para acabar de tener sentido. Al final, uno se muere y lo que creía una narración admirable no es más que un conjunto de fragmentos descabalados. Maldita sea.

Jean Genet, apuntes sobre un fugitivo

Quizá de todos los autores que componen este libro Genet (véase imagen 11) sea aquel que más escapa a mi comprensión. Siempre me resultó difícil contagiarme de su lirismo de la abyección, que a ratos me parecía brillante y a ratos confuso. Sus declaraciones, a menudo efectistas, destinadas a provocar, siempre a contracorriente, indigestas, a veces banales por histriónicas, no me ayudaban a enfocar mejor la imagen que tenía de él. Ahora me he asomado a su biografía y no puedo evitar la impresión de que Genet no quería ser entendido, de la misma manera que tampoco deseaba realmente ser querido. Cuando alguien se le acerca demasiado, acostumbra a desaparecer, o a crear un conflicto y destruir la relación. Sólo mantiene una cierta fidelidad hacia alguno de sus protegidos, en general mucho más jóvenes que él, con los que no podía haber una relación de igual a igual.

Al referirme a su resistencia a ser entendido no estoy pensando sólo en sus mentiras sobre su propia biografía, en su interpretación lírica de la verdad; sino en que Genet parece desempeñar continuamente un papel, más bien papeles sucesivos de los que se va desembarazando cuando amenazan convertirse en señas de identidad; el ladrón se convirtió en escritor reinventándose como personaje; el escritor famoso dejó un buen día de escribir; el truhán apolítico que había sido se volvió activista comprometido con movimientos revolucionarios; pero en cada una de esas identidades siempre se esforzó por no ser un truhán más, un escritor cualquiera, un revolucionario de los que hay miles; en todas las circunstancias conservaba un deseo feroz de individualidad. Nunca quiso adaptarse a nada ni a nadie, y como no puede haber convivencia sin adaptación, Genet fue un hombre profundamente solitario. Para él la soledad no era un fin, era el precio que tenía que pagar para ser absolutamente original, único.

Había nacido en 1910 de una madre soltera que lo entregó al hospicio cuando tenía siete meses. El hospicio se lo dio a su vez en adopción a una pareja de Alligny-en-Morvan, una pequeña aldea a medio camino entre París y Lyon. No fue el deseo de tener niños lo que movió a los padres adoptivos a acoger al pequeño Jean, sino el subsidio que pagaba el Estado a quien se hiciera cargo de un huérfano. Aunque no parece que su nueva familia lo tratara mal ni lo explotara, como hacían otras familias humildes con los huérfanos que acogían, Genet recuerda aquella época como una humillación; tenía que llevar el uniforme de la Assistance Publique, y ni siquiera obteniendo buenas notas en el colegio tenía muchas posibilidades de realizar estudios superiores. Sus compañeros de entonces lo describen como un chico tímido, afeminado, quizá algo arrogante, que leía mucho y prefería jugar con las niñas, dibujar vestidos, hacer tartas. También recuerdan que solía sisar a su madre y cometer pequeños hurtos.

Del colegio pasa, gracias a sus buenas notas, a uno de los mejores centros de formación profesional, un internado en el que estudia tipografía. A las dos semanas realiza su primera fuga, y pocos días más tarde lo encuentran en Niza, desde donde al parecer pretendía huir de Francia. Como no se adapta al centro, le dan un empleo como ayudante de un compositor ciego de canciones populares. Tampoco duraría mucho con él: el compositor lo denunció por robo.

Siguen otras huidas, también del centro psiquiátrico donde lo internan para examinarlo. Como era de esperar, acaba por ser encerrado en un reformatorio y, más tarde, en la colonia agrícola de Mettray, cuya terrible rutina describirá en *Milagro de la rosa:* el trabajo es duro, la instrucción escasa, se reza ocho veces al día, no hay tiempo libre; muchos internos se autolesionan por desesperación o para ser enviados a la enfermería; intentos de suicidio, violaciones. Es la primera experiencia auténticamente carcelaria para Genet. Luego, convertido en el poeta de la abyección, idealizará aquella época con un canto a la brutalidad heroica de los internos y a su sexualidad furibunda, como formas de resistencia a la opresión; pero lo cierto es que se escapa de allí y, aunque lo vuelven a encerrar, en cuanto puede se alista en el ejército.

También de la vida militar dará versiones distintas, dependiendo de qué aspecto de su personalidad quiera destacar. Elogiará el erotismo de los uniformes o repudiará el colonialismo que representaban; ambos extremos caben sin dificultad en su mitología particular. De aquella época le viene la fascinación por el mundo árabe: es destinado a Beirut y después a Damasco; más tarde, cuando se reengancha, va a Marruecos. Genet, quizá avergonzado de haber pertenecido a un ejército invasor, de haber sido un instrumento colonizador de su odiada Francia, ocultó siempre ese reenganche voluntario, debido probablemente a razones económicas. En su recuento prefiere alargar el período que pasó en Barcelona y escamotear parte de su vida militar, o se inventa que se alistó en la Legión y desertó de ella.

Pero en Barcelona sí estuvo, y allí llevó una vida de mendigo y ladrón, entre rufianes, locas y piojosos. En *Diario del ladrón* se encuentran, idealizados, aquellos meses de vida errante, precaria, conviviendo con marginados de toda condición, de los que Genet se propone ser el más marginal; en sus primeros libros expresa la emoción que le provocan la suciedad de sus compañeros, su bajeza, pertenecer a lo más despreciado de la sociedad; se siente atraído por los delatores, por los cobardes; eleva la traición a virtud capital, despreciando así todos los valores burgueses: «Es quizá su soledad moral —a la que yo aspiro— la que me hace admirar a los traidores y amarlos. Este gusto por la soledad es el signo de mi orgullo, el orgullo la manifestación de mi fuerza, y su empleo es la prueba de ésta [...] Porque habría roto los lazos más sólidos del mundo: los lazos del amor [...]». La traición no sólo será uno de los grandes temas literarios de Genet; también será una táctica para no permitir que los demás se le acerquen demasiado o para romper con ellos cuando siente que los admira o que les está agradecido.

Juan Goytisolo, en *Genet en el Raval,* cuenta esa etapa de la vida de Genet y al mismo tiempo reconstruye de manera muy plástica el ambiente de aquellos años en el Barrio Chino, también en los bares de homosexuales en los que se prostituía Genet, a veces travestido con faldas de lunares.

Después de España, y siempre huyendo de las autoridades militares, pues aunque no desertase de la Legión sí lo hizo del ejército, recorre Francia, Albania, Yugoslavia, Austria, Alemania... Sus viajes están salpicados de detenciones y expulsiones. En Checoslovaquia, adonde afluyen miles de personas huyendo del nazismo, consigue hacerse pasar por un refugiado y obtiene la ayuda de familias judías que se ocupan de los recién llegados. ¿Se enamora entonces de Anne Bloch, una mujer casada a la que da clases de francés? Nunca está claro cuánto ama Genet y cuánto hay de cálculo, de seducción interesada en sus adulaciones. De cualquier manera, le escribe cartas llenas de afecto, de originalidad y de faltas de ortografía. Tras una breve detención en Polonia se dirige a Alemania. Genet siempre aireará la fascinación que le producen Alemania y Hitler porque es consciente del rechazo que provoca. Para él, «la Gestapo alemana contenía dos elementos fascinantes: la traición y el robo. Añadiendo la homosexualidad, sería deslumbrante, inatacable. Poseía esas tres virtudes que yo erijo en teologales». Y el triunfo de las tropas alemanas sobre las francesas lo llenará de alegría.

Aunque siempre hizo hincapié en su vida de delincuente, Genet no destacó en ese oficio. Sus detenciones se deben a bagatelas: pequeños hurtos, viajar con billetes falsificados, mendicidad... De vuelta en París, ronda a la bohemia pero sin pertenecer a ella, aunque en sus cartas a Ann Bloch finja familiaridad con ese ambiente; sus cartas son a veces falsamente humildes, a veces algo presuntuosas; y, como tiene aún más sensibilidad que cultura, cae con frecuencia en la sensiblería. Una nueva detención revela que llevaba pasaporte con un nombre falso y que era un desertor.

Por segunda vez es sometido a un examen psiquiátrico; la conclusión es más contundente que científica: «Desequilibrado, inestable y amoral».

Durante los siguientes años alterna pequeños trabajos, robos, temporadas en la cárcel; frecuenta los bares y burdeles para homosexuales de Montmartre. Algunos lo describen como extremadamente pobre y mal vestido; sin embargo, un periodista que asiste a uno de sus juicios se refiere a él como un dandi más culto de lo habitual en un ladrón. Para entonces Genet ha comenzado a escribir. Según él, no le importa la opinión de los demás y el éxito le trae sin cuidado; pero se costea él mismo la edición de su primer poema largo, *El condenado a muerte,* aunque más tarde diría que la había pagado Cocteau. Esa ambigüedad será una constante: por un lado busca la admiración y el éxito, por otro los desprecia, sospecho que porque cuando los consigue le parecen totalmente insuficientes, indignos de él. Y más indigno aún le parece desear el éxito, pues éste implica aceptación.

Cocteau, que había leído *El condenado a muerte,* se interesa por Genet. Al principio, como les sucedería a muchos, no aprecia su prosa: «Las frases son tan singulares, tan largas, la sintaxis tan nueva que uno se pregunta si están mal o si es voluntad de estilo». Y la primera obra de teatro de Genet, *Las sirvientas,* tuvo que ser corregida una y otra vez, se introdujeron decenas de cambios a instancias del director,

Cocteau le ayudó a convertir los cuatro actos originales en uno.

Pero a Cocteau le fascina el personaje y se convierte en su protector.

Genet, de hecho, parece atraer a los protectores, a los mecenas, que descubren la novedad de su prosa —no siempre pareja con su calidad— y del personaje. Su carácter fuerte, la temática escandalosa de sus novelas, su pasado seducen a escritores e intelectuales. Genet, por su parte, los corteja un tiempo, los cubre de elogios, los usa y después se enemista con ellos o sencillamente los abandona.

Entre 1943 y 1949 Genet publica sus cinco novelas, todos sus poemas, dos piezas de teatro. Algunas de sus obras se publican sin que aparezca el sello editorial e incluso sin el nombre del autor porque resultan demasiado escandalosas. En *Pompas fúnebres* hay pasajes que debían de levantar sarpullidos en la delicada piel de la burguesía francesa: «Cuando un día vi, desde detrás de un parapeto, a los soldados alemanes disparar sobre los franceses, tuve una vergüenza repentina de no estar con ellos, encarando un fusil y muriendo a su lado». Para evitar cualquier ambigüedad sintáctica: «con ellos» quiere decir con los alemanes.

Genet no sólo quiere expresarse con la literatura, también quiere herir, escandalizar. Quizá era ya consciente de lo que Sartre escribió más tarde en su ensayo sobre Genet: «[...] la sociedad acepta más fácilmente una mala acción que una mala palabra». Se puede hacer el mal, pero no defender el mal. Y Genet lo hace con extremo placer.

Por supuesto, una de sus principales armas para escandalizar es su temática homosexual; Cocteau, como tantos escritores homosexuales de la época, había evitado ser explícito sobre el tema en sus libros; pero Genet entra a saco y sin pudor alguno en el silencio de los armarios, revienta sus puertas y, sobre todo, no pide comprensión ni tolerancia. No defiende una homosexualidad adaptada a las convenciones sociales, sino una homosexualidad trágica, conflictiva, desaforada —por eso le gustaban tanto las locas españolas— que se mee sobre el buen gusto burgués. Genet se recrea escribiendo escenas en las que él sale humillado: cuando alguien le escupe en la boca y él saborea el gargajo; cuando tras ser detenido los policías le encuentran un tubo de vaselina en el bolsillo; cuando su chulo y amigo Stilitano le golpea porque Genet se agacha a abrirle la bragueta, tras lo cual él se arrodilla —«en la postura que mentalmente anhelaba»— para recibir los golpes. La humillación lo eleva sobre los demás, es decir, lo aleja, refuerza su soledad, lo hace santo.

Dos frases que definen, más o menos, al Genet de aquellos años:

«Mi valor consistía en destruir todas las razones habituales de vivir y en descubrir otras.»

«Que mi vida debe ser leyenda, es decir, legible, y su lectura dar nacimiento a una emoción nueva que llamo poesía: yo ya no soy nada más que un pretexto.»

Y algunos hechos que también lo definen: persigue con un cuchillo a empleados de Gallimard porque han extraviado un manuscrito suyo; rebusca en el bolso de una actriz y le exige que le regale algo; cuando pasa una temporada con su editor y su mujer —más tarde hará lo mismo con otros conocidos—, va por la mañana, en calzoncillos, a su dormitorio y les lee lo que ha escrito por la noche; arroja una botella a un grupo de comensales que hacían bromas sobre el amaneramiento de uno de sus amigos; tira un pollo al suelo porque no estaba bien cocinado; pasa temporadas en hoteles de tercera, a menudo en ciudades sin interés y cerca de una estación de tren; al marcharse deja las habitaciones bastante sucias, con restos de comida bajo la cama. Hay algo en él de infantil, violentamente infantil, inestable, seductor, grosero, adulador, egocéntrico, desprendido...

«Es Rimbaud, no se puede condenar a Rimbaud», afirma Cocteau. Genet se ha convertido en poeta maldito sin necesidad de morirse para ello; y por eso Cocteau, Sartre y otros intelectuales, también Picasso, intervienen para lograr que no lo condenen a cadena perpetua por un nuevo delito.

Porque Genet no sólo frecuentaba a rufianes de los bajos fondos; también se codeaba con los intelectuales de la época, en particular con Sartre, que se interesó muy pronto por él. Se habían conocido en el Café de Flore en mayo de 1944 y desde entonces se habituaron a mantener largas conversaciones. Fue Sartre quien le dio a conocer en Estados Unidos, quien lo introdujo en Gallimard, y quien, aún más que Cocteau, lo consagró como uno de los grandes escritores del siglo. La relación de ambos se vería marcada por la publicación de *San Genet, comediante y mártir,* que iba a ser un prólogo del filósofo a las obras completas de Genet y acabó siendo una obra monumental en la que diseccionaba tanto al personaje como sus obras sin la menor piedad; como si estuviese muerto.

Pero antes, a finales de los cuarenta, su aliento novelesco parece haberse agotado, quizá porque nunca supo o quiso despegarse de lo autobiográfico. El éxito no parece haberle sentado bien; pasa una época de depresión y de mala salud. Intenta encontrar otras vías creativas, como el cine, y rueda una película casi en secreto por su carácter pornográfico, que sólo se proyecta en sesiones privadas. Luego, fiel a sí mismo, hace varias copias y vende cada una de ellas como si fuese la única.

Se diría que Genet se está cansando de ser Genet, de representar su rol de *enfant terrible* para los intelectuales. No quiere ser el gran escritor que otros ven en él; en palabras de Goytisolo, los pavos reales de la literatura le producen náuseas; pero al mismo tiempo exige la consagración; le interesa saber la opinión sobre sus libros de escritores contemporáneos a los que ni siquiera lee. A veces pregunta, con interés que parece genuino, si tiene aspecto de escritor y si sus libros le sobrevivirán. Pero, como es lógico, no pueden bastarle los elogios de aquellos cuya opinión desprecia.

Genet alterna su vida en cafés llenos de intelectuales con su frecuentación de burdeles y antros de mala muerte; permite que su amigo Java, un delincuente exnazi, falsifique sus manuscritos para venderlos, roba a sus amigos, años más tarde incluso a Giacometti, aunque, o más bien porque, era una de las pocas personas a las que admiraba. Traiciona a los que lo han protegido, se irrita porque no hacen lo suficiente por él, exige una entrega absoluta.

Hace un viaje con su compañero más estable de esos años, Java, y llega a Melilla. Allí, le dice, quisiera ser enterrado. El Magreb y el mundo árabe le atraen, entre otras cosas por algo fundamental: no son Europa. Quizá fuera de la propia cultura puede relajarse algo, no estar siempre en guardia, no tener que escupir continuamente sobre las expectativas de los demás.

Un rasgo que parece no encajar con otros muchos: es extremadamente generoso con sus protegidos; incluso compra una casa para alguno de ellos, se instala con él y su familia, parece feliz y tranquilo una temporada, hasta que de repente los abandona y regresa a su vida itinerante. Salvo en esos breves períodos y durante unas semanas en que se instaló en un apartamento, sólo soporta las habitaciones de hotel. No posee muebles ni objetos de valor. Sus posesiones caben en una maleta; sus tesoros son sus manuscritos y sus medicamentos. Como no hay nada más burgués que el confort, él renuncia a cualquier comodidad. Su ascetismo no tiene como objetivo alejarse del pecado, sino de la mediocridad, y para él es mediocre todo lo que sea socialmente aceptable.

Muchos han atribuido su crisis de aquellos años, su depresión, a la publicación de la obra de Sartre. Desde luego, no le dejó indiferente a juzgar por las muchas maneras, a veces contradictorias, en las que intenta quitarle importancia: en una ocasión dirá que no la pudo terminar porque se aburrió, en otra que la había arrojado al fuego... O afirmará que el «libro es notable. Así que no es una crítica si digo que no me ha enseñado nada sobre mí mismo». Aunque la obra le afectase, es probable que no fuese la única razón para su crisis creativa, que parece algo más profundo, más existencial.

Tiene una cierta lógica que en los años cincuenta deje la novela por el teatro, que intercambie la narración por el gesto. Genet aspira a lo imposible, pues pretende nada menos que ser totalmente libre mediante la creación, convertir sus propias vivencias en poesía pura, dejar de existir como persona y convertirse —más bien, convertir su sensibilidad— en personaje universal. Las páginas del libro y la propia biografía imponen limitaciones excesivas a tal proyecto, mientras que en el teatro, por el contrario, puede mezclar personajes, espacios enormes, colores, voces y gritos, disfraces, ademanes, confusión; Genet quiere crear lo nunca visto y epatar con temas ofensivos para la sensibilidad del público; la palabra escrita ya no le basta; ahora quiere obligar a los espectadores sentados en una sala a presenciar sus invectivas. E igual que Genet juega a ser Genet, o más bien va interpretando distintos papeles, sus actores representan el papel de un actor que representa un papel: en *Las sirvientas,* las dos criadas juegan a ser su señora; en *Los negros,* los negros se disfrazan de blancos para resolver un crimen.

En 1956 conoce a Abdallah, de padre argelino y madre alemana, malabarista, acróbata sobre suelo; tiene dieciocho años, Genet cuarenta y seis. El escritor le paga un aprendizaje de equilibrista y escribe para él uno de sus mejores ensayos: *Para un funámbulo.* Es una obra poética en la que a veces parece dirigirse a sí mismo, por ejemplo cuando le recomienda «la soledad mortal de esa región desesperada y reluciente en la que actúa el artista». O cuando le invita a amar el circo, pero a odiar el mundo y aniquilar al público con su arte; o, al final, cuando le advierte de que después de toda época brillante «todo artista atravesará una región desesperanzadora, con el riesgo de perder la razón y el control». Genet atraviesa desde hace tiempo esa región sin esperanza aunque a veces finja un control que no posee sobre su actividad creadora.

En 1957 convence a Abdallah para que deserte, no sea que lo envíen a Argelia y tenga que disparar contra los compatriotas de su padre. Se ven entonces obligados a abandonar Francia; si Genet ya no puede ser un prófugo, al menos consigue que lo sean sus protegidos. No le ha perdido el gusto a esa sensación de sentirse fuera de la sociedad.

Tiene dos grandes proyectos: por un lado su funámbulo, cuyos pasos dirige minuciosamente; asiste a sus ensayos, diseña sus ropas, lo modela y corrige como si se tratase de una obra literaria, empeñado otra vez en una transformación lírica de la realidad; el otro proyecto es una gran novela combinada con siete obras de teatro y una obra de teatro para ser recitada a gritos ante veinte mil espectadores... Se trata de empresas narcisistas que sólo pueden acabar en el fracaso. Genet no sabe bien qué contar pero quiere que sea grandioso, igual que le sucedía a Sachs, con quien está más emparentado de lo que podría parecer a simple vista. Nunca terminará el gran ciclo teatral y narrativo, pero protege su ego diciendo que se lo había inventado para conseguir anticipos de sus editores. Cuando Abdallah tiene un accidente que lo aleja del alambre, la decepción de Genet es enorme.

En esa época consume cantidades considerables de medicamentos. Se pone supositorios de Optalidón, toma aspirinas como si fuesen caramelos. Escribe por la noche con la ayuda de Maxitón y se droga para dormir por las mañanas con Nembutal —éste podría ser parcialmente responsable de sus estados depresivos—. Dice despreciar el cine, pero coquetea con él a falta de nada mejor; por ejemplo, participa en el guion de una adaptación de *El balcón*.

Gasta sumas enormes, también porque reparte dinero entre sus amigos. Cada vez aborrece más Francia, y está harto de Europa.

Poco a poco ha ido desinteresándose de Abdallah, aunque continúa manteniéndolo; pero el joven es consciente de que ya no despierta el entusiasmo de su mentor y asiste a cómo su lugar lo ocupa poco a poco Jacky, hijo de un amigo de Genet; Jacky admira e imita a Genet, también en su carrera de pequeño delincuente; el joven tenía ya un interesante historial de ladrón de coches: Genet extrae su conclusión particular y le convence para que se haga piloto de carreras. Quizá sea resumir demasiado si digo que Genet intenta desquitarse de la decepción con el proyecto Abdallah invirtiendo en la carrera de Jacky, pero algo hay de eso; también le aconseja, le sigue a las competiciones, le da dinero e, igual que a Abdallah, le impulsa a desertar.

Abdallah, la obra de arte frustrada, se suicida a finales de febrero de 1964. En 1965 Jacky tiene un grave accidente de coche que le aleja definitivamente de los circuitos. Da la impresión de que Genet quema a sus protegidos, exige demasiado de ellos, los ve como su obra, no como seres independientes, y ellos no resisten la presión.

En 1966 estrena *Los biombos;* es una obra monumental —¿monstruosa?—, con noventa y seis personajes y cinco horas de duración. Causa un escándalo considerable por su lenguaje obsceno y por ridiculizar a los blancos; la escena en la que unos soldados dedican una salva de pedos a su oficial caído lleva la irritación hasta el Parlamento; es frecuente que su representación se vea saboteada por miembros de la extrema derecha y del ejército —con Le Pen a la cabeza—, con insultos, manifestaciones, bombas lacrimógenas. Genet se parte de risa en su palco durante los ataques. Malraux, ministro de Cultura, defiende que se siga representando y subvencionando la obra: «Francamente, ¿debo hacer prohibir todas las obras que no me gustan?».

Otra muestra de las contradicciones de Genet: al director de *Los biombos* le dice durante los ensayos que no se preocupe demasiado de la Guerra de Argelia; tres años más tarde afirma que la obra es una larga meditación sobre dicha guerra. Frases, gestos, representaciones. Genet asumiendo papeles.

Son años en los que ni el éxito ni el escándalo sacan a Genet de la depresión. A Goytisolo le anuncia que se va a suicidar y cuenta que ha quemado sus manuscritos. La mayoría atribuye su tristeza a la muerte de Abdallah, de la que quizá se sienta culpable. Sartre duda de sus deseos de suicidarse y da una interpretación algo retorcida: «El remordimiento de Genet se debe menos a su tristeza que a su carencia de ella. Si ha quemado sus manuscritos [...] no lo ha hecho para castigarse sino, sencillamente, porque no los juzgaba a la altura de sus exigencias».

Pero en 1967 intenta suicidarse con una sobredosis de Nembutal. «Sé que no podré vivir de verdad hasta que él haya muerto», comenta Jacky. Genet, tras recuperarse, hace un viaje por Asia y recala en Tánger, donde pasará largas temporadas. Vive como siempre en un hotel, cada vez más descuidado en su forma de vestir. Mohammed Sukri, que lo conoce en esa época en Tánger, describe la imagen de un hombre cansado, triste, adicto al Nembutal. «Yo siempre estoy triste y siempre sé por qué», le dice. Y sin embargo mantiene una cierta coquetería, prueba de que sigue representando un papel: no le gusta que le fotografíen con europeos, pero posa de buena gana en fotos con norteafricanos.

Regresa a Francia a tiempo para ser testigo de la revolución del 68; aunque simpatiza con el espectáculo de los jóvenes alborotando por las calles y atacando a las instituciones de la patria, desconfía de esos estudiantes de clase media y se niega a convertirse en su abanderado. Pero defiende a Cohn-Bendit de los ataques biliosos de la prensa y de algunos políticos. Ese mismo año se va a Estados

Unidos, donde entra clandestinamente porque le deniegan el visado —por obscenidad y cercanía a grupos extremistas—. Allí conoce a Burroughs y Ginsberg, que eran admiradores suyos y reconocían la influencia de Genet en sus obras.

Quizá tan sólo porque no son franceses, Genet se siente más a gusto con los movimientos contra la Guerra de Vietnam y con los Panteras Negras. Sin embargo, algunos de los más radicales desconfían de alguien que, en sus artículos para *Esquire,* por un lado denuncia la brutalidad policial y por otro alaba los muslos de los policías, su aspecto atlético...

Una frase clarividente de aquella visita: «En Estados Unidos nada es real. Sólo hay magnetófonos y fotógrafos. La realidad ha muerto en América [...]».

En los años setenta su activismo político se acentúa; participa en manifestaciones de defensa de inmigrantes africanos en Francia, defiende a los Panteras Negras y se reúne con ellos clandestinamente en Estados Unidos, escribe el prólogo para *Soledad Brother,* de George Jackson, y defiende con sus artículos a Angela Davis. La actividad política parece disipar en parte las fantasías de suicidio. Y también parece que el Genet más teatral está haciendo sitio a un Genet interesado en los gestos prácticos, en los resultados. Incluso pide que le hagan una entrevista, él, tan reacio a ser entrevistado, para poder influir en la opinión pública. También es de esos años su implicación en la defensa de la causa palestina. Pasa seis meses con los fedayines y Arafat le pide que escriba un libro sobre la epopeya del pueblo palestino. Pero éste no llegará hasta diez años más tarde: *Un cautivo enamorado,* quizá uno de sus mejores libros. Otros proyectos, libros que promete a diferentes editores, también a los editores extranjeros, nunca llegan a concretarse.

Durante los últimos años ha ido peleándose con casi todos sus amigos, por las razones más diversas; a Goytisolo le retira la palabra porque éste le regala una pluma para animarle a escribir. Parece estar consiguiendo el objetivo que se había propuesto de joven como tarea lírica: la soledad absoluta. Cuando publica un artículo en el que justifica la violencia del grupo terrorista Baader-Meinhof e incluso relativiza los muertos bajo la represión de Stalin, las filas de sus defensores se vuelven aún más ralas de lo habitual. Muchos intelectuales de izquierda se alejan de él; Genet es demasiado imprevisible, demasiado radical, demasiado poco... político.

En 1979 le diagnostican un cáncer de garganta. Se siente viejo, cansado; al principio se niega a asistir a las sesiones de radiación con cobalto-60; gasta a manos llenas en sus protegidos, y al mismo tiempo deja de pagar sus impuestos, lo que le acarreará problemas con la Hacienda francesa.

Genet trabaja en otro guión cinematográfico que tampoco verá la luz. Un par de años antes había frustrado un nuevo intento de rodar una película basada en una obra suya. Habla con desprecio de sus novelas y su teatro, pero permite sus reediciones y no deja de corregir sus obras.

Genet va cada vez más descuidado; su cuarto apesta; apaga las colillas en el suelo de su habitación.

¿Es esto la decadencia definitiva, la depresión de la que no hay escape, el fin? No, Genet no está muerto todavía.

En 1982 se marcha a Beirut y llega allí poco después de la masacre de Sabra y Chatila. Haciéndose pasar por periodista, entra en los campos de refugiados cuando aún están enterrando a los muertos. Con un tono distante y a la vez poético escribe *Cuatro horas en Chatila*. Sus lazos con la causa palestina le dan cierta energía; se ve a sí mismo como una especie de Homero cantando los hechos de los palestinos y los Panteras Negras. Aún acaricia sueños insumisos que le traerán la gloria. Sus adorados delincuentes han sido sustituidos por revolucionarios de grupos marginados. Aunque Genet reconoce que su fe en esas causas es relativa.

A finales de 1985 se instala en un hotel de París para corregir *Un cautivo enamorado;* lo acompaña Layla, una activista palestina que también lo había acompañado en su viaje por Oriente Medio. El cáncer se está extendiendo y le provoca fuertes dolores, pero ahora sí se niega a someterse a quimioterapia; Layla pasa horas junto a él mientras Genet trabaja en la cama; va a comprarle todo lo que le pide, también libros y discos. Pasa largas horas apretando con el dedo en la mandíbula de Genet para aliviarle el dolor. Una vez más, Genet ha encontrado a alguien dispuesto a entregarse completamente.

Tras nuevas estancias en Marruecos y España regresa a París; como siempre, se aloja en una habitación de hotel. Que muera en ella, solo, encaja perfectamente con su biografía. Le descubren un fuerte golpe en la cabeza, quizá debido a una caída. Jacky se niega a que le hagan la autopsia y se encarga de que lo entierren en Marruecos, tal como había querido Genet. Su tumba, orientada hacia La Meca, se encuentra en un pequeño cementerio de Larache, ya entonces casi abandonado, uno de esos lugares que habrían gustado a Genet porque ninguna persona decente querría estar enterrada allí. Frente al mar, muy cercano a la casa que había hecho construir Genet para Mohamed, uno de sus últimos amigos y amantes, está situado entre una antigua cárcel y un burdel.

La canción del bandido Sergiusz Piasecki

«Viejo lobo [...]», «bregando como un león por la patria [...]», «su alma llena de cicatrices [...]». En sus tres artículos sobre Piasecki de mediados de los años cuarenta, Camilo José Cela utiliza un vocabulario romántico, épico; le emocionan sin duda la leyenda del contrabandista, espía y escritor que los editores de Piasecki se encargaban de magnificar y el aliento heroico y a la vez inconformista de su obra más conocida: *El enamorado de la Osa Mayor*. ¿Cómo no iba a simpatizar Cela con un patriota nacionalista y antibolchevique que «roba a los rusos, roba a los judíos, respeta a sus compatriotas», aunque sea obviando el hecho de que los judíos a los que roba probablemente eran polacos, y por tanto sus compatriotas? La leyenda de Piasecki se alimenta de algunas simplificaciones, de zonas oscuras —algunas de ellas creadas por los relatos contradictorios de su protagonista—, de informaciones imprecisas que en ciertos casos se perpetúan y en otros obligan a corregir una y otra vez su biografía, como tiene que hacer Cela en sus artículos; pero no cabe duda de que, incluso despojada de las interpretaciones excesivamente románticas o idealizadoras, la vida de Piasecki es lo bastante extraordinaria como para que resulte difícil leer sus libros sin tenerla en cuenta.

Aunque, tras exiliarse, él daba el 1 de junio de 1899 como fecha de nacimiento para despistar a las autoridades extranjeras sobre su identidad y sus antecedentes penales, Sergiusz Piasecki nació el 1 de abril de 1901 en Lachowicze —entonces Rusia, más tarde Polonia y hoy Bielorrusia—. Zona fronteriza entonces, sometida a la jurisdicción de sucesivos ocupantes, también de los alemanes, lugar predestinado al contrabando y al ir y venir de gentes de distintos orígenes.

También su familia era una curiosa mezcla: el padre, un polaco rusificado de sangre aristocrática; la madre, su criada bielorrusa. A ella no la conoció y durante años ni siquiera supo que su verdadera madre no era el ama de llaves y amante de su padre, que al parecer maltrataba al pequeño. Hermosa, devota y cruel, así la veía Piasecki, quien afirma haber pasado hambre de niño a pesar de pertenecer a una familia acomodada.

No sería el único lugar en el que se sentiría un extraño. A pesar de que hablaba ruso —de hecho no habló otro idioma hasta los veinte años—, había ido a colegios rusos y asistía a la iglesia ortodoxa rusa, cuando los padres se mudaron a Rusia central tras el inicio de la Primera Guerra Mundial sus nuevos compañeros de colegio se metían con él por polaco. Aunque le gustaba mucho leer, nunca había sido un buen estudiante, y la cosa no mejoró en el nuevo entorno; al contrario, a sus notas bajas se añadieron las frecuentes peleas con otros chicos. De ese mundo arisco que le había tocado conocer se escapaba escribiendo poemas y relatos breves.

Piasecki no es muy explícito sobre aquellos años, y tampoco lo es sobre el incidente que le llevó por primera vez a prisión: agresión armada al director del colegio. Tras escapar de la cárcel, comenzó una vida errante, que luego él idealizaría como sus años de auténtico aprendizaje, sin títulos ni libros, y sobre todo sin hipocresía. A finales de 1917, justo cuando triunfa la revolución, se encuentra en Moscú, y es uno más de los miles de niños que merodean por las calles, sin domicilio, mendigando y cometiendo pequeños delitos. Según él, la barbarie revolucionaria a la que asistió esos meses le hizo unirse a las guerrillas antibolcheviques en Minsk. Lucha contra el Ejército Rojo en Minsk, recibe instrucción militar en Varsovia y pelea en la defensa de esta ciudad durante la guerra polaco-soviética de 1919-1921.

Cuando la guerra acaba lo desmovilizan. Para entonces había sido herido cuatro veces.

Igual que los desmovilizados de tantas guerras, se encuentra en 1921 con un pasado heroico y un presente miserable. No tiene dinero, ni casa, ni profesión. Es entonces cuando inicia su carrera de contrabandista. Casi simultáneamente lo reclutan los servicios de inteligencia polacos. Espía y contrabandista, más tarde explicaría que la segunda actividad era una tapadera para las labores de espionaje y una forma de obtener fondos para sus operaciones; no parece muy creíble que así fuera, y desde luego la tapadera proporcionaba un gran placer al futuro escritor: «Vivíamos como reyes. Nos pimplábamos el vodka que queríamos. Nos amaban chicas espléndidas. Caminábamos sobre suelos dorados. Pagábamos con oro, con plata, con dólares. Pagábamos todo, el vodka y la música. El amor lo pagábamos con amor, el odio con odio». Así empieza *El enamorado de la Osa Mayor,* una balada que es un canto a la vida libre y arriesgada de los contrabandistas. Las marchas sigilosas atravesando la frontera a la luz de la luna, la camaradería, la vida no despreocupada pero sí sometida a reglas propias, el desinterés por el dinero de quien lo obtiene y lo gasta en grandes cantidades, el desprecio hacia las comodidades burguesas. Piasecki escribirá siempre sobre los malhechores como individuos admirables, valientes, viriles; y el mundo marginal de los contrabandistas le parecía el único que merecía la pena: tener como norte no el éxito ni la vida acomodada, sino la Osa Mayor que guía los propios pasos hacia casa, de regreso de una nueva aventura en la que podrían haber caído bajo los disparos de los guardias fronterizos o de otras bandas de contrabandistas.

Sabemos que llevaba cocaína a Rusia y que regresaba con pieles, pero nada sabemos de sus actividades de espionaje. No debió de hacerlo muy mal porque pronto lo ascendieron a subteniente. Y sin embargo fue expulsado del servicio, por razones que no explicó. No está claro si la causa fue la adicción a la cocaína que tenía entonces o si hubo algún otro conflicto. Tras dejar el espionaje intentó entrar en la Legión Extranjera y en los servicios secretos franceses —no parecía entonces que su patriotismo estuviese muy arraigado—. Necesitado de dinero, y según él tras consumir una elevada dosis de cocaína, atracó a dos comerciantes judíos. Un mes más tarde un nuevo atraco terminará en detención y en pena de muerte, ya que la zona de Polonia en la que operaba se encontraba bajo la ley marcial. Su historial al servicio del espionaje polaco ayudó a que le conmutasen la pena por quince años de prisión.

Su estancia en la cárcel debió de ser particularmente dura para alguien acostumbrado al aire libre, a las largas caminatas en la naturaleza, a pasar largos períodos sin dar cuenta a nadie de los propios actos, y para colmo sometido al régimen tiránico de la prisión. Que le resultaba difícil adaptarse queda probado por los muchos meses que pasó en la celda de castigo; rebeldía, desobediencia, incluso participación en un motín, una actitud que no ayudaría a una pronta excarcelación, aunque la solicitase cada año desde que cumplió los criterios para ello. Su mala salud —contrajo tuberculosis en la cárcel— tampoco le sirvió para que le otorgasen una medida de gracia.

La idea de escribir durante su encarcelamiento provino de su padre; aunque Piasecki lo describió como un hombre ausente y muy ocupado que lo dejaba solo con una madrastra fría y severa, y aunque durante largos períodos ni siquiera vivieron en el mismo país, algún tipo de contacto debieron de mantener, porque el padre le escribió a la cárcel: «He estado leyendo tus notas y tus papeles y me he dado cuenta de que posees cierta habilidad para escribir. ¿Por qué no intentas escribir historias sobre gente con personalidades peculiares que vive aventuras extraordinarias?». Lo cierto es que el recluso conocía a bastantes personas que encajaban en la descripción; el problema principal era otro: hasta entonces había escrito en ruso, pero al haber cortado todos sus lazos con la Rusia soviética necesitaba escribir en polaco, una lengua que no dominaba del todo. Sin embargo, se puso manos a la obra. Mejoró su gramática, leyó a escritores polacos, escribió poemas, cuentos, una novela —*La quinta etapa*— y también aquella que lo haría famoso: *El enamorado de la Osa Mayor.*

La primera edición de ésta se vendió en un mes. Era mayo de 1937 y el libro había salido a la luz gracias al escritor y editor Melchior Wańkowicz, que había conocido a Piasecki probablemente durante una visita a la cárcel. No sólo le publicó, también lanzó una campaña para obtener una medida de gracia para el escritor convicto. En agosto de ese mismo año, Piasecki obtenía la libertad condicional.

La libertad había sido la meta de ese hombre al que incluso las ciudades parecían demasiado estrechas, la vida en ellas demasiado reglamentada; pero recuperarla después de once años encerrado era más difícil de lo que había pensado; no sabía usar el tenedor y el cuchillo, su popularidad era quizá agradable, pero tampoco estaba acostumbrado a encontrarse en el centro de la atención de la prensa; y ni siquiera tenía la fuerza física para enfrentarse a los nuevos retos: medía un metro setenta y pesaba cincuenta y un kilos.

Durante los siguientes años, Piasecki publicó otras dos novelas que también se convirtieron en éxitos comerciales. Sin embargo, rehuía el contacto con los lectores, y tampoco sus relaciones con otros escritores fueron fáciles. Muchos lo consideraban arrogante, algunos despreciaban su literatura; él, por su parte, despreciaba a los intelectuales. No es difícil imaginar cierta sensación de inferioridad en quien tenía una formación académica tan incompleta, y tampoco es difícil entender que la compensase manifestando superioridad sobre esos individuos que escribían sin

conocer nada de la vida; ¿qué le iban a enseñar a él, que
había aprendido la aventura no en los libros sino en enfrentamientos armados con la guardia fronteriza, en peleas
de taberna con contrabandistas y delincuentes? La ciudad,
la vida burguesa, las convenciones de la vida social... Se
siente como quien después de décadas de caminar descal-
zo es obligado a llevar zapatos; las ampollas son inevitables.
«Pero el aburrimiento me asfixiaba. Todo me repugnaba:
esas borracheras, esos hipócritas, esa ciudad, en la que la
verdad se traficaba a través de más fronteras que nuestras
mercancías.»

Sería excesivo decir que la guerra vino a rescatarle
de su melancolía, pero sí lo devolvió a la acción y la aventura. Cuando Alemania y Rusia invadieron Polonia en virtud del Pacto Ribbentrop-Mólotov, Vilnius, la ciudad en
la que vivía Piasecki, pasó a formar parte de la República
de Lituania, y fue ocupada sucesivamente por los rusos y
por los alemanes. Piasecki se unió a la Armia Krajowa, la
resistencia polaca. Viviendo bajo distintos nombres, participó en la producción de documentos falsos, en operaciones de sabotaje y hostigamiento y, a principios de 1943,
dirigió un grupo que se dedicaba a ejecutar a colaboradores.
Parece que fue él quien se negó a ejecutar a un escritor
polaco sentenciado a muerte por la resistencia, Józef Mac-
kiewicz, por falta de pruebas.

A pesar de su intensa participación en el conflicto,
Piasecki atravesó períodos en los que hubo de permanecer
al margen, camuflado como campesino; no perdió tampoco entonces el tiempo; empezó a escribir lo que sería
una trilogía sobre el mundo del hampa de Minsk, en mi
opinión mucho menos lograda que *El enamorado de la Osa
Mayor*. También encontró tiempo para casarse, convertirse al catolicismo y tener un hijo. Según Polechonski, «Este
acto informal (la conversión sin bautismo) puede entenderse como una expresión de su ruptura definitiva con el
Este, con la que concluía el proceso de su repolonización».

Tras la guerra, difícilmente podía el anticomunista Piasecki quedarse en la Polonia ocupada por los soviéticos. Después de una temporada en la que vivió bajo nombre falso, consiguió salir del país dejando atrás a su familia, con la que no volvería a reunirse nunca. Primero fue a Italia, más tarde a Inglaterra; estaba cansado y su salud era precaria. A pesar del éxito de sus libros, el dinero no le alcanzaba para vivir y tuvo que realizar diversos trabajos manuales; aunque algunos de sus libros estaban traducidos, no siempre recibía los derechos, y en Polonia sus novelas ya no se editaban, por razones evidentes.

Es una época extraña, en la que no es descabellado suponer que Piasecki sentía cierta amargura, a pesar del éxito. Rehuía los círculos literarios y seguía evitando el contacto con los lectores («Creía, y aún creo, que la gente que viniese a mis lecturas lo haría no para escuchar mi opinión sobre un cierto tema, sino para ver a un hombre que ha tenido una vida, aventuras y trabajos extremadamente inusuales. Me sentiría como un espécimen zoológico expuesto al público»). Participaba a veces en el debate político, sobre todo a través de artículos o cartas furibundamente anticomunistas, pero se relacionaba poco con los exiliados. En los años cincuenta sólo publicó un libro, y los guiones cinematográficos que escribió fueron rechazados. No tenía dinero para que su familia se reuniese con él. Sus intentos de emigrar a Brasil y Estados Unidos fracasaron. Tras pasar un tiempo en Londres y después en Hastings, se retiró a vivir al campo. Resulta, creo, muy significativo que nunca aprendiera inglés ni ningún otro idioma de Europa occidental, como si no aceptara el exilio como algo definitivo, o como si aun aceptándolo él lo radicalizara todavía más aislándose de su entorno.

Su actividad principal era la escritura, que lo devolvía continuamente al pasado y a su país, en los que seguía viviendo en la fantasía y el recuerdo. En los años sesenta publica tres novelas ambientadas en la historia reciente de

Polonia y trabaja en un diario que, por desgracia, destruyó antes de morir. Una lástima: habría sido muy interesante conocer la imagen que hubiera querido dar de sí mismo en aquellos años de exilio.

Sin duda le rondaba la nostalgia, ese corredor de fondo que siempre acaba por alcanzarnos; a Piasecki no tendría que perseguirlo mucho, porque es un sentimiento que inunda su obra; nostalgia de la libertad, de un pasado aventurero, del riesgo, de una vida idealizada que parece más real que el desgaste cotidiano de una existencia burguesa. El protagonista de *El enamorado de la Osa Mayor* ya se despedía con ese sentimiento de su vida de aventuras: «La luna vertía sus rayos pálidos y fríos sobre la tierra. La impresionante Osa Mayor se deslizaba por el noroeste, rodeada de nubes juguetonas, blanquísimas. Era el último día de mi tercera época dorada. Era mi última noche en la frontera».

La última noche de Sergiusz Piasecki fue la del 11 de septiembre de 1964. Murió al día siguiente, de cáncer de pulmón, en un hospital polaco en Gales.

5. Lugares comunes

Autobiografía, verdad y mentira

«¿Fue cierto esto que escribo? ¿Falso? Sólo este libro de amor será real. ¿Los hechos le sirven de pretexto? Debo ser yo su depositario. No son los hechos lo que yo restituyo.»

JEAN GENET, *Diario del ladrón*

Todos retocamos nuestras vidas, las maquillamos hasta que el espejo de nuestra conciencia nos devuelve una imagen soportable de nosotros mismos. Al contarnos en primera persona hacemos como el novelista que simplifica, elimina, recorta, añade aquí y allá hasta que la narración adquiere sentido y coherencia. Los hilos narrativos que vuelven confusa la trama desaparecen, también, con frecuencia, lo hacen los momentos o las frases que empañarían la imagen del héroe. Y el escritor que escribe sobre sí mismo no actúa de otra manera. Alguno, de manera inconsciente, se presenta desde un ángulo favorecedor: nadie expone a las miradas de los demás aquello que ni siquiera él mismo se atreve a mirar. Otros, porque saben que parte de sus vidas puede ser rechazada por los lectores, se esfuerzan por ocultar lo que aún es posible ocultar y por deformar y reinterpretar aquello que está a la vista hasta que parezca otra cosa.

Incluso cuando se esfuerza por contar su vida con total sinceridad, el escritor experimenta con particular agudeza los límites de la escritura, pues, como un traductor, tiene que descubrir una y otra vez que su trabajo nunca refleja completamente el original. El pasado, en el momento en el que intentamos encerrarlo en palabras, lo desfiguramos. Y si además ese pasado está cargado de sentimientos ambivalentes, como suele ser en el caso de los escritores delincuentes, la tarea se vuelve particularmente ardua.

Hay quien lo asume y, por razones más o menos interesadas, ni siquiera se esfuerza en ser fiel a los hechos. Por ejemplo, González-Ruano: «Aunque he deformado o disimulado libremente, según me convenía, a sus criaturas, todo se debe a una experiencia y al mundo de unos recuerdos bastante próximos». Mientras que Álvaro Mutis sólo publicó un breve recuento de su experiencia en prisión, un diario y las cartas que envió a Elena Poniatowska: «Nunca quise volver a escribir sobre mi experiencia carcelaria porque sentí que iba a mentir». Aunque por otro lado afirma que nunca habría escrito novelas sin el año y medio que pasó en la cárcel de Lecumberri y que sus experiencias del encierro están desperdigadas y camufladas en su prosa.

Otros, como Edward Bunker (véase imagen 12), escritor y actor que conoció numerosos correccionales y prisiones estadounidenses, confiesan de forma indirecta falsear los hechos: «Recuerdo ahora esas cosas con más claridad que cuando ocurrieron». Probablemente porque al escribirlas les impone un orden artificial, elimina las imágenes y los sentimientos borrosos, re-crea lo sucedido.

Y hay también quien afirma escribir su autobiografía con el objetivo de contar la verdad sobre su vida y hace justo lo contrario, por ejemplo Karl May, acosado por calumniadores, o Chester Himes en su autobiografía. A poco que maneje uno otras fuentes se dará cuenta de que a menudo estas confesiones tienen más valor literario que documental: el número de cosas que silencian o tergiversan los dos autores mencionados serían suficientes para componer otro volumen. Y en el caso de Jeffrey Archer esa tergiversación no sólo se da en lo que escribe sino también en sus constantes declaraciones a la prensa: de dónde sacaba el dinero en su juventud para vivir con el lujo que vivía, si desvió fondos de sus campañas benéficas o si participó en un intento de golpe de Estado en Guinea Ecuatorial, son misterios que no vamos a resolver acudiendo a sus palabras; al contrario, leerle y escucharle es como adentrarse en una de esas novelas de detectives en las que el autor se divierte sembrando pistas falsas para desorientar al lector.

Casi todos los escritores delincuentes acaban escribiendo sobre sí mismos —O. Henry y Anne Perry son dos excepciones—, bien en forma de autobiografía, bien recurriendo a la novela. En ambos casos es difícil deslindar la verdad de la ficción y, a veces, como en el caso de Carlos Montenegro, se tiene la impresión de que es en la ficción donde se atreven a contar la verdad. Lo mismo sucede con Chester Himes, en cuya voluminosa autobiografía sólo siete páginas nos cuentan los siete años y medio que pasó en la Ohio State Penitentiary y en ellas parece que su único interés es mostrar que en la cárcel fue una persona respetada y que no tuvo experiencias homosexuales; como ya dije en el capítulo dedicado a Himes, quizá se acerque más a la verdad en la novela *Por el pasado llorarás,* claramente autobiográfica, y quizá por eso fue borrando pistas en las sucesivas versiones.

Para complicar aún más las cosas, hay novelas basadas muy libremente en la experiencia personal del autor que son presentadas como relatos de hechos verídicos; es lo que Polechonski llama la «estrategia editorial». El editor sabe que un fuera de la ley vende, que su leyenda seducirá a muchos lectores potenciales: en la primera edición de *El enamorado de la Osa Mayor,* de Sergiusz Piasecki, la sobrecubierta mostraba una foto del autor frente a la prisión, y en la cubierta se advertía que se trataba de «la novela-diario de un contrabandista condenado a muerte, escrita en el decimoprimer año de su encarcelamiento». Además, en la introducción se habla de «memorias» y con frecuencia se sustituye el nombre del protagonista por el del autor. El crimen, en literatura, sí paga dividendos.

Esa interpretación autobiográfica, tan útil para lanzar al escritor, acaba siendo una maldición cuando éste desea que lo tomen en serio. Piasecki acabó semirrecluido para escapar a la curiosidad de los lectores y Genet se quejaba en sus últimos años del interés que despertaba su vida de criminal, aunque sin duda ésta le había ayudado a abrirse camino en el mundo literario: «No tengo lectores sino miles de *voyeurs* fisgando desde sus ventanas, que dan al escenario de mi vida privada».

Pero el mirón, al que se desprecia, es también el lector, al que hay que seducir. Pocos autores hay que no caigan en la tentación de acicalarse para resultar más atractivos. Es verdad que uno siempre es protagonista de su propia existencia; puede que en verdad seamos meros comparsas, pero la conciencia de nosotros mismos nos sitúa en el centro de la acción, aunque sólo sea a través de nuestros pensamientos y nuestras emociones: la realidad tiene lugar siempre alrededor de cada uno de nosotros, que es el centro. Es comprensible entonces que el escritor delincuente, cuando escribe sobre sí mismo, no sea nunca actor secundario, pero llama la atención el cuidado que ponen muchos en embellecer su imagen: el álter ego de Piasecki es el más valiente de los contrabandistas y el que se lleva a la chica más guapa; Jimmy Boyle es el más rebelde y el más fuerte; la astucia y la capacidad de seducción de Henri Charrière —más conocido como Papillon, por la novela supuestamente autobiográfica que llevaba ese título—; ¡la frialdad y el descaro de superhéroe de cómic con los que González-Ruano responde a la Gestapo!

Los más fiables son aquellos que verdaderamente parecen indiferentes al efecto que producen: Burroughs, en sus novelas autobiográficas, muestra su cara menos agraciada, expone con interés científico más que narcisista toda su abyección; algo similar se encuentra en *Nadie gana,* del bandido profesional Jack Black (véase imagen 15), que recorrió Estados Unidos y Canadá a principios del siglo xx asaltando bancos, joyerías y casas particulares. En su novela autobiográfica, que influyó en la obra de Burroughs, sorprende su absoluta indiferencia, no encontrar en todo el libro ninguna frase destinada a obtener la comprensión o el perdón del lector; ni siquiera se esfuerza en enmarcar su propia imagen de atracador insistiendo en su arrojo o en su habilidad: una y otra vez nos encontramos con la torpeza, el azar, la codicia, la estupidez y la experiencia o la falta de ésta como únicos ingredientes, nada heroicos, del delito. Pero ni siquiera en el caso de estos dos autores podemos utilizar sus libros como fuentes fiables: Burroughs deja fuera de las novelas partes importantes de su vida —su protagonista da la impresión de vivir solo casi todo el tiempo, mientras que Burroughs vivía con Joan Vollmer y con dos hijos—, y Jack Black contó con la ayuda de la escritora Rose Wilder Lane y no sabemos cuánto del tono se debe a ella ni si eliminó o añadió fragmentos para conseguir no tanto el recuento de una vida como el libro fascinante que es *Nadie gana*.

La vanidad; el deseo de autopromocionarse; el sentimiento de culpa; el intento de recuperar o conquistar la respetabilidad y, en algunos casos, la idea de que un libro podría ayudar al autor a conseguir la libertad; la imposibilidad de no simplificar la propia historia para narrarla, las interpretaciones demasiado sencillas, también la necesidad de ocultar algunos datos para no incurrir en responsabilidades penales (por ejemplo, Benotman me señala que no puede responder a algunas de mis preguntas porque podría usarse como indicio de culpabilidad en delitos por los que no ha sido procesado)..., todas estas razones obligan a acercarse con cautela al carácter autobiográfico de las obras de estos autores. Es imprescindible consultar otras fuentes, aunque éstas tampoco sean siempre fiables, en particular cuando se trata de artículos de prensa, a menudo redactados a toda prisa y basados en informaciones poco contrastadas: la prensa tiende a magnificar los hechos y a reflejar, más que la realidad, la mentalidad de su época, como se ve en el caso de Anne Perry, que, aparte de su interés intrínseco, nos sirve también para reconstruir los prejuicios de la sociedad neozelandesa sobre el lesbianismo, el divorcio, la locura y la delincuencia juvenil. En ocasiones no basta con desbrozar los hechos de una maleza de interpretaciones, sino que los hechos mismos son confusos; sobre el caso de la escritora chilena María Carolina Geel he leído lo siguiente en la prensa: que disparó cuatro tiros, que disparó cinco, que usó una pistola, que usó un revólver, que el revólver lo había comprado junto con su amante, que lo había comprado ella dos días antes del asesinato, que había quedado con él para discutir sus problemas, que se lo encontró por casualidad en el hotel, que intentó suicidarse tras disparar contra él, que después de disparar arrojó inmediatamente la pistola al suelo, que tenía cuarenta y seis años, que tenía cuarenta y dos, que sabía que su amante mantenía otra relación, que lo descubrió durante el juicio...

Está claro que no puedo contar con toda la información que habría deseado. Y las autobiografías, en lugar de simplificar la tarea, a veces la complican. El escritor de biografías es un doctor Frankenstein empeñado en dar vida a un ser construido con retazos que no siempre encajan unos con otros. Al resultado, con frecuencia, se le ven los costurones, está claro que el ser creado es en cierta medida artificial. Pero al menos camina, se acerca tambaleante hacia nosotros, intenta comunicarnos algo a través de sonidos no siempre comprensibles y en algún instante surge la impresión de que lo reconocemos, de que, aunque sepamos que nunca hubo nadie exactamente así, hay en ese ser algo profundamente cierto. Eso es lo único a lo que podemos aspirar.

Descubriendo el móvil

«Vendí algo de sangre para pagarme un curso [de escritura] por correspondencia de la Universidad de California.»

EDWARD BUNKER, *La educación de un ladrón*

¿Por qué se escribe? ¿Para qué? ¿Hay una razón, muchas, las sabe el escritor? Nunca he dado una respuesta convincente a esa pregunta que me hacen una y otra vez. Porque pienso despacio y las cosas importantes se me quedan en la cabeza dando vueltas hasta que escribo sobre ellas. Para derribar el orden aparente de la realidad. Porque contar historias es una manera de entender el mundo. Ninguna de esas razones consigue responder debidamente; son respuestas de circunstancias, frases que suenan más o menos bien, sean o no ciertas. Pero yo qué sé. Y, además, esas respuestas dejan fuera los aspectos prácticos de la literatura. Ensayemos otras posibilidades: escribo para ganar dinero. Escribo porque me atrae el prestigio del escritor. Escribo porque no quiero tener que ir todos los días a una oficina, a un aula, a un negocio. Escribo porque me gusta que se hable de mí. Escribo para enamorar a las lectoras. Una vez más: y yo qué sé.

Lo que sé es que la escritura satisface necesidades personales, íntimas, que tienen que ver con lo que uno es, con la relación que tiene consigo mismo y con la realidad. Y también satisface necesidades comunes a todo el mundo: reconocimiento, una actividad remunerada, la integración en un determinado grupo.

¿Por qué escribe un escritor delincuente? ¿Por qué escribe alguien desde prisión, a menudo violando las normas, incluso sin saber si va a ser publicado? ¿Hay razones distintas de las que encontraría cualquiera que se dedique a la literatura? Y si las hay, ¿podemos de verdad conocerlas?

La cárcel siempre ha sido el lugar del silencio, de la sumisión, donde quedan en suspenso los derechos humanos básicos. La cárcel es un sistema totalitario aunque a veces esté inscrito en regímenes democráticos; no existe la libertad de expresión, y cuando ésta se ejerce puede castigarse con una brutalidad desproporcionada. Hablar estaba prohibido en muchas cárceles. Escribir era un delito que podía ser castigado con penas corporales. En la actualidad sigue habiendo limitaciones sobre lo que puede escribir un recluso. Peter Wayne, exconvicto y hoy periodista, lo resume así: «... [En los tiempos de Jim Phelan] había una larga lista de temas prohibidos, incluidos la vida y los delitos del propio convicto, los de sus compañeros de cárcel y las condiciones en las que estaban obligados a trabajar [...] Incluso hoy se mira mal el acto de escribir (sobre todo si escribes sobre el día a día de tu vida en prisión). Mientras estaba en la cárcel tuve que pelear por mi derecho a publicar a cambio de una remuneración». Piasecki sólo podía disponer de un cuaderno y debía entregarlo cuando estaba lleno para pasar la censura antes de que le diesen el siguiente, que le denegaban si su comportamiento no había sido bueno; en el texto no podía haber palabras tachadas de forma que resultasen ilegibles y cada página debía estar numerada. Quien escribe en esas condiciones, a las que hay que añadir la dificultad de hacerlo en una celda superpoblada, con compañeros enfermos o desesperados, en medio de discusiones y quejas, es que realmente tiene empeño en ello.

A donde no llega la norma puede llegar el celo, o el sadismo, del guardia al que da rabia que un preso escriba, se exprese, tenga una opinión propia que le saca de la masa, del número, del orden supuestamente perfecto y que no admite individualidades de la cárcel. José León Sánchez cuenta del guardia que se divertía rompiendo los manuscritos que él conseguía escribir, con lapiceros prestados, sobre trozos de sacos de cemento. La primera novela de Genet, escrita en el papel que daban a los reclusos para que confeccionasen bolsas, la quemó un guardián que la descubrió en la celda.

La escritura suele estar mal vista por las autoridades carcelarias porque el libro sortea el silencio impuesto; lo que el convicto no puede decirle al guardián desde dentro, se lo dice desde fuera: el libro regresa a la cárcel para hacer justicia, también como venganza. Y, en su conjunto, la literatura escrita en prisión traza una historia del terror en el inframundo carcelario.

En las últimas décadas ha habido cambios importantes en las prisiones de muchos países; los reclusos organizan emisoras de radio, revistas, participan en talleres de escritura. Pero a menudo esas actividades sólo encuentran eco en un público marginal. Y se suele preferir así: las injerencias de la sociedad siempre perturban el orden, la disciplina, el control. La sociedad tiene el estómago delicado, no se le pueden servir platos demasiado fuertes.

Al escribir, el convicto critica los valores sociales imperantes, llama la atención sobre lo arbitrario de muchos, amplifica los valores del condenado y entabla así una discusión con el lector, en la que pone en tela de juicio las asunciones de éste: Piasecki, Bunker, Abbott, Benotman, Sapienza..., todos ellos insisten en los valores, en la ética de los prisioneros que en muchos casos consideran superior, y casi siempre menos hipócrita, a los principios en los que se basa la normalidad de rejas para afuera. Los más radicales afirman que es una sociedad criminal la que impone los criterios del delito.

Ése es entonces uno de los móviles de la escritura carcelaria: la denuncia.

«Mi deseo es que el presente libro sirva a los psicólogos y sociólogos; pero también quisiera que prestara ayuda a todos nuestros hermanos que viven al margen de la ley, para que puedan recuperar los derechos del hombre libre. A fin de cuentas, también ellos lucharon en las barricadas por nuestra libertad [...]», escribe Piasecki.

«¡Escribe, escribe, aunque el frío no te deje escribir! Tú, que tienes una pluma en la mano, debes hacer oír nuestra voz hambrienta de justicia y de piedad: la de todos los miserables que nos hemos suicidado en esta cárcel [...]», le exhorta al escritor, panfletista y homicida Vidal y Planas el fantasma de un preso que se ahorcó en la celda ocupada por él.

José León Sánchez: «La finalidad de esta obra no es sembrar la amargura sobre un recuerdo pasado. Es una invitación para meditar sobre el futuro».

El libro es una manera de hacer justicia; nace, en palabras de Montenegro, con «el propósito auténticamente moral de desenmascarar la ignominia». Pero un libro, como cualquier otro acto humano, nunca tiene sólo una utilidad colectiva, un objetivo puro y desinteresado. El escritor prisionero, independientemente de que esté presente en él ese deseo pedagógico o acusador, tiene sus propias necesidades.

Una de ellas, la más urgente, escapar al encierro. Sentirse libre. Y, al mismo tiempo, difuminar la humillante sensación de impotencia de quien no puede decidir sobre los actos más íntimos. Escapar, también, de los otros. Uno de los personajes de Benotman explicaba que en la escritura encontraba un territorio virgen, libre, que no podían saquear sus padres. Quien escribe en la cárcel también se crea un territorio propio, lejos del control de los demás, también de los compañeros, jueces a menudo no menos severos que los guardianes. El libro que se escribe es el hogar de quien carece de él. El autor amuebla ese hogar a su gusto, decide su amplitud y la atmósfera que reina en él, y, aunque sea vicariamente, se convierte en habitante, en protagonista, en propietario.

Pero, además, la escritura es una manera de recuperar la autonomía, el control sobre la propia conciencia.

Boyle practicaba yoga; otros tenían un programa de ejercicios físicos que llevaban a rajatabla; escribir también exige disciplina y por tanto conciencia de uno mismo, es un antídoto contra la indolencia, contra el abandono, contra la rendición. Erwin James, condenado por asesinato y homicidio, que se haría un nombre como columnista de *The Guardian,* afirmaba que la escritura le trazaba un objetivo y le permitía relacionarse con el mundo exterior de una forma que antes no le parecía posible desde la cárcel. Y eso también es importante. Quien escribe en la cárcel escapa de sus muros en mundos de fantasía o construidos con recuerdos; pero quien además publica está comunicando, rompiendo el muro, relacionándose con personas libres y participando en cierta medida de esa libertad. Otra vez James: «[...] empecé a pensar en mí mismo no como un prisionero que escribía, sino como un escritor en prisión».

El libro, sin embargo, no tiene sólo una utilidad ideológica, espiritual, psicológica. También puede tener una utilidad material. *Este libro te salvará la vida* es el título de una novela —y no de un libro de autoayuda, como podría pensarse— de A. M. Homes, y en el caso de algunos escritores casi se cumple promesa tan excesiva. Genet, Piasecki, Montenegro, Sánchez, Abbott, Carlotto, Bombal, Geel..., todos ellos y muchos más deben a su condición de escritores que hubiese campañas a favor de la reducción de sus penas o del indulto.

Si la escritura puede ser una tabla de salvación para quien está en la cárcel, su utilidad fuera de ésta no es menor. A Edward Bunker le preguntaban con frecuencia, cuando ya era un escritor e incluso un actor conocido, por qué no había vuelto a delinquir. Su respuesta era que ya no lo necesitaba, que el éxito le había dado un medio de vida y además le había puesto en relación con gente alejada del mundo criminal. Él ya había entendido cuando aún era bastante joven que la literatura podía ser una vía de escape, y no sólo mediante la imaginación, de ese callejón aparen-

temente sin salida en el que entra el delincuente reincidente: «[...] me había dado cuenta de que tenía que lograr el
éxito como escritor o bien ser un fuera de la ley [...] sin un
milagro volvería a delinquir. Era la única manera que conocía de hacer dinero. Dios, si pudiera vender un libro [...]».
La literatura como instrumento de reinserción. Aunque a
uno se le escapa la sonrisa preguntándose por qué no podría
lograrse tal reinserción mediante un trabajo normal y corriente; ¿por qué no vendió su sangre no para hacer un
curso de escritura por correspondencia sino para aprender
fontanería o contabilidad? Sanctimonious Kid, en la autobiografía de Jack Black, se encarga de dar una respuesta
diciendo que él se había acostumbrado a un cierto nivel de
vida como ladrón y que no se veía en un trabajo de quince
dólares a la semana. Y el propio Bunker se justifica diciendo: «Me negaba a aceptar la posición a la que la sociedad
relega al exconvicto. Me arriesgaría a volver a la cárcel antes
que aceptar un trabajo de lavacoches o una carrera en una
freiduría».

El mismo objetivo unía a muchos otros convictos
en diversas prisiones; como el propio Bunker anota con
ironía, después del éxito de George Jackson con su *Soledad
Brother*, el sonido más ruidoso en Folsom era el de las
máquinas de escribir repartidas por las celdas. También
después del éxito de Piasecki muchos presos en las cárceles
polacas se pusieron a escribir.

Ese deseo de obtener el éxito va en contra de la idea
generalizada de que la escritura desde la cárcel, y más en general la del escritor delincuente, es siempre marginal y
va dirigida contra los poderes hegemónicos. A veces lo es,
como en el caso de Genet cuando expresa su admiración
por los nazis, o en el de Jackson cuando defiende la violencia contra los blancos, o en el del escritor marroquí
Muhammad Sukri, que se atreve a atacar ferozmente a la
figura del padre, sagrada en su cultura. Otros, por el contrario, refuerzan desde la cárcel los valores de la sociedad

que los ha enviado a ella. Así, María Carolina Geel expresa su rechazo por el lesbianismo —un lesbianismo que, como señala Aurora Gómez, le interesa demasiado—, Himes refuerza el discurso machista y homófobo, y Archer, aunque critique diversos procedimientos de las instituciones penitenciarias, usa la pulcritud y la buena educación para subrayar que él pertenece al mundo de la legalidad y el orden.

El deseo de reintegración de muchos escritores delincuentes lleva a una paradoja. Algunos de ellos buscan con sus escritos reivindicarse, justificarse —que es otra importante función de la literatura autobiográfica—, y para ello atacan a la sociedad que les ha condenado. Pero por otro lado quieren ser aceptados por ese mismo público que les condenaría sin pensárselo dos veces, por ese público al que a menudo desprecian. Hay pocos que asuman la marginalidad sin cortejar a los posibles lectores; Benotman me aseguró que nunca había intentado publicar; Sukri siguió viviendo después del éxito entre marginales, apartado de las candilejas literarias; Abbott o Jackson nunca abandonaron su odio visceral hacia la sociedad que los había condenado. Otros navegan entre dos aguas: Genet provoca al mismo tiempo que coquetea con el mundo intelectual; se niega a hablar de sus obras pero desea que los demás se den cuenta de su excelencia; Himes desprecia a los lectores, a los críticos, a los agentes, a los editores..., pero se consume porque no tiene el éxito que cree merecer.

Y otros buscan con descaro ese éxito, adulan el gusto del lector de *best sellers* dándole lo que busca: historias de rebeldes, de buenos bandidos, quizá algo de porno blando y, sobre todo, la promesa de que la novela se basa en la experiencia del autor. Si en la época de Karl May el escritor se esforzaba en demostrar su inocencia para ser aceptado socialmente, en las últimas décadas el autor alardea de su culpabilidad, pero aprovechando las lecciones de la picaresca: el pícaro puede ser un bandido, un pequeño delincuente, pero los que le rodean, aunque no cometan delitos, son mucho más culpables. Y ese descubrimiento genera simpatía hacia el pequeño bandido.

Así que los editores no desaprovechan la oportunidad de escribir en la solapa la peculiaridad del escritor, el tiempo que ha pasado en la cárcel, sus delitos. Un autor criminal vende más que un autor bibliotecario o abogado del Estado. ¿Habría sido un *best seller El enamorado de la Osa Mayor* si no se hubiese hecho hincapié en lo autobiográfico y si Piasecki no hubiese estado en la cárcel? Libros de escritura mediocre como *A Sense of Freedom* se convierten en éxitos porque lo que cuentan es supuestamente verdad. Como fue un éxito la pretendida autobiografía novelada de Henri Charrière, *Papillon;* esta novela juega con el deseo morboso del público de que la historia truculenta que le relatan sea real. Y eso aunque la ficción inspirada o basada en hechos reales sea la más engañosa, porque pretende que nos la creamos, mientras que la ficción alejada de hechos concretos es más honesta: no dice «esto es verdad», sino «esto es una representación que nos permite reflexionar sobre lo real». Pero mucha gente no quiere reflexionar, quiere ver, más bien quiere que le muestren; consumidores pasivos de hamburguesas y de aquello que pueden digerir fácilmente. Más tarde se descubrió, por cierto, que Charrière se había autoadjudicado con desfachatez aventuras que habían vivido otros, que exageró, mintió, recompuso, para dar al lector el personaje casi legendario que le exigía.

Justificarse, contar la propia vida, embellecerla, venderse como un héroe de tebeo. Algunos hacen un uso fraudulento de lo vivido para convertirlo en mercancía. Si los más honrados tratan de enfrentarse al trauma mediante la literatura, los más avispados eluden precisamente esa confrontación; en lugar de asomarse al pasado lo maquillan; Himes no tuvo relaciones homosexuales en la cárcel; Charrière fue víctima de una conspiración; Archer sufrió los prejuicios de los jueces y el acoso de una prensa sedienta de sangre; Montenegro cometió su crimen por razones nobles. Por supuesto; creámosles porque ellos estaban allí, ellos lo han visto y sufrido todo.

Curiosamente, las mujeres que he incluido en este libro son las que se acercan con mayor ecuanimidad a su situación; se esfuerzan en contar lo que ven y lo que sienten sin disculparse. No ha habido tantas escritoras delincuentes como escritores; y la mayoría han tenido menos éxito, aparte de por el hecho de ser mujeres, porque aplican una mirada menos morbosa a su alrededor: no están tan interesadas en causar una impresión, en dar una determinada imagen de sí mismas. Parecen escribir como lo harían con un diario íntimo que luego no van a enseñar. Mientras que está claro que casi todos los escritores delincuentes varones que he leído y que hablan sobre sí mismos están pensando ya en el lector.

Álvaro Mutis escribe: «No sé muy bien por qué he narrado todo esto. Por qué lo escribo. Dudo que tenga algún valor más tarde, cuando salga. Allá afuera, el mundo no entenderá nunca estas cosas». Y sin embargo casi todos escriben sobre sí mismos, sobre la propia experiencia, para que se entienda. La literatura autobiográfica suele ser, más que confesión, una petición de ser comprendido y, en algún caso, admirado.

La justicia y la culpa

> «Eso es, claro; yo soy un delincuente... Mis amigos
> asesinos aficionados están en la cárcel, mientras
> que los vuestros, asesinos profesionales, desfilan
> cada 14 de julio en los Campos Elíseos.»
>
> ABDEL HAFED BENOTMAN, *Les forcenés*

«Nadie es culpable para sí mismo», escribe Bunker, aunque es una frase que necesita matización. No es fácil vivir con la sensación de ser responsable de un daño injusto, por lo que aunque se admita la culpa, al mismo tiempo se busca una manera de explicarla o de atenuarla. El atenuante puede ser psicológico; María Carolina Geel siempre aceptó su responsabilidad y su culpa individual por haber matado a su amante de cinco disparos; no buscó comprensión en el juicio, ni siquiera clemencia. Y como siempre silenció sus motivos, el móvil, no se perdió en justificaciones apresuradas. Pero la necesidad de no ser absolutamente responsable es demasiado fuerte y al final, aunque sólo sea en un par de frases, acaba cediendo a la tentación que vence a muchos: la de desdoblarse en dos personas, la que cometió el delito y la que se observa. «¿Por qué lo sentí a él en todo ese instante como "prosiguiendo" a mi lado, como si después él fuese contemplador ajeno, es decir, ¡Dios mío, mi acto era también "su" acto!? Yo inclino la cabeza y acepto que esto sea por todos rechazado [...]» Geel da a entender que su amante había contribuido de alguna manera a su propia muerte, y más tarde sugiere que ella iba a suicidarse, no a matarlo, pero entonces, se pregunta, «¿qué transmutación animal degeneró en mi voluntad?».

La bestia en uno mismo; ese animal feroz que es y no es el yo; porque, y en eso tienen razón estos escritores que buscan la razón del crimen, uno es muchas cosas a la vez. «Mi nombre es Legión», afirma Satanás y, sin comparar ni mucho menos a nadie con el diablo, está claro que en cada uno de nosotros se albergan varias personalidades en conflicto casi continuo: ¿tengo que asumir que ese ladrón, ese homicida ocupa todo mi ser? ¿No es, en cierta manera, ajeno a mí, a la persona que ahora escribe e intenta entender?

El escritor británico Norman Parker, para referirse a los actos violentos de su juventud que le valieron una condena a cadena perpetua, habla de «la bestia» en su interior, en tercera persona, lo que podría parecer una manera de distanciarse de su responsabilidad pero que es más bien el intento de explicar esa multiplicidad de seres que conviven en nosotros: «Esta parte malvada de mi naturaleza me llevó a matar a dos personas, pero asumo total responsabilidad de mis delitos. No podría distanciarme de ellos más de lo que una mitad de mi corazón podría distanciarse de la otra. Ni lo pretendo».

Incluso cuando asumimos nuestras culpas, todos tendemos a relativizarlas señalando las de los demás, que siempre nos parecen más graves. A veces con razón. Ya Villon en el siglo XV ponía en una balanza sus pecados y los de los poderosos para decirnos que los delincuentes no hay que buscarlos sólo en las cárceles y en los callejones oscuros, sino también en los tronos, en los púlpitos y en los despachos de los juzgados. Algunos, como Piasecki, van tan lejos como para ensalzar la ética de los ladrones y condenar la de los ciudadanos corrientes: «[...] los cobardes habitantes de nuestros pueblos y ciudades! Basta de robos legales, de asesinatos protegidos por la ley. [...] Que se fijen en nosotros, ladrones profesionales, que investiguen nuestras férreas leyes, nuestra ética, nuestra solidaridad y nuestra moralidad, y verán que no nos llegan ni a las rodillas. Aquí, entre nosotros, se puede respirar el aire puro de la verdad, del compañerismo y del valor». Sin llegar a idealización tan excesiva, muchos escritores delincuentes hacen hincapié en que la sociedad es tan culpable o más que ellos. Benotman, en la dedicatoria que me escribió en un ejemplar de *Les poteaux de torture,* decía esperar «que estos criminales individuales no te hagan "olvidar" el auténtico crimen: el colectivo». Ese crimen que es fácil asumir en general pero no cuando de verdad importa: quizá esté hoy aceptado que un delincuente es, antes de serlo, víctima de un entorno o de una herencia destructivos, pero el buen populista sabe que arrancará un puñado de votos pidiendo penas más duras o condiciones más severas para con los prisioneros; sí, la sociedad será culpable, dicen, esta gente que puebla nuestras cárceles ha vivido en la miseria, ha tenido padres borrachos, pero ¿no hay otros muchos que han vivido en las mismas condiciones y no han delinquido? Y entonces citan a las madres sacrificadas, a los honestos obreros, a gente que supo respetar las leyes y sobrevivir dignamente. El modelo a imitar son quienes no se rebelaron contra la ley, da igual cuántos de ellos volvieron la violencia del sistema contra sí mismos, suicidas, alcohólicos, gente de espíritu quebrado; a la sociedad no le interesan las víctimas que caen del otro lado, sólo las propias. «Las castas profesionales; doctores, sacerdotes y policías, eso es lo que son. Son una clase de linchadores; te colgarían por robar un puto botón [...] para preservar sus vidas de cuento de hadas, sus acentos hereditarios», escribe Collins en una novela, con la rabia de quien lo ha sufrido; y eso que él reconoce que «sin los principios básicos de justicia que subyacen a una sociedad democrática yo estaría probablemente muerto. He empezado a respetar esos principios [...]». Pero los principios y su aplicación son cosas distintas. Y Collins sabe que hay un desequilibrio entre cómo se juzgan unos delitos y otros: «Muere más gente en el trabajo que en el mundo del crimen, muere por asumir riesgos para que sus jefes vivan en el lujo. ¿Y por qué arriesgan sus vidas? ¿Por las vacaciones anuales para escapar de sus preocupaciones? ¿Por una pensión para la vejez?».

«Mi padre nos explotaba», escribe Sukri. «El patrón del café también me explotaba [...] Yo había decidido robar a toda persona que me explotase, aunque fuesen mi padre o mi madre. Así que consideraba el robo legítimo en la tribu de los canallas.» Al comparar su culpa con la de la sociedad, los escritos del preso común se convierten en textos políticos. En principio la rebelión del delincuente común es individual y, de tener un objetivo, a veces no es más que la satisfacción de un deseo: el desposeído que se desquita e intenta recuperar aquello que considera que le pertenece. Pero al juzgar su propia vida, y el contexto social en el que se ha desenvuelto, el delincuente común se transforma en activista.

Algunos asumen esa transformación de lo privado en público, de lo individual en social, como Carlos Montenegro en el prólogo de *Hombres sin mujer:* «[...] lo que me propongo [...] es la denuncia del régimen penitenciario a que me vi sometido [...] considero un deber ineludible describir con toda crudeza lo que viví [...]». Parker no se conforma con ser un ladronzuelo, sino que se ve como «un rebelde ideológico de pies a cabeza contra una injusta sociedad postcapitalista»; que en el párrafo siguiente afirme que su objetivo no era robar a los ricos para entregar el botín a las masas sino para convertirse él mismo en uno de los ricos hace pensar, sin embargo, que su pose rebelde no es más que eso, una más de sus muchas poses ante el espejo de su vanidad. Más convincente resulta Sukri cuando escribe que usaba la literatura para denunciar y vengarse: «Me di cuenta de que escribir podía ser una manera de mostrar, de protestar contra aquellos que me habían robado mi infancia, mi adolescencia y también una parte de mi juventud. En ese momento mi escritura se volvió comprometida».

Si algunos se centran en la denuncia de la sociedad, otros lanzan sus ataques contra las condiciones penitenciarias, no sólo para expresar el propio sufrimiento, sino para mostrar una contradicción cruel: el convicto ha sido condenado por un acto supuestamente injusto, y por tanto espera que la sociedad que lo condena se comporte de manera justa con él, pues de lo contrario no estaría legitimada para condenarlo; pero cuando entra en la cárcel a menudo entra en el mundo de la arbitrariedad impune, del desorden, de los castigos desproporcionados.

La sociedad que los condena por una infracción a sus reglas les impone normas inhumanas y, además, en ese mundo silenciado de la prisión, hasta esas normas son infringidas por guardianes que se comportan como delincuentes. ¿Por qué reciben unos su castigo y otros no? ¿Por qué cierra la sociedad los ojos ante ciertos crímenes y no ante otros? Pascal, que tiene frases para todo, lo explicaba con un aparente trabalenguas: «La justicia es discutible, pero la fuerza se reconoce fácilmente y es indiscutible. Así, no se ha podido dar la fuerza a la justicia, porque la fuerza ha contradicho la justicia y ha dicho que era injusta, y ha dicho que era ella la justa. Y así, al no poder hacer que aquello que era justo sea fuerte, se ha hecho que lo que es fuerte sea justo».

Benotman extrae sus conclusiones: «La justicia no existe, sólo la ley; y yo estoy fuera de la ley desde los quince años». Y Mutis, en cierto sentido un hombre de orden, monárquico, perteneciente a la clase que más se beneficia de las injusticias sociales, también descubre en la cárcel que «[...] no podemos juzgar a nuestros semejantes. Finalmente, todas las leyes, todos los códigos, todos los decretos, todos los reglamentos acaban siendo de una injusticia y una falta de humanidad totales».

La justicia no existe, la sociedad también es culpable, más que el delincuente. Pero ¿eliminan esas consideraciones la culpa por completo? ¿Tiene alguna responsabilidad exclusiva quien ha delinquido? Vega Armentero, Charrière, Boyle, May, etcétera niegan su delito o confiesan uno menor declarándose inocentes del más grave; otros como Abbott o Jackson o Himes rechazan pedir disculpas a una sociedad más culpable que ellos y que les ha impuesto su violencia, como soldados en una guerra que se ven obligados a disparar a un enemigo que se les echa encima con malas intenciones. Después de pasar diecisiete años en la cárcel, Abbott escribe: «No puedo imaginar cómo podría ser feliz en la sociedad americana. Después de todo lo que esta sociedad me ha hecho, lógicamente estoy resentido. No quiero venganza, castigar. Sólo querría algún tipo de disculpa. Un poco de consideración. Sólo un pequeño reconocimiento por la sociedad de la injusticia que he recibido [...]». Abbott se niega a disculparse por sus delitos hasta que eso no suceda.

Pero quizá los más interesantes, porque pueden combinar la profundidad psicológica con la comprensión de las estructuras sociales, son aquellos que por un lado denuncian la crueldad y arbitrariedad del sistema y al mismo tiempo reconocen y lamentan los propios actos; Anne Perry expresaba remordimiento por su crimen aunque criticase a una justicia que la había condenado sin permitirle declarar en el juicio; también Villon mostraba cierto arrepentimiento en algunos versos mientras componía rimas afiladas para fustigar a los poderosos; Collins asume su responsabilidad, sin paños calientes, pero no se olvida de recordarnos la hipocresía de la sociedad que le condena; Benotman se alegra de no haber «cometido lo irreparable» en su rebelión contra el orden establecido. Son estos autores los que se dan cuenta de que la sociedad es culpable, pero las víctimas de sus delitos no lo son necesariamente más que ellos mismos.

Los consuelos de la religión

> «Si se pudiese enmendar a la gente mediante la crueldad, yo habría salido de aquella celda convertido en santo.»
>
> JACK BLACK, *Nadie gana*

Por inaudito que pueda parecerle a Jack Black, el objetivo de la prisión desde la reforma de los regímenes penitenciarios iniciada con el impulso de la Ilustración era precisamente enmendar al preso. El castigo, la pena, había dejado de ser retribución para convertirse en instrumento de reinserción. Lo curioso es que ese nuevo enfoque, en principio mucho más humano, hace que el delito deje de ser el centro de atención y éste se traspase al delincuente; no se castiga un delito sino a una persona, por lo que las condenas efectivamente cumplidas dejan de ser proporcionales a la gravedad de la infracción, para depender del grado de regeneración del delincuente.

Para reformar al preso había varias técnicas: la vigilancia constante, la redención por el trabajo, la educación, la disciplina, el castigo físico, el silencio y el aislamiento. En algunas prisiones se evitaba al máximo el contacto entre los presos, que no podían hablar unos con otros durante el trabajo o en el comedor, para que no se corrompiesen mutuamente, y eran recluidos en solitario el mayor número de horas posible. Encerrado en una celda desprovista de cualquier comodidad, a oscuras, en silencio, el delincuente debía reflexionar sobre su culpa, arrepentirse, encontrar de nuevo el camino hacia la virtud.

Aunque a muchos la soledad forzada, a veces cercana a la privación sensorial, los empujó más hacia la locura y la ira que a la fe, la experiencia de la cárcel parece haber despertado inquietudes religiosas en más de un escritor. Las razones son múltiples, unas más honorables que otras: el sentimiento de culpa que busca el perdón, el deseo de renacer del delincuente, de dejar de identificarse con quien era e inventarse una nueva identidad moral —que podríamos resumir en la frase «yo no soy quien cometió aquel delito, sino una persona nueva»—, el deseo de lograr un mejor trato en prisión, o sencillamente para abandonar la celda durante las ceremonias y la instrucción religiosas; además, mostrarse reformado, y hay quien cree que la piedad religiosa es un síntoma de ello, sirve para obtener una reducción de pena. Varios de estos motivos pueden mezclarse en una sola persona y ni siquiera tienen que ser conscientes. Igual que quien descubre la escritura en la cárcel, quien descubre la fe, lo piense o no, inicia una estrategia de redención. Pero el beneficio más inmediato es otro. La oración y la escritura —también la droga— permiten alejarse de la realidad, adentrarse, aunque sea transitoriamente, en un mundo menos amenazante y, sobre todo, menos incontrolable. Los muros de la prisión desaparecen, el espíritu finge estar libre.

Así se sentía Paul Verlaine (véase imagen 14) encarcelado en Bruselas y después en Mons, condenado por disparar y herir en la muñeca a su amigo y amante Rimbaud. Antes de su encarcelamiento, Verlaine no había dado muestras de gran religiosidad: alcohólico, con ataques de ira durante los que llegó a maltratar a su mujer, bohemio, homosexual; de hecho, la pena de dos años de prisión se la debe sobre todo a que el examen médico al que fue sometido tras disparar contra Rimbaud reveló sus prácticas homosexuales. Verlaine encuentra la paz en la cárcel, e incluso parece agradecido por esa época de reflexión, de sosiego; en un poema da las gracias a Bélgica por haberle impuesto ese «duro descanso»; es cierto que, gracias a la influencia de Victor Hugo, que escribió una carta en su favor, su estancia en prisión no estuvo llena de los sinsabores que sufre el recluso normal. Así que, aprovechando esa vida monacal, Verlaine lee, escribe, da clases de francés a un carcelero; y se convierte al catolicismo. El libertino redimido; escribe poemas religiosos y realiza una larguísima confesión de sus numerosos pecados. A él esa conversión le parecerá más tarde algo teatral, pero en el momento está feliz, por primera vez se siente inocente. Comulga, lo que le produce una «inmensa sensación de frescura, de renuncia y de resignación. [...] A partir de aquel día, mi cautividad, que se prolongaría hasta el 16 de enero de 1875, me pareció corta, y, si no hubiera sido por mi madre, diría que demasiado corta». La piedad no le acompañó mucho tiempo tras dejar atrás los muros de la prisión. Siguió persiguiendo a Rimbaud al mismo tiempo que intentaba reconciliarse con su mujer; volvió a la bebida, a amores homosexuales, intentó estrangular a su madre, visitó en otro par de breves ocasiones la cárcel sin que se sepa de nuevos éxtasis religiosos. La fe para él era más fácil cuando la tentación estaba lejos.

En algunos casos, el preso no descubre tanto la religión —la fe, los dogmas, la redención— como algo que se podría llamar espiritualidad, y en otros solamente la calma; como dice uno de los personajes de Carlotto: «No creo en Dios, y sin embargo voy [a misa]. Es el único momento en el que los otros detenidos están tranquilos y te puedes relajar».

María Carolina Geel no era creyente al entrar en prisión. Que la madre Anunciación, la monja que la visita regularmente, rece por ella se le hace extraño, casi le provoca vergüenza ajena. Pero Geel está sola en la cárcel en un ala destinada a las mujeres de cierta posición; ve a las otras presas desde lejos, las atisba, las espía, las observa, anota, y mediante esa actividad se aleja de ellas en lugar de acercarse. Su solidaridad no se dirige a las reclusas sino a la madre Anunciación y a la «Congregación de las monjas del Buen Pastor. Comunidad admirable, rendida a una labor, como pocas, heroica». No son mujeres vulgares como las del patio, ni lesbianas que hablan sórdidamente de sus amores, tienen almas refinadas, sentimientos elevados. Quizá para no defraudarlas, para pagarles todas sus amabilidades, Geel se vuelve practicante, aunque no creyente. «Y en los atardeceres empecé a ir a la iglesia.» Se siente a gusto en compañía del Cristo crucificado que preside la capilla, la sosiegan el oscilar de las lamparillas, las sombras, los ecos apagados, el olor del incienso; su espiritualidad es más sensorial que movida por la fe; no encuentra la paz en Dios sino en sí misma, y al aislarse de las demás se eleva sobre lo que la rodea, se vuelve un ser precioso y frágil, único.

Quizá lo contrario de lo que buscaba el exboxeador y escritor Thomas Healy; después de cumplidos los cincuenta, tras haber sido derrotado por KO una y otra vez por el alcohol: «Toda mi vida había querido ser parte de algo, pero no me había permitido a mí mismo ser parte de nada. De nada». Y para conseguirlo se va diez días a un monasterio. Hasta entonces no había sido creyente, aunque de vez en cuando iba a una misa organizada por un grupo a favor de la abstinencia. En el monasterio hizo un voto de silencio: no es que saliese transformado en místico, pero sí redescubrió la fe de su infancia, una fe que hace pensar en un boxeador grogui que se aferra a las cuerdas para no caer. Healy prometió a Dios no volver a beber. No sé si lo habrá cumplido. Sí sé que tanto o más que el alcohol echa de menos a *Martin,* aquel dóberman que le acompañó en una fase particularmente desnortada de su vida. *I Have Heard You Calling in the Night* termina con estas palabras: «Hay tantas cosas que no sé, pero estoy seguro de que hay un Dios vivo y de que volveré a encontrarme con *Martin* un día en algún sitio. Ésa es mi creencia».

Por su parte, Anne Perry encontró la fe en la cárcel o tras salir de ella; de adolescente no parece que fuese muy religiosa, o sencillamente la atraía más desarrollar sus fantasías narcisistas con su amiga Pauline, adorarse a sí misma en lugar de a los santos. «Juliet y yo decidimos que la religión cristiana se había convertido en una gran farsa y decidimos inventar nosotras una», escribió Pauline en su diario. Las entradas en el diario de Pauline y las declaraciones de ambas durante la instrucción del proceso fueron publicadas en todos los periódicos, provocando el escandalizado deleite de los lectores neozelandeses. «Dos chicas acusadas de asesinar a la madre de la mayor [...] tenían [...] su propio paraíso, su propio dios y su religión, y su propia moral.» Un psiquiatra, el doctor R. W. Medlicott, dijo que en las dos chicas se manifestaba «una inversión del sentido moral. Sufrían de paranoia [...]». No sé si será cierto el rumor según el cual Pauline se convirtió al catolicismo y quiso hacerse monja; Juliet/Anne, por su parte, entró a formar parte de una congregación mormona y se dedicó a realizar tareas benéficas; aunque en más de una entrevista afirmó haber purgado su pena, puede que el sentimiento de culpa no se haya desvanecido nunca.

Pero no todas las conversiones se dirigen hacia las religiones más establecidas. Norman Parker, de educación judía pero no practicante, entabló una relación con Dios, primero mediante la blasfemia cuando descubre en prisión que la artritis está deformando sus articulaciones; le parecía una venganza excesiva de Dios: después de permitir que pasara más de veinte años en prisión, le iba a quitar la única posibilidad que conocía de conservar la dignidad; hasta entonces había dedicado tres o cuatro horas diarias a hacer deporte; a pesar del prolongado encierro, Parker no parecía ni mucho menos a punto de cumplir los cincuenta. La artritis iba a poner fin a ese espejismo de salud y juventud. Parker comienza a hacer una dieta radical y, a pesar del dolor, a hacer estiramientos. Y al mismo tiempo comienza a rezar, cada noche: se arrodilla y recita dos salmos, ruega por su salud y por su madre. Le da tanta vergüenza que tapa la mirilla mientras reza. Pero aunque reza al dios de los judíos, más tarde describe sus creencias como «una mezcla ecléctica de espiritualismo tipo *New Age* centrado en mí mismo». Su antigua arrogancia también penetra su religiosidad: «Estaba convencido de que tenía un espíritu poderoso y fuerte, un espíritu que tenía previsto un destino para mí. Mi objetivo era seguirlo a donde me guiara». En *Life After Life*, su protagonista comienza a interesarse por la numerología, los talismanes, los espíritus..., pero ya he mencionado que no queda nunca claro qué es lo autobiográfico en el libro y qué es ficción.

Esa espiritualidad difusa de la Nueva Era tuvo más de un adepto entre los escritores que conocieron la cárcel. El australiano Gregory David Roberts la descubrió después de una vida ajetreada de delincuente internacional y la mezcló con nociones de filosofía para crear una papilla tan fácil de digerir como falta de sustancia. Karl May, protestante por educación, y según él afirma hombre de profundas convicciones religiosas, tuvo un acercamiento al catolicismo durante su encarcelamiento; como sabía tocar el órgano, le pidieron que acompañase las misas católicas; nunca hablaba con el sacerdote de cuestiones religiosas ni teológicas; nunca se convirtió, pero recuerda con afecto aquellas misas en las que la música lo elevaba a otras esferas y apaciguaba su alma... «¿No son la religión, el arte, la literatura los que de tales profundidades a tales alturas deben transportarnos?», escribió, aunque probablemente May usó más la literatura como salvavidas que la religión. De hecho, las afirmaciones sobre su religiosidad, sobre su fe, su protestantismo y su cercanía sentimental pero no doctrinal al catolicismo son, como casi todo en su autobiografía, un intento de defenderse de sus detractores, que le tachan de hipócrita por escribir para revistas católicas siendo protestante. Independientemente de que su religiosidad fuese o no profunda, lo cierto es que adquirió algunos rasgos heterodoxos; atento durante sus últimos años a mostrarse como un respetable burgués, él diría que sólo participaba en sesiones de espiritismo por interés científico, pero gente que lo conoció afirma que May contaba fenómenos sobrenaturales que habían tenido lugar durante las sesiones; en una ocasión, May se puso a temblar y, tras pedir lápiz y papel, escribió un poema dictado por voces del más allá.

Los consuelos de la droga

«[...] el poder de excitación del opio superaba su breve bagaje de imaginaciones y recuerdos sensoriales y, en lugar de proporcionarle placer alguno, le llenaba el sueño de pavorosos monstruos...»
ÁLVARO MUTIS, *Diario de Lecumberri*

«Destruye los procesos lógicos de la mente, los pensamientos se vuelven completamente desorganizados. El ruido, la locura fluyendo de cada garganta, ruidos de frustración que salen de los barrotes, sonidos metálicos de las paredes, las bandejas de acero, las camas de hierro fijadas a la pared, los sonidos huecos de un lavabo o un retrete [...] Los olores, los residuos humanos que nos arrojan, los cuerpos mugrientos, la comida podrida.»

Lo que describe George Jackson en este pasaje no es el mal viaje de un drogadicto, es la realidad cotidiana de un preso en el Ala O de la cárcel de Soledad. Ahí no están incluidas las palizas, los ataques racistas, la tensión constante en la que viven los presidiarios, los negros aún más que los blancos.

Hay distintos tipos de cárceles y por tanto distintos tipos de experiencias en ellas; pero para los que han vivido en los recintos más duros, la droga no es una adicción peligrosa, es una tabla de salvación. El mismo Jackson, que optó por una estrategia en principio más constructiva, la de la militancia política para obtener una fantasía de libertad, de autonomía, de dignidad, fuma varias cajetillas de cigarrillos al día. «Acabo de encender mi cigarrillo número 77 de este día [...]», escribe en una de sus cartas. No le mató el cáncer de pulmón; Jackson fue abatido a tiros en San Quintín antes de cumplir treinta años.

Jack Henry Abbott escribía bajo el efecto de las drogas. Se aficionó a la heroína después de pasar tres años en una celda de castigo. Como terapia, para obtener una cierta estabilidad emocional. «Sentir el calor que empieza como un fuego en mi vientre y sube por mis nervios y órganos hasta alcanzar las sienes, eso es algo que nada más puede darme. [Un pico] me da lo que necesito para vivir con todo esto. En comparación, los demás dioses no son nada.»

¿La droga mata? ¿La droga embrutece? ¿La droga perturba nuestras relaciones sociales y afectivas? «¡No jodas!», gritarían al unísono Edward Bunker, Norman Parker, Jack Black, Charrière, José León Sánchez, Montenegro, todos los que han pasado una larga temporada en una celda de castigo o en una cárcel para criminales peligrosos o sencillamente en una prisión del Tercer Mundo.

A Norman Parker el cannabis, que según dice sólo tomaba los fines de semana, le relajaba, pero, sobre todo, le daba una perspectiva diferente de su situación; «la presión y la locura de la semana se alejaban temporalmente, ofreciéndome una imagen equilibrada de lo que, se mire como se mire, era una extraña forma de existir». Parker siempre pretende dar la impresión de controlar la situación, de no perder esa frialdad algo arrogante que adoptó como estrategia de supervivencia. La relación de Hugh Collins con la droga parece algo más desesperada. «Da igual lo que la gente piense sobre la heroína; para mí ha sido un escudo para no enfrentarme a ciertos aspectos de mi vida», escribió, y seguiría consumiéndola al salir de la cárcel, una manera de interponer distancia entre la realidad, su propia biografía y él mismo; escribe drogado, bebe hasta perder el control de sus actos. La droga dura, como el pasado, te acompaña, se niega a abandonarte cuando ya no la necesitas; tomarla es firmar un pacto con el diablo: te da lo que quieres, pero se queda a tu lado también cuando desearías estar solo. Sin embargo, no se va a poner a pensar en el futuro quien tiene ante sí diez, quince, veinte años de cárcel.

La droga es omnipresente en la literatura carcelaria. Incluso quienes no la toman se sienten fascinados por su mundo oscuro, por esa combinación de libertad y esclavitud que proporciona. Archer se apresura a asegurar que no ha probado ninguna droga en toda su vida. Mutis parece darlo por supuesto, y dedica parte de su libro sobre la estancia en Lecumberri a contar acontecimientos relacionados con la drogadicción en la cárcel; una serie de muertes causadas por heroína cortada con raspaduras de pintura, o los desvelos de Palitos, un joven drogadicto que pasa los días enteros en chanchullos y pequeñas estafas para conseguir el dinero con el que mantener su adicción. Mutis ve las cosas desde el exterior; igual que González-Ruano y Archer, da la impresión de narrarse a sí mismo en tercera persona, porque aquello que le está sucediendo en realidad no estaba previsto en su vida, no pertenece a ella, como si alguien les hubiese puesto por error a desempeñar un papel que no les corresponde. Otros se interesan sobre todo por los aspectos prácticos, entre otras cosas porque no miran desde el exterior los problemas de la drogadicción, sino que ésos son precisamente sus problemas: cómo conseguirla, cómo esconderla, cómo traficar con ella.

La droga en la cárcel, un tema continuo, obsesivo; parece tan importante hablar de ella como tomarla; es la salvación, la hostia de los colgados; llega en la boca de la amante que besa apasionadamente al preso; en el pegamento de los sellos; en el recto de los guardianes, que se sacan un sobresueldo como camellos y además tienen en la mano algo mucho más eficaz que la porra y los grilletes para hacer que el preso se hinque de rodillas y dé la patita como un perro amaestrado. La droga en la cárcel es poder, es prestigio, es un producto básico alrededor del cual giran las relaciones sociales y políticas dentro de la prisión.

Pero si algunos descubren en la cárcel la droga o la literatura, dos maneras distintas de escapar de una realidad humillante hacia una en la que el convicto dosifica y decide por sí mismo... o eso se cree, otros eran drogadictos antes de tener problemas con la justicia: Sachs, como su mentor Cocteau, era opiómano; también lo era Jack Black, quien descubrió la paz y el olvido en los fumaderos de los chinos, y quizá el agradecimiento por ese respiro en su constante huida de la policía hizo que nunca cayese en los comentarios racistas frecuentes entonces; Burroughs había hecho de la droga su razón de ser y también fue el sustrato del que se alimentó una escritura al borde de la disolución; la droga fue uno de los muchos tráficos a los que dedicó su juventud Gregory David Roberts antes de sustituirla por una espiritualidad tan sintética como el LSD, por los paraísos artificiales de la religión, que también son capaces de generar el espejismo de la libertad humana; Muhammad Sukri descubrió la droga y el alcohol cuando era aún un chiquillo harapiento que intentaba sobrevivir en las calles de Tánger; Larry Winters, homicida y drogadicto, murió de una sobredosis en la Unidad Especial de Barlinnie; él, al contrario que Jimmy Boyle, no pudo imaginar una vida fuera de la cárcel, a salvo de la propia furia.

La familia

«Cuando mi padre muera iré a ver su tumba y me
mearé encima. Su tumba no servirá más que como
basurero donde la gente irá a cagar y mear.»
MUHAMMAD SUKRI, *El pan desnudo*

La familia, el tema más complicado, el más cargado de contradicciones. La de origen siempre lo está, la que
elige un adulto suele reflejar las tensiones y los deseos insatisfechos de aquélla.

La inmensa mayoría de los escritores que aparecen
en este libro han tenido una infancia marcada por el abandono, la violencia, la carencia de una mirada no ya amorosa, siquiera amable que acompañase sus primeros años.

Padres alcohólicos, violencia familiar, la frialdad
—en el mejor de los casos; en el peor, los abusos— en el
orfanato. O tan sólo una madre incapaz de amar a su hijo,
como tenía Maurice Sachs, que prácticamente no conoció
a su padre e intentó suplirlo en el corazón de esa mujer fría,
desengañada, desdeñosa. Ella habría querido una niña.
Y Sachs intentó ser el hijo y el padre, el hijo y la hija, el ser
despreciable que ella veía en él y el prodigio al que ella creía
tener derecho. Sachs se rompió intentando satisfacer todas
las fantasías de mamá.

Pero es fácil echar la culpa a la madre; ella, con más
frecuencia que el padre, tiende a quedarse con el hijo aunque sea a regañadientes. El padre sencillamente desaparece; se marcha con otra o se casa con el alcohol hasta que
la muerte los separe. Aunque a veces es mejor así: mejor
un padre ausente que una bestia acorralada que se defien-

de a mordiscos, pero no se los da a sus enemigos sino a su propia prole.

Muhammad Sukri hubiese preferido no tener padre. Al menos no el que le tocó en desgracia. En sus libros da a entender que a su hermano lo mató el padre, y retrata, sin el menor anhelo de reconciliación, el comportamiento salvaje de ese hombre, que explota y maltrata a toda la familia.

Chester Himes, casi de pasada, recuerda que aunque su padre vivía cerca de la penitenciaría en la que estaba encerrado, sólo lo visitó una vez, y fue para pedirle dinero.

Hugh Collins sí admiraba a su padre, y quería parecerse a él. Hasta que fue descubriendo que no era más que un gánster alcohólico más digno de compasión que de admiración. Y para colmo era un presuntuoso que se enorgullecía de los delitos de su hijo, y que se avergonzó de él cuando aceptó entrar en el programa de reintegración de Barlinnie. Su chico tenía que ser un duro, aunque le costase la vida. No he podido confirmar si de verdad el padre ofreció dinero para que eliminasen a su hijo cuando éste iba a publicar *Autobiography of a murderer,* temeroso de la mala imagen que iba a dar en ella, pero sí es cierto que dejó de hablarle y que intentó detener la publicación.

Y sin embargo, después de narrar durante numerosas páginas la mezquindad del padre, y también la extrema dureza de la madre, su desprecio por cada uno de los logros del hijo que se esfuerza por salir del torbellino de la delincuencia, Collins acaba justificándolos. Las páginas menos creíbles de *Walking Away* son precisamente aquellas, apresuradas, superficiales, en las que narra la reconciliación y el perdón. Como si el niño que fue se negara a aceptar la visión del adulto crítico y regresara para tapar la realidad con la fantasía infantil de unos padres cercanos, comprensivos.

Son muchos los que, a pesar de todas las pruebas en contra, se esfuerzan por recrear una infancia intacta o un afecto que no existió o que fue empañado por la vio-

275

lencia. Karl May, en su autobiografía, pasa de puntillas sobre las palizas que propinaba un padre borracho a sus hijos y sobre la presión enloquecida que ejercía sobre Karl para que satisficiera los sueños que él mismo no había podido cumplir. El trauma es a menudo la plasmación individual de la violencia social. La represión a la que están sometidas las familias en una zona industrial en declive, como aquella en la que nace Karl May, se transmite a cada miembro de la familia a través de la miseria, del embrutecimiento, del alcohol. Como en la mayoría de los casos, el padre no enseña a su hijo la rebelión, sino que espera de él una sumisión absoluta. El padre es el esclavo que en casa se comporta como el capataz y eterniza los valores que a él lo mantienen oprimido. ¿Y qué decir de Anne Perry? «Quiero dejar muy claro que mi familia me apoyó rotundamente», afirma en una entrevista refiriéndose a la época de su proceso, cuando el padre se había marchado sin aguardar siquiera su inicio y la madre, aunque sí la ayudase años después al salir de la cárcel, adoptó una actitud distante durante el juicio, al que asistió probablemente porque fue obligada a quedarse en Nueva Zelanda, y se distanció de su hija en declaraciones posteriores a la condena.

La extraña estrategia que adoptan algunos escritores es la de asumir sus culpas como si no naciesen de un contexto familiar y social, sino tan sólo de una decisión propia. Benotman, a pesar de que suele retratar la familia como un lugar carente de afecto —o es un afecto tan invasor que raya en el abuso—, insiste en que sus padres no tienen nada que ver con sus decisiones de adulto. En ese orgullo de reivindicar la propia autobiografía hay una velada exculpación de los padres, y al mismo tiempo se esconde en él el resabio antipsicológico de tantos escritores que no quieren ser interpretados, ni que lo sean sus obras, con criterios psicológicos, como si lo literario fuese una categoría mágica, inefable, que escapa a cualquier intento de comprensión.

Lo que sí reprocha algún autor a sus padres es haber querido transmitirle los valores de una sociedad injusta. George Jackson, en sus cartas desde la prisión de Soledad, expresa su rabia a sus padres por haberle educado en una religión de blancos, con valores de blancos y con el deseo de que se sometiese a la justicia de esos mismos blancos que dictaban leyes discriminatorias contra los negros. Jackson se siente traicionado por sus padres porque en lugar de apoyarlo en su rebelión, le reconvienen y pretenden devolverle a un redil vigilado por lobos.

Y Benotman, aunque expresando su comprensión, también se subleva contra un padre que puede ser violento en casa pero que es incapaz de alzar la voz en una Francia que ha masacrado a miles de norteafricanos y que sigue tratándolos como ciudadanos de segunda categoría. El microcosmos familiar suele cobijar y proteger precisamente las normas —obediencia, humildad, respeto a las autoridades, etcétera— de la sociedad que lo oprime; si pensamos en la vida que podía llevar la familia de Karl May, en una pequeña ciudad casi en la ruina, dentro de una sociedad autoritaria y rígida que castigaba cualquier desvío de la norma con una severidad inhumana, puede parecernos mentira que los padres precisamente transmitiesen a sus hijos el respeto a la religión, al emperador, a la ley.

Si la familia de origen transmite los valores dominantes, y si los padres pueden también influir en la vuelta al redil del hijo descarriado, a menudo la mujer, compañera o esposa, tiene también un papel si no redentor, sí de sostén en el proceso de reinserción o al menos en la reducción de la conflictividad del delincuente.

Es ella la que espera el regreso del compañero encarcelado, soñando con un hogar estable, sobre todo si tiene hijos de él, y con sus necesidades y deseos ejerce una presión constante para que el delincuente regrese a la normalidad, se resocialice fuera del mundo delictivo. La esposa fiel del delincuente, como la madre abnegada, es un prototipo que suele contar con la simpatía de la prensa y de la opinión pública.

Hay excepciones: no todas las mujeres consiguen la benevolencia de redactores y lectores mediante ese papel en general agradecido. Mary, la mujer de Jeffrey Archer, nunca gustó al público, aunque sí al juez que juzgó a su marido en el caso relacionado con el adulterio de Archer; el juez, admirado por la clase y el estilo de Mary, y muy poco por el de la prostituta que testificó contra Archer, incluso dijo al jurado que pensasen si un hombre que vivía con tal mujer podía ser tan tonto o mezquino como para buscar sexo mercenario. Es curioso que irritara a los periodistas que a Mary le diesen igual las aventuras de su marido —resabios puritanos de la prensa británica, que no es capaz de apartar el objetivo de la bragueta de sus políticos—. ¿Cómo podía seguir fingiéndose la esposa feliz, posar sonriente para la foto de la mano del hombre que la había engañado con prostitutas, con la secretaria, con toda mujer que se ponía a su alcance, un hombre que mentía con descaro evidente y la ponía en ridículo cada vez que salía a la luz un nuevo detalle de su vida sexual? Parece lógico esperar la simpatía del público hacia esa mujer fuerte que permanece al lado de su marido en tiempos difíciles. Pero no fue así, porque muchos sospechaban que ella no era tanto víctima como cómplice; se había beneficiado de los negocios de su marido, probablemente su ascenso social se lo debía a él: cargos, entrevistas de radio y televisión, una vida lujosa... Y además era una científica, brillante por cierto, una mujer racional, fría; se decía que la mejor manera de enfriar el champán era ponerle la botella en la mano.

A la gente le encantan esas simplificaciones. Y la prensa amarilla babea de rabia cuando por ejemplo descubre que el violento Jimmy Boyle va a casarse con una psiquiatra de buena familia que se había ocupado de él en la cárcel. La mujer que se enamora del bandido entre rejas no suele gozar de muy buena reputación. También Hugh

Collins se enamoró de una artista que trabajaba con los presos de Barlinnie; Noel Razor Smith se casó dos veces en la cárcel; Carlos Montenegro se casó en prisión con una escritora e intelectual que lo acompañaría el resto de su vida. Se han escrito ensayos sobre esas mujeres que se enamoran de un delincuente entre rejas, incluso aunque se trate de delincuentes extremadamente violentos; hay asesinos en serie que reciben cientos de cartas de mujeres que quieren relacionarse con ellos, violadores asediados por fans. Pero hay una gran diferencia entre esas mujeres que se enamoran de un desconocido y aquellas que han tratado a un preso y, a fuerza de intentar comprenderlo, acaban por quererlo, sospecho que en muchos casos por creerse capaces de salvarlo. No siempre lo logran; Carolyn, la mujer de Neal Cassady, no consiguió que su marido pisara el freno para no acabar estrellándose contra sí mismo; más éxito tuvieron las compañeras de Collins y Boyle, que los habían conocido mientras estaban en prisión y estaban dispuestas a compartir sus vidas, sus traumas, todo el pesado fardo del que no habían podido librarse en ningún sitio. La mujer que espera a la salida ofrece al delincuente la posibilidad de eludir la frustración del regreso a un lugar que ya no existe: su familia ha cambiado, él también, todos han pasado por experiencias difícilmente comunicables, en muchos casos incluso buena parte de la familia de origen se ha desentendido completamente del recluso, ha cortado el contacto; es más fácil ir de la cárcel a «otro lugar» que intentar recuperar el que se ocupaba. La mujer le ofrece precisamente ese otro lugar donde reinventarse, y alguna acaba por ello convirtiéndose en víctima cuando el experimento fracasa.

Jean, la mujer de Himes, que lo esperó tantas veces, que tantas veces aguantó sus infidelidades y sus iras alcohólicas, acabó abandonándolo, quizá resignada a aceptar que la salvación nunca viene de afuera. Joan Vollmer no abandonó a William Burroughs, aunque muchos se preguntaban qué unía, aparte de la droga, a aquella pareja improbable. Collins cuenta en *Walking Away* que maltrató a Caroline, y ella lo justifica diciendo que él no le quería hacer daño, tan sólo apartarla de su camino cuando ella se interpuso para que no saliese a dar un navajazo a un hombre con el que Collins había reñido. Sorprende que una mujer pueda considerar circunstancia atenuante que la violencia contra ella no fuese algo personal, pero es mejor no sacar conclusiones apresuradas, porque siempre es difícil juzgar una relación, qué obtienen y qué pierden los miembros de una pareja por el hecho de ser parte de ella.

No he hablado aún de otro prototipo de mujer que casi nunca falta en la novela negra: la traidora. La que abandona al preso a su suerte; la que se va con otro; la que lo delata a la policía; la codiciosa que empuja a su compañero a cometer el crimen para beneficiarse de él sin correr riesgos. No faltan en la novela negra y no faltan en los relatos autobiográficos de los escritores delincuentes. La novia de Collins ayudó a que lo detuvieran y declaró que era un hombre violento; él no nos cuenta si la maltrataba, pero parece probable visto su comportamiento más tarde. Vega Armentero, tras matar a su esposa, le echó a ella la culpa de conspirar para asesinarlo y para encerrarlo en un manicomio; tampoco detalla él los malos tratos a los que probablemente la sometía. Incluso Villon, en sus poemas, culpa indirectamente de sus males a esas mujeres que prefieren el dinero contante y sonante a las bellas palabras de los clérigos. La mujer malvada, la *femme fatale,* la avariciosa, encaja perfectamente con la misoginia que nunca ha perdido del todo la sociedad occidental; qué buen papel el de Barbara Stanwyck en *Perdición,* ese clásico del cine negro que no escapa a ninguno de sus tópicos; es ella, la Eva eterna, la que empuja al delito al hasta entonces honrado detective de una empresa de seguros, ella, en el fondo siempre es así, la auténtica culpable.

La salida del laberinto

«Un caso curioso sucedió cuando ya estuvimos libres de la cadena y es que nos costaba movernos.»
JOSÉ LEÓN SÁNCHEZ, *La isla de los hombres solos*

Por fin, la libertad. A veces después de diez, quince, veinte años. El momento soñado: salir de entre unos muros coronados de alambre de espino; perder de vista al vigilante que observa tus movimientos; dejar atrás el estrés de tener que mantener una pose de duro ante tus compañeros, de cuidarte continuamente de no bajar en el escalafón porque ese primer peldaño puede ser el inicio de un resbalón interminable, eludir el control social, ser por fin quien eres, libre, independiente, dueño de tus actos.

Pero las manos tiemblan; el sudor empapa el periódico al que se aferra el recién liberado; la gente que viaja en el mismo tren o autobús parece observarle, desconfiar de él. Y ahora, ¿cómo reintegrarte en esa partida que estabas jugando hace tanto tiempo si han cambiado los demás jugadores, las reglas, tu posición en el tablero?

En la cárcel de Lecumberri, los presos despiden a los que terminan su condena gritándoles: «¡Ya salen a sufrir afuera!».

Así que algunos echarán de menos la cárcel, lo que antes aborrecían les parecerá un asidero imprescindible. La disciplina, los horarios, el lugar que ocupan en el grupo, que, por duro que sea de mantener, es el suyo, se lo han ganado a pulso. Hay quien se había impuesto una rutina salvadora: levantarse temprano, hacer horas y horas de deporte, yoga, una carrera universitaria, ritos que ayudan a mantener la cordura y, sobre todo, una mínima ilusión de control sobre los propios actos. Y había un marco preciso en el que realizarlo, unas normas indiscutibles a las que atenerse.

Y ahora ¿qué? Ahí afuera no hay un sistema que te vigila de cerca, que te impone las horas de levantarte, de comer, de ducharte, si puedes o no puedes hablar o con quién y en qué tono. Nadie te dice quién eres. Ahora te has convertido en un ser libre.

Pero es probable que nadie te dé un trabajo a tu edad y con tus antecedentes, salvo quizá un empleo miserable con el que comerás peor aún que en la cárcel, con el que no conseguirás siquiera la satisfacción de ver que los demás te tratan con respeto. Y cómo acercarse a una mujer en el mundo libre, qué dirá cuando le cuentes de dónde sales.

Algunos se lo toman con humor, como Bunker: «Había previsto todo tipo de problemas al salir, pero no ampollas en los pies». Porque también tienes que acostumbrarte al calzado y a patear las calles para encontrar trabajo. Pero Bunker no se queda en el chiste fácil y dedica varias páginas a esa extrema dificultad a la que se enfrenta quien ha estado tanto tiempo en prisión, quien tiene más amigos dentro que fuera; y los de fuera, los que no comparten el ambiente delictivo, también los parientes, puede que se hayan mudado de ciudad, o se hayan muerto o sencillamente se hayan olvidado de uno.

Un personaje de *Haute surveillance (Severa vigilancia)*, la obra de Genet, mata a un compañero de celda justo antes de quedar en libertad, porque no puede concebir la vida sin la cárcel. «Sólo había estado fuera seis semanas cuando lo encontraron en un parque vecino colgando por el cuello de la rama de un árbol. Al parecer, la idea de la libertad después de tanto tiempo fue demasiado para él.» Escribe sobre el suicidio de un excompañero, Erwin James, quien en sus artículos sobre la vida cotidiana en la cárcel también informa de esa enorme dificultad de quien de pronto se encuentra libre, sin un plan, sin proyectos claros, en ese momento en el que toda la estrategia que había ido montando para sobrevivir en prisión se vuelve obsoleta. Y, al hablar de su propia puesta en libertad, James cuenta esa sensación de ser consciente todo el tiempo de sí mismo, de no poder hacer nada con naturalidad, ni un gesto, ni un movimiento, como un actor que no consigue recordar el papel al salir al escenario y, aunque improvise, imagina que todos se están dando cuenta de sus aprietos. Hugh Collins describe en *Walking Away* ese camino salpicado de obstáculos en el que sólo logra mantenerse con ayuda de su esposa y de las drogas. La ansiedad, la sensación de no encajar en ningún sitio son tan fuertes que muchos se rompen, se suicidan o reinciden para volver al lugar seguro, aunque la mayoría no lo reconocerían.

Pasar de una cárcel de máxima seguridad a una de régimen menos severo es ya una dificultad para muchos. Y tampoco es fácil el traslado a una institución de régimen abierto antes de obtener la libertad condicional. Recibir visitas con más facilidad, salir de vez en cuando, durante el fin de semana o todos los días a trabajar traen consigo múltiples tentaciones, no tanto la de escapar, pues ya se está cerca de la libertad, como la de delinquir. Porque en esas instituciones la droga circula con menos obstáculos; y porque a la puerta te esperan los compañeros que ya salieron y que, en su mayoría, se dedican a negocios ilícitos.

Incluso la relajación de la disciplina crea una nueva situación a la que es difícil enfrentarse. La jerarquía deja claros los frentes, se sabe quién es el enemigo: los guardianes, el alcaide, el médico que no te da la baja, el psicólogo que no recomienda tu libertad condicional. Jimmy Boyle y otros muchos que pasaron por la Unidad Especial de Barlinnie quisieron en algún momento regresar a prisiones de alta seguridad; les parecía que un guardián amable era una trampa, una nueva forma de intentar doblegarles, lo que no habían conseguido con la violencia o la severidad extrema. Collins cuenta su perplejidad cuando le entregaron un cuchillo en la Unidad y al ver todas las herramientas de las que podía disponer sin que preocupase a nadie su posible uso como armas. James se queda confuso cuando un guardián le ayuda a cargar unas bolsas.

«Habiendo estado aquí una vez, Goliarda, no esperes salir como eras antes. Tú no te sentirás nunca como una de fuera, y ellos, los de fuera, ya no te verán como una de ellos», le dice a Goliarda Sapienza una reclusa. Y otra le explica que en la cárcel uno no está tan solo como fuera, que esa vida tan llena de acontecimientos puede ser como una droga. Sapienza, después de quedar en libertad, escribe: «Echo de menos la cárcel. Es una sensación rara, pero es así. Allí no estás obligada a vestirte, no hablas si no te apetece, no tienes que correr a coger el autobús [...] Al salir he tenido una impresión muy clara de haber dejado a mis espaldas algo cálido, seguro [...] Y aún hoy me parece haber sido más libre allí dentro, en la cárcel».

Hay que entender de todas formas que Sapienza, como ella misma reconoce, vive con ciertos privilegios en prisión. Está dentro pero está fuera, como Mutis, Verlaine, Geel, Archer... Cuando Mutis sale de la cárcel tiene un trabajo, amigos, influencias que le permiten obtener inmediatamente un pasaporte falso. Para él la cárcel es un paréntesis, no un callejón sin salida. A pesar de ello escribe: «Me esperan oscuras nubes de tormenta allá afuera. Yo quisiera salir y poder gozar intensamente con todas esas cosas de que me han privado hace más de un año: amigos, campos, mar, la música, ese goce de andar por donde se me dé la gana y de hacer lo que se me dé la gana y a la hora que me dé la gana. Presiento que no podrá ser así y que una Cárcel aún más fea que ésta me espera allá afuera». Mutis, como tantos presos, ha pasado períodos de depresión, se ha sentido aislado, incapaz de comunicar su angustia a sus amigos. Da igual que lo tratasen con consideración, que, aunque él escribiese que en la cárcel terminaban todos los privilegios, incluso allí los demás presos y los responsables del penal lo respetasen y le hiciesen favores que otros nunca habrían recibido.

Pero también para los presos que han llevado una vida más miserable en el interior, que debieran pensar que fuera no puede ser peor que dentro, franquear el umbral de la prisión significa asomarse a un mundo desconocido y hostil.

El protagonista de *Life After Life* es un hombre informadísimo sobre el tráfico de drogas, pero a los cincuenta años no sabe cómo se alquila un apartamento y vive un tiempo en casa de su madre porque no se atreve a dar ese paso tan intrascendente para la mayoría. Y si los asuntos prácticos son difíciles de solventar en el exterior, más difícil aún resulta enfrentarse a los emocionales. ¿Qué relación puedes establecer, por ejemplo, con una madre que lleva más de veinte años esperándote? En todos los autores que he leído se da una mezcla de agradecimiento, sentimiento de culpa... y ganas de salir corriendo. La presencia cariñosa de quien te ha esperado y ayudado durante años es agobiante, porque cuando sales exige algo a cambio y es casi imposible negárselo, pero también es casi imposible dárselo. Igual sucede con todos esos amigos y parientes que te saludan jovialmente, que evitan hacer referencias a tus delitos o al tiempo en prisión; desempeñan un papel, se esfuerzan en fingir una naturalidad imposible. Nada es natural para quien recupera la libertad tras varios años de cárcel, ni siquiera lo son las muestras más habituales de afecto. Parker menciona cuánto le conmueve y desconcierta a un tiempo el contacto corporal con los niños a los que cuida en la institución en la que está empleado. Collins cuenta de manera convincente ese desgarro de quien sale y se encuentra con tanta gente bienintencionada cuando lo que él desearía en realidad es que le dejasen en paz, recuperar en parte la soledad de la celda, pero ¿cómo decírselo sin herirles?

Otro obstáculo importante a la salida es el restablecimiento de relaciones sexuales. Algunos de los escritores aquí mencionados tuvieron relaciones homosexuales en la cárcel. Para muchos de ellos era algo nuevo, a veces vergonzoso, que luego intentaron ocultar o desmentir. Pero incluso para los que ya eran homosexuales antes de entrar en prisión las relaciones sexuales allí tienen un carácter distinto a las que se mantienen en libertad. Salvo en los últimos años en las prisiones más avanzadas, la sexualidad está oficialmente ausente de la vida carcelaria. La privación de la satisfacción sexual es parte de la pena. Por su lado, los presos a veces convierten la actividad sexual en castigo o en exhibición de poder: escritores como José León Sánchez cuentan escenas de violaciones en la cárcel, o, sin llegar a esa violencia directa cuyo objetivo es la humillación del otro, cómo un preso más fuerte obliga a otro más débil a convertirse en su pareja y asumir en ella el papel femenino. Algunos informan de lo degradante que es ver reducida la actividad sexual a la masturbación y a la contemplación de revistas pornográficas. Otros se travisten y se prostituyen para acceder a recursos y a un poder que no conseguirían por otros medios. Sólo Genet elogia de manera hiperbólica esas relaciones, sexuales y de poder, sólo él es capaz de extraerles un lado lírico y emotivo.

Aunque, por supuesto, puede surgir el amor en esas relaciones que crecen en medio tan adverso; Sapienza cuenta la historia de una prisionera que, tras salir de la cárcel, vuelve a delinquir para regresar junto a la mujer de la que se había enamorado.

Boyle, Collins y otros hablan también de un miedo frecuente cuando se tiene la posibilidad, después de años sin ella, de entablar una relación con una mujer: el miedo a la impotencia, a no hacerlo bien, a decepcionar no sólo en lo estrictamente sexual, también en la relación. ¿Puede establecer una relación «normal» quien lleva tantos años viviendo en relaciones forzadas, marcadas a menudo por la desconfianza o por la necesidad de defender el propio territorio? Es frecuente que quien ha pasado mucho tiempo en prisión busque pareja entre personas con experiencia similar: por un lado, porque hay cosas difíciles de compartir con quienes no las conocen; por otro, porque quien ha estado en prisión se siente «poco cualificado» para buscar pareja en el mundo no marginal; sólo quien también ha pasado por la cárcel puede comprender el delito y no contemplarlo como un defecto, como un baldón por el que como mucho se disculpa al compañero.

Salir, todos los presos sueñan con ello, se desesperan si la ansiada libertad condicional se retrasa, se imaginan que la felicidad sólo es posible allá fuera, lejos de guardianes y barrotes, de la disciplina carcelaria. A la mayoría les costaría reconocer que no son más felices en libertad. Pero a veces no es la felicidad lo que necesitamos, sino la sensación de autonomía, de ser dueños del propio destino. Ser infeliz en libertad es menos humillante que serlo porque otros te obligan a ello. La literatura sobre la salida es una literatura de aprendizaje, volcada en el yo, su crecimiento, sus limitaciones. También sobre las limitaciones de la libertad, tan sobrevalorada: ¿para qué quedar libre?, se pregunta Parker viendo cómo viven sus amigos. ¿Para pasar las noches delante del televisor o emborrachándote en el pub mientras mantienes conversaciones banales o saliendo con prostitutas que te parecen tan vulgares como aburridas? La rutina de fuera no suele ser más interesante que la de dentro, pero es más decepcionante precisamente porque se supone que tú la eliges. Por eso la nostalgia de la excitación, de una vida llena de emociones, es un aliciente más para delinquir..., lo que puede significar nuevos años de cárcel. Los exconvictos, como los exalcohólicos, saben que pueden recaer, que se enfrentan a una lucha de años para no volver a las andadas. Y también saben que, con frecuencia, la sociedad no les va a poner las cosas fáciles.

Jack Black, en las últimas páginas de su autobiografía, menciona las primeras tentaciones con las que se va encontrando, la primera el alcohol, pero sobre todo actuar sin una decisión previa, respondiendo sin más a los estímulos que recibe. Entonces se resuelve a trazar un plan, un mapa de su futuro. Con ese estilo algo neutro, casi frío que le caracteriza, narra su éxito; no es el de quien ha ganado la lotería, sino el de quien ha minimizado las pérdidas. *You Can't Win (Nadie gana)* es el título del libro y el credo desengañado del exdelincuente; la delincuencia puede ofrecerte una vida emocionante por un tiempo, pero el precio que pagas es excesivo. «En trece años he aprendido a trabajar; puede que algún día aprenda a que me guste», concluye y, a pesar del tono casi piadoso de sus últimas páginas, no consigue contagiar entusiasmo alguno con sus buenos propósitos y sus elogios a la vida dentro de la ley. Para bien o para mal, todos necesitamos una cierta excitación, el riesgo, la atracción de lo prohibido; y si no lo encontramos en nuestras vidas lo buscamos en la literatura.

6. Etcétera: a modo de apéndice

El etcétera se vuelve inevitable. Podría haber escrito muchas más biografías de las que aparecen en las páginas anteriores. Y no es que careciese de interés hacerlo; cada vida encierra decenas de novelas, cada día de una persona, y no hace falta que se trate de un condenado a muerte, alberga maravillas y abismos. Toda obra literaria, incluso la más ínfima, tiene algo que enseñarnos.

Pero he intentado no ser en exceso prolijo ni repetitivo. Y sin embargo, para los lectores más interesados no podía dejar de mencionar a otros autores delincuentes que no aparecen o lo hacen sólo de pasada. Es verdad que serán despachados en unas pocas frases; nunca habré sido tan injusto como con este veredicto algo brutal que los condena a quedar reducidos a tan exigua historia.

Empezando por Bunker, claro; el gran ausente; si no se ha llevado un capítulo propio ha sido para no escorar demasiado el libro hacia las cárceles estadounidenses. Quizá sea uno de los mejores de este apartado; se lo trabajó; escribió cinco novelas en la cárcel antes de que le aceptasen la sexta; nunca presidiario alguno puso tanto empeño en convertirse en escritor; su infancia hubiese requerido un nuevo Dickens para contarla; pero la cuenta él mismo, en *Mr. Blue**, adaptando para sí el alias que lleva en el papel de *Reservoir Dogs;* porque además de escritor se hizo actor; a Tarantino le gustaron su pose y su cara de tipo duro. Como para no serlo: peleas continuas de

---

* El título completo es *Mr Blue: Memoirs of a Renegade;* en español se tradujo como *La educación de un ladrón.*

sus padres; recorridos por diversos internados para pobres; experto en fugas desde que tiene uso de razón; recibe palizas sádicas a manos de los cuidadores. Comienza a cometer pequeños delitos, acaba siendo heroinómano, asaltador de bancos, traficante. Pasa temporadas en Folsom, en San Quintín. Infringe sus libertades condicionales; al final queda libre tras fingir, al parecer de manera convincente, que estaba loco. Su libro *No hay bestia tan feroz* es un clásico de la novela negra.

Menos aplicados, o menos talentosos, otros muchos convictos han intentado ganar la respetabilidad mediante la literatura; y si no respetabilidad, al menos algo de dinero. Para empezar por uno que no quiso ninguna de las dos cosas, Larry Winters, compañero de Jimmy Boyle en la Unidad Especial de Barlinnie; había matado a un hombre; fue uno de los presos más violentos de Escocia; le fue diagnosticada una personalidad psicopática; la heroína y la cocaína no consiguieron calmar su ira; escribía poemas, nada con lo que hacerse rico, y difícilmente famoso. ¿Puedo traducir un fragmento suyo que me parece conmovedor para alguien que ha pasado tantos años en la cárcel? Claro que puedo, éste es mi libro. «En solitario y en paz / reflexiona / yo soy tú y / tú eres yo / entre nosotros / nada más que el espacio.»

Paul Ferris fue uno de los gánsteres más conocidos de Escocia; con pocos escrúpulos y mucha seguridad en sí mismo; traje a medida y camisa de mil libras, sonrisa para la cámara y guiños a los periodistas; se nota que le encanta la notoriedad. Ha sido absuelto más veces que condenado; por falta de pruebas, por testigos dudosos, por argucias legales. Su primer libro lo escribió en la cárcel y es, cómo no, un intento de exculparse de los delitos más graves. Después ha escrito tres novelas más. También es hombre de negocios; su empresa de seguridad ha sido elegida para proteger las cámaras instaladas en una autopista y un juzgado municipal. Al fin y al cabo, un buen criminal posee los conocimientos necesarios para ser un buen policía.

¿Qué tendrán las cárceles escocesas para provocar esa pasión por la literatura? Ya he hablado de Boyle, de Ferris, de Collins. Citaré ahora a otros dos delincuentes escritores escoceses: Howard Wilson; asesinó a dos policías; su primera novela, *Angels of Death,* obtuvo el Koestler Award, que se concede a artistas que se encuentran en prisión. Y Alan Weaver, otro convicto de Barlinnie, que ahora, además de escribir, se ocupa como asistente social de jóvenes delincuentes.

John McVicar, especialista en atracos a mano armada, más periodista que escritor, es uno de esos delincuentes que cuentan con la simpatía del público aunque fue declarado Enemigo Público n.º 1 por Scotland Yard. Escribió un libro autobiográfico en el que contaba su fuga de la cárcel de máxima seguridad de Durham. Era lógico que hiciesen una película basada en su autobiografía. La protagonizó Roger Daltrey, el cantante de The Who. McVicar se licenció en Sociología y se especializó en escribir para la prensa sobre procesos penales.

Otro experto en fugas, que dio mucho que hablar en los años sesenta en España, fue Eleuterio Sánchez, el Lute, miembro de una familia de quincalleros nómadas; después de pasar seis meses en la cárcel por robar dos gallinas, debió de pensar que no merecía la pena dedicarse a delitos tan pequeños si de todas formas las sentencias eran tan draconianas; en 1965 lo atrapan tras el robo a una joyería en el que murió un empleado de seguridad. Fue condenado a muerte en un juicio sumarísimo, es decir, sin las debidas garantías procesales, pero su pena fue conmutada a cadena perpetua. El Lute se fugó mientras lo trasladaban a otro penal y dio inicio a su leyenda. De nuevo en la cárcel, aprendió a leer y escribir, y estudió Derecho. Sus dos libros autobiográficos *Camina o revienta* y *Mañana seré libre* tuvieron un enorme éxito y fueron llevados al cine. Hoy tiene un bufete de abogado.

Hay quien realizó el camino casi inverso: de jurista en ciernes a delincuente. Burkhardt Driest era un buen estudiante, aunque de comportamiento conflictivo. Iba para abogado, pero le apasionaban las mujeres —y viceversa— y la buena vida; mientras estudiaba en Berlín, Kiel y Gotinga iba sumando deudas. Poco antes de sus exámenes finales realizó un atraco a mano armada que le rindió poco menos de seis mil marcos. No sé si le dio tiempo a pagar sus deudas o a gastárselo. Fue detenido una semana más tarde. Cuando salió de la cárcel tres años después tuvo que desempeñar todo tipo de oficios, hasta que decidió aprovechar su buena planta y trabajar como actor. Actuó en películas de Werner Herzog y de Fassbinder entre otros. Pero lo que a mí me interesa es que también escribió. Guiones, teatro, novelas. La más conocida de éstas es probablemente *Die Verrohung des Franz Blum,* libro escrito de forma muy escueta, realista, voluntariamente carente de tensión dramática; una especie de recuento de un mundo deshumanizado sin juicios explícitos y sin crear lazos de simpatía con el lector. Blum es uno más, no es heroico, no es valiente; se siente perdido en el mundo carcelario pero no pide comprensión al lector; va actuando según las circunstancias; la brutalidad es cotidiana y no se presenta como espectáculo, es más bien una sensación que un acto. En YouTube se puede encontrar una de sus apariciones más sonadas en televisión. Driest, sentado en un sillón con las piernas abiertas, fumando, camisa a medio abotonar, chaqueta de cuero y vaqueros ajustados, provocador, seguro de su encanto viril, y a su lado una Romy Schneider que se lo come con los ojos y de repente le dice: «Me gusta usted, me gusta usted mucho», y le pone brevemente la mano en el brazo.

También tuvo derecho a su película Jacques Mesrine, otro experto en fugas; escapó en varias ocasiones de la policía francesa y de la canadiense, consiguió esquivar al FBI cuando éste dio con él en Venezuela, en más de una ocasión se abrió camino a tiro limpio. Los franceses lo adoraban; «el Robin Hood francés» lo llamaban, como si asaltase bancos y joyerías para financiar a una ONG. Escribió, cómo no, su autobiografía en la cárcel; pero en lugar de justificarse o proclamar su inocencia, se acusó de crímenes que nadie sabía que había cometido. Tanta popularidad tenía que despertar odios entre los policías. Al fin y al cabo, se trataba de un asesino, y para colmo de uno que les hacía quedar una y otra vez como idiotas. Cuando dieron con él después de una nueva fuga no le ofrecieron la oportunidad de defenderse, tampoco de rendirse. Le acribillaron dentro del coche y un policía le asestó el tiro de gracia. Como es sabido, también hay delincuentes que llevan uniforme.

Y los hay tan camaleónicos que no es fácil saber de qué lado están. Como Edgar Smith, que asesinó a una chica de quince años en 1957 aplastándole la cabeza con una piedra, pasó catorce años en el corredor de la muerte, se escribió con William F. Buckley Junior, un intelectual conservador convencido de la inocencia de Smith que consiguió para él la libertad condicional; Smith escribió sobre sus experiencias, sobre la reforma del código penal, se convirtió en una figura popular en la televisión y en la prensa... y más tarde secuestró e intentó matar a otra mujer, lo que lo arrojó de nuevo a la cárcel y al olvido.

Norman Parker, condenado a cadena perpetua por homicidio y por asesinato, fue un preso rebelde que participó en todo tipo de revueltas en prisión. Uno de esos presos de los que cualquier alcaide está deseando librarse. Pasó veintitrés años seguidos en la cárcel. Ha escrito varios libros, uno de ellos supuestamente autobiográfico: *Life After Life*. Aunque el protagonista lleva su nombre y muchos de los sucesos que cuenta ocurrieron más o menos así, poco a poco el libro se va convirtiendo en una historia de amor, de autodestrucción y finalmente de... fantasmas. Obtuvo una licenciatura de la Open University y, ya en libertad, realizó un máster en criminología.

Mucho más lejos en su conversión fue el legendario Eugène-François Vidocq (véase imagen 13), quien tuvo una vida interesante, es decir, difícil, que abarcó el último cuarto del siglo XVIII y la primera mitad del XIX. Ladrón desde la más temprana adolescencia, buen espadachín, desertor después de abofetear a un superior, duelista —en general por asuntos de faldas—, estafador, experto en fugas, en disfraces, en cambiar de personalidad para esconderse... hasta que el delincuente emprende una transformación, o quizá es sólo un nuevo disfraz: se ofrece como informante en la cárcel. Se gana así el aprecio de sus superiores espiando a otros convictos y consigue ser liberado anticipadamente (simulando una fuga para no despertar sospechas en sus compañeros). Tras quedar en libertad se hace policía y acaba creando la Sûreté Nationale, la policía secreta francesa, a cuyos agentes entrena él mismo. Después de tener problemas con sus superiores se convierte en empresario, luego en dueño de una agencia de detectives... ¿Por qué no dedico un capítulo a individuo tan interesante? Porque difícilmente puede decirse de él que es un escritor aunque su autobiografía fue un auténtico *best seller*. El problema: no la escribió él. Vidocq había iniciado el trabajo, pero fueron otros los que la terminaron, después de que así se lo aconsejasen Hugo, Balzac y Dumas. Era, como se ve, un hombre bien relacionado. El resto de sus libros fueron ensayos jurídicos y criminológicos. Cito una de sus frases: «La sociedad, ente moral, no puede tener pasiones, por lo que no puede exigir venganza». Vidocq fue quizá un gran farsante, pero no una persona banal; sus reflexiones contra el trato inhumano a los presos, contra las celdas de castigo («El aislamiento vuelve misántropos a los hombres; y el misántropo está cerca de volverse malvado»), contra la pena de muerte (porque además de inútil, corrompe, como los suplicios, a la sociedad que la impone) siguen teniendo validez hoy día.

También necesitó ayuda para escribir su autobiografía Jack Black; para ello eligió a una mujer, Rose Wilder

Lane, la misma que echaría una mano, y quizá más, a su propia madre para escribir *La casa de la pradera*. Hábil escritora tenía que ser para conjugar temáticas y estilos tan distintos. El libro de Black es un prodigio de contención; narra sus aventuras de vagabundo y bandolero, que le llevaron a recorrer buena parte de Estados Unidos y de Canadá, sin patetismo y sin épica; las cosas fueron así, parece decir, y no hay nada de lo que enorgullecerse ni de lo que avergonzarse. A través de sus ojos, más bien de todos sus sentidos, asistimos al declive del mítico Lejano Oeste, sustituido por una modernidad en la que parece imposible la aventura. Quizá previendo que un día acabaría aburriéndose de su vida honrada, Black afirmó que se suicidaría el día que se cansase de la rutina. Y dicen que cumplió su palabra arrojándose a las aguas del puerto de Nueva York.

Eldridge Cleaver, George Jackson y James Carr, los tres fueron miembros del grupo revolucionario Panteras Negras; los tres escribieron obras autobiográficas —así consideraría también muchas de las cartas que escribe Jackson— entremezcladas con el pensamiento político que fueron desarrollando en la cárcel. Quizá no fueran grandes escritores ni grandes pensadores, pero son a la vez testigos y protagonistas del desarrollo de la conciencia revolucionaria de los negros en los guetos y las cárceles, de la violencia sufrida, a la que decidieron no poner la otra mejilla. Jackson fue abatido a tiros en San Quintín; Carr en la calle, en condiciones poco claras; Cleaver, el ardiente defensor de la guerrilla urbana, acabó apoyando al Partido Republicano.

Otro trío interesante son los pornógrafos Sade, Mirabeau y Cleland. Los tres tuvieron problemas con la justicia por sus libros, pero además estuvieron encerrados por diversos delitos. Cada uno de ellos merece estudios individuales, y los tiene. Me limito aquí a nombrarlos.

Gregory David Roberts es un personaje pintoresco, que probablemente dará que hablar, más aún de lo que lo hizo con su primera novela: *Shantaram*. Él iba para profesor de literatura y filosofía, pero una depresión lo empujó hacia el consumo de heroína. Fue condenado a diecinueve años de prisión por una serie de robos a mano armada que cometió, según él con una pistola de juguete, para pagarse la heroína que consumía. Ayudado por una banda de moteros y por activistas políticos, escapó de la cárcel de máxima seguridad de Victoria (Australia) y se lanzó a una muy variada carrera delictiva. En Nueva Zelanda fue encarcelado dos veces y escapó otras tantas de prisión. Trabajó para grupos de delincuentes de Bombay, traficó con armas para los muyahidines en Afganistán y realizó contrabando de oro, divisas y pasaportes. En esa época escribió cuentos y actuó en alguna película de Bollywood. Afirma haber creado una clínica gratuita en los *slums* de Bombay. Se trasladó a Europa, viajó por África, dirigió una banda de rock, se dedicó a diversas actividades ilegales hasta que lo atraparon en Alemania y fue extraditado a Australia en 1991. Pasó dos años en una celda de castigo; empezó a trabajar en su primera novela, *Shantaram,* de la que cuenta que un guardián destruyó dos veces varios cientos de páginas. Aparte de escribir, ha desarrollado teorías filosóficas y cosmogónicas. Es uno de esos autores que no consigo tomarme en serio, aunque haga un esfuerzo por librarme de mis prejuicios y leerlo lo más objetivamente posible; ¿es por fotografiarse posando sobre una Harley con atuendo de rockero? ¿O por sus poemas sentimentaloides que se pretenden profundos y tremendamente humanos? ¿O porque no desdeña chapotear en las someras aguas de una filosofía existencial *prêt-à-porter* que podría haber escrito el mismísimo Paulo Coelho? ¿O porque tengo la impresión de que manipula su autobiografía de manera tan descarada como calculada? Ya ven, no he conseguido librarme de mis prejuicios. Pero a él qué le importa. Su novela *Shantaram* le ha vuelto un personaje conocido en todo el mundo, con miles de fans, algunos de los cuales escriben en foros de

Internet que su vida ha cambiado después de leer la novela, y probablemente se volverá aún más popular cuando se estrene la película basada en *Shantaram,* que ha sido anunciada y pospuesta varias veces y que ahora parece se estrenará en 2011.

Hoy parece que un escritor no es nada si no lo llevan al cine o, por lo menos, a la televisión. El colombiano Andrés López López no se podrá quejar desde que su novela *El cartel de los sapos* —*sapo* significa «chivato» en el argot narco— fue llevada a televisión. Extraficante de drogas que se entregó a la justicia estadounidense en 2001, empezó a escribir en la cárcel y tras la novela ha publicado en colaboración con un periodista *Las Fantásticas,* un libro sobre las mujeres de los narcos. Por lo que anuncia, seguirá escribiendo sobre carteles, narcos, drogas y cárceles hasta que se agote el filón.

Famoso, a su manera, lo es también Issei Sagawa, el apodado «japonés caníbal». Cito un artículo en el que Julio Ramón Ribeyro intentó explicar el caso:

«La humanidad había tardado milenios en sofocar impulsos culturalmente aceptados en sus orígenes (la antropofagia, entre otros) para recuperarlos mediante fórmulas del lenguaje poético o familiar.

»Ya nadie se come a su amada: se lo dice. Ya nadie mata al amigo, ni siquiera al enemigo: durante una polémica, lo amenaza con "aniquilarlo" o "hacerlo papilla". El lenguaje permite realizar simbólicamente pulsiones que, primitivamente, podían cumplirse sin infringir la norma.

»Decir es una cosa, pero hacerla, otra. En Akito el decir y el hacer recobraron su unidad original. Su delito consistió en haber tomado una metáfora al pie de la letra.»

Sí, Issei Sagawa, estudiante de literatura comparada en París, buen conocedor de la poesía amorosa medieval, joven solitario e introvertido, invitó a su piso a la única chica que hablaba con él, una joven holandesa que quizá se le acercó por compasión. Issei le pidió que le leyese un poema que, de forma nada casual, versaba sobre la muerte, y mientras ella leía en voz alta la mató de un disparo de escopeta en la cabeza. Tras mantener relaciones sexuales con el cadáver, si se puede utilizar así la palabra relación, comenzó a devorarlo, y a eso se dedicó durante los tres días siguientes. Su crimen fue descubierto después de que intentara desembarazarse de una maleta con los restos de la joven en el Bois de Boulogne. El padre, hombre rico e influyente en Japón, movió todos los hilos que pudo y pagó a un buen abogado para conseguir que su hijo fuese declarado irresponsable de sus actos por enajenación mental y para que le permitiesen internarse en un psiquiátrico en Japón, donde no pasó ni siquiera un año y medio. Sagawa ha escrito varios libros, todos ellos relacionados con su crimen, y parece encantado con su papel. Los Rolling Stones le dedicaron una canción, *Too Much Blood*. Sagawa ha aparecido en algunas películas pornográficas, sigue explotando el tema del canibalismo en sus escritos y es invitado frecuente a programas de telebasura, ese purgatorio donde se hacinan los mediocres que temen el infierno del olvido.

Este capítulo estaría aún más incompleto de lo que necesariamente está si no dedicase al menos unos renglones a Alfonso Vidal y Planas, escritor inestable, y amante de la polémica, inclinado a la sátira, la poesía y la metafísica. Javier Barreiro describe muy bien en dos frases su obra y su vida: «No debe de haber otro escritor del siglo xx español con más signos de exclamación en su obra. La intensidad no la logra, como sería lo canónico, con el estilo sino con la tipografía y con el latigazo de los asuntos que toca [...]. Ningún exceso falta en la vida de este buen hombre que tuvo la suerte y la desdicha de atravesar casi todos los estados». También supo zancadillear carreras y mutilar famas este bohemio que en su juventud pasó casi sin darse cuenta del seminario a los burdeles, del cilicio al preservativo, catedrático en hambre y doctor en miserias más que soldado mercenario, pues si empuñó un arma fue para que le llenasen la cazuela. Excesivo, soez, insultante, conoce más de una cárcel acusado de libelo, y escribe, escribe sobre temas serios, muy serios, con un tono pomposo, declamatorio, cargante. El estilo es involuntariamente cómico: «Matar a una mujer hermosa es un crimen tan brutal y repugnante, que sería capaz de escandalizar hasta a los propios escorpiones», exclama, obligándonos sin querer a reflexionar sobre la gravedad de matar a una mujer fea. Y también: «¿Han de pudrirse mis días, igual que florecillas dentro de un ataúd, en los tristes eriales del destierro, en las frías camas de los hospitales sombríos y en las celdas horribles y tenebrosas de las inquisitoriales prisiones españolas?». Pero el estilo melodramático no debe ocultar que con sus novelas de prisión Vidal y Planas hace una justa crítica a las atroces condiciones de vida en las cárceles españolas, en particular en la Modelo de Madrid, y también es atinada su crítica a las condiciones de la prisión preventiva, para acusados de los que la mayoría sale libre y sin embargo han sido tratados como los peores delincuentes —sin querer implicar aquí que el trato que se daba a los delincuentes estuviese más justificado—. Vidal y Planas parecía destinado a pudrirse en las cárceles y, cuando salía, en tabernas de mala muerte.

Y sin embargo le llegó el éxito: su obra de teatro *Santa Isabel de Ceres,* en la que narra los amores de un artista que intenta redimir a una prostituta —tema, por cierto, autobiográfico—, llenó los teatros. La obra le procuró una riqueza de la que se deshizo con rapidez derrochando a manos llenas, y quizá le procuró también la envidia de Luis Antón del Olmet, compañero de pluma y de correrías, hasta que el 2 de marzo de 1923 Vidal y Planas lo mató de un disparo en el Saloncillo del Teatro Eslava. Como los dos hombres estaban solos, se desconocen las circunstancias. También se desconocen los motivos, que quizá incluyan los celos.

Sólo pasó tres años en la cárcel gracias al indulto que solicitaron —él se negaba a pedirlo— varios intelectuales de la época. Después viene una etapa de actividad política inspirada por el anarquismo, la guerra, durante la cual consiguió sacar de la checa a bastantes detenidos y, por fin, el exilio americano. Su carrera termina de manera inesperada para una biografía tan extrema: se doctoró en Metafísica por la Universidad de Indianápolis, dio clase en varias universidades americanas y acabó siendo catedrático en Tijuana. Si sus libros están justamente olvidados, es una pena que también lo esté ese testigo inmediato de la bohemia y del desbarajuste intelectual y social de los años veinte en España.

Otro marginal, alcohólico, conocedor de antros, cárceles y la vida arrastrada de la marginalidad fue el boliviano Víctor Hugo Viscarra; autor de un diccionario del hampa, de cuentos y de la obra autobiográfica *Borracho estaba, pero me acuerdo,* murió de cirrosis a los cuarenta y siete años perdiendo así la pelea contra el último trago.

A esta nómina interminable habría que añadir a Verlaine; imaginemos que no hubiese sido un gran poeta, que la calidad de sus versos hubiese sido comparable a la de un Vidal y Planas o como mucho a la de un Pedro Luis de Gálvez; aun así se habrían escrito ensayos sobre su biografía, su filosofía vital, su carácter autodestructivo. Verlaine, además de poeta, fue testigo y protagonista de la vida bohemia parisina, de las turbulencias políticas de la Comuna, del malditismo que se presentaba como un desafío o una náusea frente a una sociedad conforme e hipócrita; el alcohol, las drogas, la experimentación sexual, el desprecio del dinero y las comodidades (la comodidad, el confort, palabras clave para una sociedad que, hasta nuestros días, ambiciona lo tibio y lo mullido, lo seguro y lo previsible, lo claro y lo cartografiado, la moderación como continente de una filosofía sin contenidos). Verlaine podría haber sido, por su origen, un pequeño burgués.

Pero prefirió la compañía de revolucionarios y de la absenta. Abandonó la vida conyugal para huir con Rimbaud, para perseguir a ese joven inasible. Lo demás es ampliamente conocido: Verlaine pasó dos años en las cárceles belgas por tentativa de asesinato: había disparado sobre Rimbaud en un cuarto de hotel de Bruselas, loco de furia porque su amigo se proponía abandonarlo. Verlaine y su madre, que se alojaba en el cuarto de al lado, llevaron al herido al hospital y consiguieron hacer creer que se había tratado de un accidente. Más tarde le acompañaron a tomar el tren, pero en un nuevo ataque de ira Verlaine volvió a sacar el revólver; Rimbaud, que había aprendido la lección, fue a refugiarse detrás de un policía.

Verlaine pasó otras dos veces por la cárcel. Uno de sus libros, *Mis prisiones,* narra su época carcelaria, que parece más plácida que la vida en libertad. Él mismo confiesa que la cárcel le hace bien. Un respiro, un momento de transición, la reflexión sobre una vida distinta, con menos aristas y desgarros. Pero se abren las rejas, Verlaine sale a la calle, echa a andar y ya sólo es cuestión de días que vuelva a encontrarse consigo mismo, con el ser desaforado que le impulsa a no quedarse ahí, como todos esos otros cadáveres exquisitos, invirtiendo en bolsa y conversando en voz baja en los cafés de los hoteles de lujo. Verlaine vuelve a preferir la silla de madera al mullido sillón, la compañía de las putas a la de las esposas y las suegras. Está tan hundido que hasta su poesía se corrompe y se marchita. Muere a los cincuenta y un años. El día siguiente, un brazo de la Poesía, una de las estatuas de la Ópera, se estrella contra el suelo. Me parece excesivo el simbolismo que algunos han encontrado en ese accidente. En realidad, Verlaine y la poesía hacía tiempo que habían abandonado sus relaciones culpables.

Quedaría aún hablar de:

Johann Unterweger —también conocido como Jack Unterweger—, austriaco, hijo de una prostituta y de un soldado americano; al igual que Jack Abbott, salió de la cárcel gracias a la presión de intelectuales que veían en él un caso exitoso de resocialización; había sido condenado a cadena perpetua por el asesinato de una joven; en la cárcel, donde pasó dieciséis años, escribió cuentos, una autobiografía, teatro, poemas. Tras salir en libertad asesinó, en Austria y en Los Ángeles, al menos a nueve prostitutas, a las que estranguló con el sujetador. Él mismo se ahorcó en 1994 después de ser condenado nuevamente a cadena perpetua.

Gilberto Flores Alavez, mexicano, hijo de un conocido político, doble parricida, si bien él no ha admitido su crimen; en los setenta se le acusa de matar a sus abuelos. Escribe *Beso negro,* donde se recrea en el ambiente homosexual carcelario.

Charles Bronson, pseudónimo de Michael Gordon Peterson, exboxeador a puño desnudo, atracador, poeta, autor de obras autobiográficas y de varios libros de fitness, para los que ha desarrollado método y dieta propios, sigue en prisión, condenado a cadena perpetua, y participando con frecuencia en peleas y en tomas de rehenes.

Noel Razor Smith tiene cincuenta y ocho condenas a sus espaldas y varios libros de corte autobiográfico. Aún en prisión, es uno de esos convictos que ha aprovechado las ofertas pedagógicas con un ansia que rara vez experimenta una persona libre.

El poeta de Nuevo México Jimmy Santiago Baca, que aprendió a leer y escribir en la cárcel y también encontró el consuelo y la posibilidad de redención —o de integración— a través de la literatura.

Thomas Griffiths Wainewright, dandi, más pintor que escritor, sospechoso de envenenar a su abuelo, a su suegra y a su cuñada, pero convicto únicamente por haber falsificado cheques para obtener su herencia, que había quedado en fideicomiso. Leve delito por el que fue condenado a una de las colonias penitenciarias más duras del mundo, en Hobart Town, Van Diemen's Land (hoy Tasmania). Oscar Wilde le dedicó una de sus frases afiladas: «[...] hay algo dramático en el hecho de que recibiera tan severo castigo por el que, si recordamos su influencia en la prosa del periodismo moderno, no fue desde luego el peor de sus pecados».

Henry Savery, autor de la primera novela australiana, *Quintus Servinton*. Igual que Griffiths Wainewright, fue condenado por falsificación de cheques, y también como él conoció la dureza del penal de Hobart en Van Diemen's Land, apenas diez años antes de que llegase allí Wainewright; es posible que se conociesen, ya que coincidieron al menos unos días en la misma prisión. Tras más de un intento de suicidio, consiguió cortarse el cuello en la prisión de Port Arthur, a sesenta kilómetros de Hobart, adonde había ido a parar por deudas después de vivir unos años en libertad condicional.

Erwin James es otro de esos casos que tanto tranquilizan la conciencia social: un delincuente, si quiere, puede llegar lejos en la vida, el equivalente de «en Estados Unidos cualquiera puede llegar a presidente», lo que traslada alegremente la culpa de cualquier fracaso al individuo y no al contexto social. James pasó veinte años en la cárcel por asesinato; en uno de sus libros afirma que es lo mejor que le pudo pasar, porque fuera no tenía a nadie que lo esperase y ninguna expectativa de cambiar de vida. Siguió diversos cursos, aprendió a escribir decentemente y, tras superar los habituales obstáculos administrativos para los presos que desean publicar, empezó a escribir columnas semanales sobre la vida en prisión para *The Guardian*. Son columnas en las que se cuentan los pequeños y grandes acontecimientos, con un estilo sencillo y práctico. Su trabajo fue adquiriendo notoriedad, que se vio empañada con un escándalo cuando se descubrió que había mentido en artículos en los que relataba su participación en ciertas acciones bélicas durante el período que pasó en la Legión

Extranjera. Él se excusó diciendo que había introducido distorsiones para despistar a quienes especulaban sobre su identidad, pues Erwin James es un pseudónimo.

Para terminar este elenco incompleto he elegido un caso desconcertante que une de manera tan imprevisible como literaria realidad y ficción.

Krystian Bala, polaco, fue un estudiante brillante de filosofía, aficionado a Wittgenstein, Nietzsche, Derrida, Foucault. Su otra afición era el alcohol. Arrogante intelectualmente, celoso, lo que he leído sobre él me hace pensar en un hombre que camina constantemente al lado de un espejo y comprueba una y otra vez si refleja la imagen adecuada. Cuando su mujer se separa de él, Bala contrata a un detective y descubre que ella se ha visto en un motel con un hombre (al parecer, no se hicieron amantes porque él le confesó que estaba casado). Poco tiempo después, en noviembre de 2000, unos pescadores descubren un cadáver en un río; según la autopsia, murió ahogado; su estómago estaba vacío, lo que indicaba que le habían tenido sin comer durante días. Sólo llevaba una sudadera y la ropa interior. Tenía las manos atadas a la espalda y un lazo al cuello que había estado unido a las ligaduras de las manos, manteniéndole en una postura dolorosa en la que cada movimiento apretaba más el lazo. Antes de morir, el hombre había sido torturado. El caso se archivó a los seis meses, pues no se había encontrado ni un solo indicio sobre el asesino. Hasta que a finales de 2003 un subinspector de policía particularmente tozudo se puso a revisarlo; releyendo los archivos, se dio cuenta de que nunca se había encontrado el teléfono móvil de la víctima; tras iniciar una búsqueda, descubrió que alguien lo había vendido en un portal de subastas en Internet. El vendedor era Krystian Bala.

El policía empezó a investigarlo de lejos —Bala se encontraba a esas alturas en el extranjero, era profesor de lenguas y de submarinismo— y fue juntando indicios.

Pero el principal, el que le convenció de que estaba sobre la pista correcta, fue la novela que el mismo Bala publicó en 2003: *Amok*. El libro no ha sido traducido a otros idiomas, pero, a juzgar por las descripciones que he leído sobre él, es un libro violento, deliberadamente obsceno, que recuerda a *American Psycho* aderezado con reflexiones filosóficas entre nietzscheanas y postmodernas.

Aunque se tratase obviamente de una obra de ficción, había demasiadas similitudes con el propio Krystian Bala y con el asesinato, empezando por el nombre del protagonista, Chris, siguiendo por sus aficiones filosóficas y porque vende en Internet el puñal con el que asesina a su víctima, a la que también había puesto un lazo corredizo en el cuello. El policía examina minuciosamente el texto y sigue encontrando indicios; Bala, más tarde, se lamentaría de haber sido el primer condenado por los indicios hallados en una novela. Pero no es la ficción la que lleva a Bala a la cárcel: entretanto el policía aficionado a la lectura ha descubierto muchas más cosas, y todas señalan a Bala como autor del crimen: que la tarjeta usada para llamar al móvil de la víctima justo antes de desaparecer también se utilizó para llamar a personas del entorno de Bala; que en el mismo portal en el que había sido vendido el móvil, Bala había consultado un libro sobre ahorcamientos; y que en los períodos en los que Bala había estado en Japón, Corea y Estados Unidos, alguien había entrado desde esos países en la página web de un programa de televisión en el que se solicitaba ayuda para resolver el caso. Y, por fin, un nuevo interrogatorio de la exmujer de Bala reveló que ella había flirteado con la víctima y que Bala le había hecho una escena, aunque ya estaban separados. Pruebas circunstanciales todas ellas, es cierto, pues nadie había visto juntos al acusado y la víctima, no había testigos del asesinato, ni se descubrió el lugar en el que la víctima había sido torturada y mantenida secuestrada durante días. Pero el jurado decidió que eran suficientes para imponerle una condena a veinticinco años de prisión. Bala sigue jurando que es inocente y ha prometido una segunda novela, aún más violenta y provocadora que *Amok*. En su ordenador la policía descubrió que había estado recabando información sobre el nuevo novio de su exmujer y había intentado entrar en contacto con él en un chat. No parece improbable que Bala estuviese planeando otro asesinato y la correspondiente novela.

Bibliografía

Las referencias bibliográficas que figuran en esta lista pertenecen a la edición más reciente en español, si la hay, o a aquella que he utilizado en la lengua original. Así los lectores interesados podrán encontrar con mayor facilidad una obra determinada. Con el fin de evitar confusiones sobre la cronología, señalo entre paréntesis el año de la primera edición en la lengua original.

En general, he preferido utilizar las ediciones en la lengua original y, salvo en un par de ocasiones, traducir yo mismo las citas que he empleado en el texto; esto puede suponer diferencias entre el texto de la edición española y el de mis citas.

Bibliografía general

Abbott, Jack Henry, *En el vientre de la bestia: cartas desde la cárcel*, Madrid, Martínez Roca, 1983 (1981).

Banks-Smith, Nancy, «Slightly posh and rather brut», *The Guardian*, 20/05/2003.

Barreiro, Javier, *Cruces de bohemia: Vidal y Planas, Noel, Retana, Gálvez, Dicenta y Barrantes*, Zaragoza, UnaLuna, 2001.

Black, Jack, *Nadie gana*, Madrid, Ediciones Escalera, 2010 (1926).

Branigan, Tania, «Beware, Lord Archer: Tories plan crackdown on prison books», *The Guardian*, 28/02/2005.

Bunker, Edward, *La educación de un ladrón*, Barcelona, Alba Editorial, 2003 (2000).

—, *No hay bestia tan feroz*, Barcelona, Sajalín Editores, 2009 (1973).

Canavaggio, Jean, *Cervantes en su vivir*, Alicante, Biblioteca Virtual Miguel de Cervantes, 2004.

Carlotto, Massimo, *Il fuggiasco*, Roma, Edizioni e/o, 2005 (1995).

—, *L'oscura immensitá della morte*, Roma, Edizioni e/o, 2005.

Charrière, Henri, *Papillon*, Barcelona, Random House Mondadori, 2002 (1969).

Driest, Burkhard, *Die Verrohung des Franz Blum*, Hamburgo, Rowohlt, 1974.

Duval, Patrick, *Le japonais cannibale*, París, Stock, 2001.

Ellis, Julian, *Fame and Failure; the Story of Certain Celebrities Who Rose Only to Fall*, Londres, T. Werner Laurie, 1919.

Foucault, Michel, *Vigilar y castigar. Nacimiento de la prisión*, México/Buenos Aires, Siglo XXI, 2005 (1975).

Gómez-Santos, Marino, *César González-Ruano*, Barcelona, Ediciones Clíper, 1958.

Gómez Unamuno, Aurelia, «Encierros del cuerpo y deveníres de la letra: Los discursos de lo carcelario», *Casa del Tiempo*, 4, México, UAM, febrero de 2008, pp. 71-77.

González-Ruano, César, *Cherche-Midi*, Barcelona, José Janés Editor, 1951.

Grann, David, «True Crime. A postmodern murder mystery», *The New Yorker*, 11/02/2008, pp. 120-135.

Griffiths Wainewright, Thomas, *Essays and Criticisms*, con un prólogo de Hazzit, Londres, Reeves & Turner, 1880.

Healy, Thomas, *A Hurting Business*, Londres, Picador, 1997.

—, *I Have Heard You Calling in the Night*, Londres, Granta Books, 2007.

Jackson, George, *Soledad Brother: The Prison Letters of George Jackson*, Londres, Penguin Books, 1971 (1970).

James, Erwin, *A Life Inside: A Prisoner's Notebook*, Londres, Atlantic Books, 2003.

—, *The Home Stretch: From Prison to Parole,* Londres, Atlantic Books, 2005.

Kelso, Paul, «Police to investigate case of Mary and the third diary», *The Guardian,* 21/07/2001.

London, Jack, *The Road,* Nueva York, Macmillan, 1907.

Long, Ryan, «Lecumberri, fact and fiction: The prison writings of Álvaro Mutis and Luis González de Alba», *Revista de Estudios Hispánicos,* vol. 40, núm. 2, San Luis, Washington University, 2006, pp. 361-377.

Maguire, Kevin, «Why Mary has stood by her man», *The Guardian,* 20/07/2001.

Motion, Andrew, *Wainewright the Poisoner,* Nueva York, Alfred A. Knopf, 2000.

Mutis, Álvaro, *Diario de Lecumberri,* México, Alfaguara, 1997.

Parker, Norman, *Life After Life,* Londres, John Blake Publishing, 2006.

Poniatowska, Elena, *Cartas de Álvaro Mutis a Elena Poniatowska,* México, Alfaguara, 2002 (1997).

Portela, Miren Edurne, *Displaced Memories: The Poetics of Trauma in Argentine Women's Writing,* Lewisburg, Bucknell University Press, 2009.

Prada, Juan Manuel de, *Desgarrados y excéntricos,* Barcelona, Seix Barral, 2001.

Ribeyro, Julio Ramón, «Al pie de la letra», en *Antología Personal,* México, FCE, 2002 (*Escandalar,* vol. 4, núm. 3, Nueva York, 1981).

Roberts, Gregory David, *Shantaram,* Barcelona, Umbriel Editores, 2006 (2003).

Sánchez, José León, *La isla de los hombres solos,* Barcelona, Organización Editorial Novaro, 1971.

—, *Cuando nos alcanza el ayer,* México, Grijalbo, 1999.

Sapienza, Goliarda, *El arte del placer,* Barcelona, Lumen, 2007 (2000).

—, *L'università di Rebibbia,* Milán, Rizzoli, 1983.

Savery, Henry, *Quintus Servinton: A Tale Founded upon Incidents of Real Occurence*, Sídney, University of Sydney Library (texto digital), 2000 (1830).

Sontag, Susan, «The artist as exemplary sufferer», en *Against Interpretation*, Londres, Vintage Books, 2001 (1964), pp. 37-48.

—, «Going to theater, etc.», en *Against Interpretation*, Londres, Vintage Books, 2001 (1964), pp. 140-162.

Sukri, Muhammad, *El pan desnudo*, Barcelona, Editorial Debate, 2000 (1973).

—, *El tiempo de los errores*, Barcelona, Editorial Debate, 1995 (1992).

Verlaine, Paul, *Mis hospitales y mis prisiones*, Madrid, Ediciones Júcar, 1991 (1891 y 1893).

Vidal y Planas, Alfonso, *El pobre Abel de la Cruz*, Barcelona, Casa Editorial Maucci, s. a.

—, *La vuelta al mundo desde mi celda*, Barcelona, La Novela Nueva, 1926.

Vidocq, Eugène-François, *Considérations sommaires sur les prisons, les bagnes et la peine de mort*, París, Éditions du Boucher, 2002 (1844).

VV. AA., *Álbum de Maqroll el Gaviero*, Bogotá, Aguilar/Altea/Taurus/Alfaguara, 2007.

Wayne, Peter, «School for writers: a prison cell», *The Times*, 04/08/2007.

Wilde, Oscar, *Intentions: The Decay of Lying, Pen, Pencil and Poison, the Critic as Artist, the Truth of Masks*, Nueva York, Brentano's, 1905.

Bibliografía por autor

Jeffrey Archer

Archer, Jeffrey, *Ni un centavo más, ni un centavo menos*, Barcelona, Grijalbo Mondadori, 1987 (1976).

—, *¿Se lo decimos al presidente?*, Barcelona, Grijalbo, 1987 (1977).

—, *A Prison Diary: 1. Hell*, Londres, Macmillan, 2001.

Crick, Michael, *Jeffrey Archer: Stranger than Fiction*, Londres, Fourth State, 2000.

Kelso, Paul, «Archer ordered secretary to doctor bogus diary, court told», *The Guardian*, 01/06/2001.

Morris, Steven, «Wife "not bothered" by Archer's affairs», *The Guardian*, 05/11/2004.

Pallister, David; Wilson, Jamie y Leigh, David, «New Archer link to coup plot alleged», *The Guardian*, 13/10/2004.

Sutherland, John, «Brought to book», *The Guardian*, 20/07/2001.

Williams, John, «As a con, he's just a beginner», *The Guardian*, 07/04/2003.

Abdel Hafed Benotman

Artus, Hubert, «Benotman, écrivain, ex-taulard et sans-papiers, en plein Kafka», *Rue89*, 13/01/2008.

Benotman, Abdel Hafed, *Les forcenés*, París, Éditions Payot & Rivages, 2000.

—, *Éboueur sur échafaud*, París, Éditions Payot & Rivages, 2003.

—, *Marche de nuit sans lune*, París, Éditions Payot & Rivages, 2008.

—, *Les poteaux de torture*, París, Éditions Payot & Rivages, 2009.

Bernard, Émilien, entrevista en *Article XI*, 04/10/2008.

Ovejero, José/Benotman, Abdel Hafed, entrevista del 23/09/2009.

Ricordeau, Gwénola, *Les rélations familiales à l'épreuve de l'incarceration: Solidarités et sentiments à l'ombre des murs*, tesis doctoral, París, La Sorbona, 2005.

María Luisa Bombal y María Carolina Geel

Adams, M. Ian, *Three Authors of Alienation*, Austin, University of Texas Press, 1975.

Bombal, María Luisa, *Obras completas*, compilación de Lucía Guerra, Santiago de Chile, Editorial Andrés Bello, 1996.

Cárdenas, María Teresa: *Todos los muertos que queremos, están vivos*, Revista de Libros de *El Mercurio*, 15/09/1991.

Costamagna, Alejandra, «María Carolina Geel: Cinco balas y un día», *El Mercurio*, 10/02/2009.

Gálvez Lira, Gloria, «María Luisa Bombal: Realidad y fantasía», Potomac (MD), Scripta Humanistica, 1986.

Geel, María Carolina, *Cárcel de mujeres*, Santiago, Editorial Cuarto Propio, 2000 (1956).

Orozco Vera, María Jesús, *La narrativa femenina chilena (1923-1980): Escritura y enajenación*, Zaragoza, Anubar Ediciones, 1995.

Tamayo Fernández, Caridad, *Hombres sin mujer y mujeres sin hombre*, La Habana, Editorial Letras Cubanas, 2005.

Vidal, Hernán, *María Luisa Bombal: La feminidad enajenada*, Barcelona, Clásicos y Ensayos, 1976.

Jimmy Boyle y Hugh Collins

Boyle, Jimmy, *A Sense of Freedom*, Londres, Pan Books, 1977.

—, *The Pain of Confinement*, Edimburgo, Canongate, 1984.

—, *Hero of the Underworld*, Londres, Serpent's Tail, 1999.

Collins, Hugh, *Autobiography of a Murderer*, Londres, Macmillan, 1997.

—, *The Licensee*, Edimburgo, Canongate, 2002.

—, *Walking Away*, Edimburgo, Canongate, 2000.

Mackay, Neil, «Reformed killer beat up his wife», *The Sunday Herald*, 07/11/1999.

William Burroughs, Neal Cassady & Co.

Burroughs, William, *Yonqui*, Barcelona, Anagrama, 2009 (1953).

—, *El almuerzo desnudo*, Barcelona, Anagrama, 2008 (1959).

—, *Queer*, Barcelona, Anagrama, 2009 (1985).

—, *Mi educación. Un libro de sueños*, Barcelona, Península, 1997 (1995).

— y Ginsberg, Allen, *Las cartas de la ayahuasca*, Barcelona, Anagrama, 2007 (1963).

Cassady, Carolyn, *Off the road: My Years with Cassady, Kerouac and Ginsberg*, Nueva York, Penguin Books, 1991.

Cassady, Neal, *El primer tercio*, Barcelona, Anagrama, 2006 (1971).

—, *Collected Letters, 1944-1967*, Nueva York, Penguin Books, 2004.

Filiquarian Publishing, *William S. Burroughs: Naked Biography*, en línea: www.biographiq.com/bookd/WSBNB 019

Grauerholz, James W., *The Death of Joan Vollmer Burroughs: What Weally Happened?*, American Studies Dept., University of Kansas, 2002, en línea: http://www.eons.com/uploads/8/2/82780027_death_of%20joan%20vollmer%20burroughs%20J%20Grauerholz.pdf

Kerouac, Jack, *En el camino*, Barcelona, Anagrama, 2009 (1957).

—, *Visiones de Cody*, Barcelona, Grijalbo, 1987 (1973).

Plummer, William, *The Holy Goof*, Nueva York, Thunder's Mouth Books, 2004 (1981).

Wolfe, Tom, *Ponche de ácido lisérgico*, Barcelona, Anagrama, 2000 (1968).

Jean Genet

Genet, Jean, *Milagro de la rosa,* Barcelona, Debate, 1996 (1946).
—, *El balcón/Severa vigilancia/Las sirvientas,* Buenos Aires, Losada, 2011 (1956, 1949 y 1947).
—, *Para un funámbulo,* Palma de Mallorca, José Olañeta Editor, 1979 (1958).
—, *Diario del ladrón,* Barcelona, Debate, 1994 (1949).
—, *Un cautivo enamorado,* Barcelona, Debate, 1988 (1986).
Goytisolo, Juan, «La santidad de Genet», *Babelia, El País,* 03/01/2009.
—, *Genet en el Raval,* Barcelona, Galaxia Gutenberg, 2009.
—, *En los reinos de Taifa,* Barcelona, Seix Barral, 1986.
Saer, Juan José, «El dispositivo Genet/Sartre», *El País,* 20/12/2003.
Sartre, Jean-Paul, *San Genet, comediante y mártir,* Buenos Aires, Losada, 1967 (1952).
White, Edmund, *Genet,* Londres, Chatto & Windus, 1993.

Chester Himes

Franklin, H. Bruce, *Prison Writing in 20th-Century America,* Nueva York, Penguin Books, 1998.
Himes, Chester, *Por el pasado llorarás,* Madrid, El País, Serie negra, 2004 (1952).
—, *El fin de un primitivo,* Madrid, Ediciones Júcar, 1989 (1955).
—, *Por amor a Imabelle,* Barcelona, Bruguera, 1981 (1957).
—, *Todos muertos,* Barcelona, Bruguera, 1977 (1960).
—, *Autobiografía. 2 vols.: 1. La cualidad del sufrimiento; 2. El absurdo de mi vida,* Madrid, Ediciones Júcar, 1988 (1973 y 1976).
McCann, Sean, *Gumshoe America,* Durham y Londres, Duke University Press, 2000.

Sallis, James, *Chester Himes: A life*, Nueva York, Walker & Company, 2000.

—, *Vidas difíciles*, Barcelona, Poliedro, 2004 (1993).

Thomas Malory

Field, P. J. C., *The Life and Times of Sir Thomas Malory*, Cambridge (UK) y Rochester (NY), D. S. Brewer, 1993.

Hardyment, Christina, *Malory. The Knight Who Became King Arthur's Chronicler*, Nueva York, HarperCollins, 2005.

Hicks, Edward, *Sir Thomas Malory, His Turbulent Career: A Biography*, Cambridge (Mass.), Harvard University Press, 1928.

Malory, Sir Thomas, *La muerte de Arturo*, Madrid, Siruela, 1985-1988 (1485).

Matthews, William, *The Ill-framed Knight. A Skeptical Inquiry into the Identity of Sir Thomas Malory*, Berkeley, University of California Press, 1966.

Karl May

Augustin, Siegfried y Pleticha, Heinrich, *Karl May, Leben, Werk, Wirkung*, Augsburgo, Weltbild Verlag, 1999.

Eggebrecht, Harald (ed.), *Karl May, der sächsische Phantast*, Fráncfort del Meno, Fischer Taschenbuch Verlag, 1987.

Lowsky, Martin, *Karl May*, Stuttgart, J. B. Metzler Sche Verlagsbuchhandlung, 1987.

May, Karl, *Mein Leben und Streben*, Hildesheim/Nueva York, Olms Presse, 1975 (1910).

Schmidt, Arno, *Sitara und der Weg dorthin. Eine Studie über Wesen, Werk & Wirkung Karl Mays*, Fráncfort del Meno, Fischer, 1998 (1963).

Wollschläger, Hans, *Karl May*, Dresde, VEB Verlag der Kunst, 1989 (1976).

Carlos Montenegro

Álvarez, Imeldo, «Órbita y sentido de la obra narrativa de Carlos Montenegro», prólogo a *Hombres sin mujer,* La Habana, Editorial Letras Cubanas, 2000.

Cabrera Infante, Guillermo, *Vidas para leerlas,* Madrid, Alfaguara, 1998 (1992).

Montenegro, Carlos, *El renuevo y otros cuentos,* La Habana, Revista de Avance, 1929.

—, *Aviones sobre el pueblo,* La Coruña, Ediciós do Castro, 2004 (1937).

—, *Hombres sin mujer,* Noya, Concello da Pobra do Caramiñal, 1995 (1938).

—, *Tres meses con las fuerzas de choque (División Campesino),* La Habana, Editorial Alfa, 1938.

Pujals, Enrique J., *Vida y memorias de Carlos Montenegro,* Miami, Ediciones Universal, 1988.

Tamayo Fernández, Caridad, *Hombres sin mujer y mujeres sin hombre,* La Habana, Editorial Letras Cubanas, 2005.

VV. AA., *Da vontade testemuñal á incerteza narrativa. Estudios sobre Carlos Montenegro,* Santiago de Compostela, Servizo de Publicacións e Intercambio Científico da Universidade de Santiago de Compostela, 2002.

Anne Perry

Gale Reference Team: Biography - Perry, Anne; Contemporary Authors Online, 2007.

Glamuzina, Julie y Laurie, Alison J., *Parker & Hulme, a Lesbian View,* Nueva York, Firebrand Books, 1991.

Perry, Anne, *El callejón de los resucitados,* Barcelona, Random House Mondadori, 2006 (1981).

—, *El rostro de un extraño,* Barcelona, Ediciones B, 2006 (1990).

—, *Sepulcros blanqueados,* Barcelona, Ediciones B, 2006 (1997).

Rankin, Ian, entrevista con Anne Perry en la serie *Ian Rankin's Evil Thoughts* (http://www.youtube.com/watch?v =b_oYT9mvChw).

Wilson, Patrick, *Children Who Kill,* Londres, Michael Joseph, 1973.

http://christchurchcitylibraries.com/heritage/digitised/ parkerhulme/, sitio en el cual se puede acceder a las informaciones publicadas en los diarios de la época que informaron del caso.

http://members.tripod.com/hc_faq/contents.htm contiene información exhaustiva sobre la película *Heavenly Creatures (Criaturas celestiales),* basada en el caso Parker/Hulme, así como gran cantidad de información biográfica sobre todos los implicados, directa o indirectamente.

Sergiusz Piasecki

Cela, Camilo José, «Otra vez Piasecki», en *Obra completa,* vol. IX: Artículos I (1940-1953), Barcelona, Ediciones Destino, 1976, pp. 130-133.

—, «Un hombre extraordinario: Sergio Piasecki», en *Obra completa,* vol. IX: Artículos I (1940-1953), Barcelona, Ediciones Destino, 1976, pp. 127-129.

—, «Y basta ya de Piasecki», en *Obra completa,* vol. IX: Artículos I (1940-1953), Barcelona, Ediciones Destino, 1976, pp. 134-136.

Piasecki, Sergiusz, *El enamorado de la Osa Mayor,* Barcelona, Acantilado, 2006 (1937).

—, *Las canciones de los ladrones,* Barcelona, Luis de Caralt, 1961.

—, *La quinta etapa*, Barcelona, Luis de Caralt, 1965.

Polechonski, Krzysztof, *Miejsce Sergisuza Piaseckiego w literaturze poskiej XX wieku;* en *W krainie Wielkiej Niedzwiedzicy,* Sladami Seiusza Piaseckiego, Breslavia, ed. Zdzislaw J. Winnicki, 2001, pp. 9-34.

Polechonski, Krzysztof, *Skrót Biografii Sergiusza Piaseckiego;* en *W krainie Wielkiej Niedzwiedzicy,* Sladami Seiusza Piaseckiego, Breslavia, ed. Zdzislaw J. Winnicki, 2001, pp. 9-34.

Polechonski, Krzysztof, *Żywot Człowieka Uzbrojonego. Biografia, twórczość i legenda literacka Sergiusza Piaseckiego.* Wyd. Naukowe PWN Varsovia - Breslavia, 2000.

Jean Ray

Baronian, Jean-Baptiste y Levie, Françoise, *Jean Ray, l'archange fantastique,* París, Librairie des Champs-Élysées, 1981.

Briot, Murielle (comp.), *Jean Ray/John Flanders,* Bruselas, Claude Lefrancq Éditeur, 1995.

Ray, Jean, *Los cuentos del whisky,* Barcelona, El Observador, 1991 (1925).

—, *Le grand nocturne/Les cercles de l'épouvante,* Bruselas, Éditions Labor, 1984 (1942 y 1943).

—, *Malpertuis,* Madrid, Valdemar, 1990 (1943).

Maurice Sachs

Belle, Jean-Michel, *Les folles années de Maurice Sachs,* París, Bernard Grasset Éditeur, 1979.

Clerc, Thomas, *Maurice Sachs le désoeuvré,* París, Éditions Allia, 2005.

Cocteau, Jean, *Journal d'un inconnu,* París, Bernard Grasset Éditeur, 1953.

Dognon, André du y Monceau, Philippe, *Le dernier sabbat de Maurice Sach,* París, Sagitaire, 1979 (1950).

Raczymow, Henri, *Maurice Sachs ou les travaux forcés de la frivolité,* París, Gallimard, 1988.

Sachs, Maurice, *Le sabbat,* París, Gallimard, 1960 (1946).

—, *Chronique joyeuse et scandaleuse,* París, Corrêa, 1948.

—, *La chasse à courre,* París, Gallimard, 1949.

—, *Derriére cinq barreaux,* introducción de Étienne Gueland y Henri Perrin, París, Gallimard, 1952.

Remigio Vega Armentero

Calvo González, José, «Naturalismo y direcciones criminológicas a finales del siglo XIX en España»; *Revista de Derecho Penal y Criminología,* 12, 2003, pp. 255-270.

El Imparcial, Madrid, 21/11/1888, 22/11/1888 y 17/10/1889.

Vega Armentero, Remigio, *Una cuestión grave: los ferrocarriles españoles,* Madrid, 1884.

—, *¿Loco o delincuente?,* edición, prólogo y notas de Pura Fernández, Madrid, Celeste Ediciones, 2001 (1890).

—, *La ralea de la aristocracia,* Madrid, s. a.

François Villon

Burl, Aubrey, *Danse macabre: François Villon: poetry & murder in medieval France,* Stroud, Sutton, 2000.

Champion, Pierre, *François Villon: Sa vie et son temps,* París, Honoré Champion Éditeurs, 1913.

Favier, Jean, *François Villon, poète et aventurier,* París, Marabout Université, 1982.

Schwob, Marcel, *François Villon,* París, Imprimerie de J. Demoulin, 1912.

Villon, François, *Poesía completa,* Madrid, Visor, 1979.

Créditos de las imágenes

Agradecimientos

Es posible que haya olvidado alguna de las conversaciones en las que alguien me sugirió que incluyese a tal o cual autor en este libro, que sería aún más incompleto sin esas aportaciones; recuerdo a Antonio Ovejero, Anne Platzbecker, Pere Sureda, Marina Fanasca, Valentina Parlato y Katia Colantoni, y les doy las gracias; Palmar Álvarez y Derrin Pinto me ayudaron a acceder a obras que no encontraba en Europa; Pura Fernández me sugirió bibliografía sobre Remigio Vega Armentero, además de haber escrito el ensayo más interesante que hay sobre este escritor y panfletista olvidado; Krzysztof Polechonski, con una amabilidad conmovedora, fotocopió para mí partes de sus propias obras en las que estudia a Piasecki y fue un magnífico interlocutor al que debo varias referencias bibliográficas valiosas; Marcin Piekowszeski se ocupó de traducir y resumir todo aquello que podía interesarme y que en polaco era inaccesible para mí; Mario Jursisch me ayudó a entender el «caso Mutis» mientras nos tomábamos un café en Madrid; mi reconocimiento especial a Abdel Hafed Benotman por su cordialidad y por dedicar varias horas a charlar conmigo sobre su biografía y sus obras; a Pilar Reyes y Raquel Abad por sus comentarios sobre el libro; a Paloma González por haberlo leído varias veces con enorme paciencia buscando erratas y errores. A Renate Bonn por sus numerosas sugerencias, las más valiosas aquellas referidas a conceptos del campo de la psicología que a veces uso en el libro. A Elena Martínez por la excelente revisión final.

A todos los que he olvidado, con mis disculpas.

A los escritores de distintos siglos y continentes, delincuentes o desafortunados o las dos cosas, que han vivido para contarlo, en lugar de, como hacemos la mayoría, contarlo para vivirlo.

Índice

1. ¿La atracción del mal?   9

2. Por falta de pruebas   19

3. Delincuentes demasiado pequeños   29

4. Sus actos y sus obras   47
   François Villon, clérigo, poeta y ladrón   49
   Anne Perry, el pasado imperfecto   59
   Karl May, los peligros de la ficción   72
   Remigio Vega Armentero, ¿loco o delincuente?   84
   Jean Ray, la seducción del espanto   94
   Burroughs & Cassady & Co. *Feel the beat*   102
      1. William Burroughs   102
      2. Neal Cassady, alias Dean Moriarty,
         alias Cody Pomeray   110
      3. Co.: Corso, Ginsberg, Huncke, Kerouac,
         Kesey   118
   Maurice Sachs, el encantador de serpientes   122
   Sir Thomas Malory, el escritor fantasma   134
   Chester Himes, la ambición y la rabia   144
   María Carolina Geel y María Luisa Bombal,
      la pasión a mano armada   158
   Jimmy Boyle y Hugh Collins,
      vidas paralelas   168
   La irresistible ascensión
      de Sir Jeffrey Archer   179
   Abdel Hafed Benotman,
      la forja de un rebelde   193

Carlos Montenegro, la verdad, la mentira,
la literatura 204
Jean Genet, apuntes sobre un fugitivo 215
La canción del bandido Sergiusz Piasecki 231

5. Lugares comunes 239
Autobiografía, verdad y mentira 241
Descubriendo el móvil 247
La justicia y la culpa 256
Los consuelos de la religión 262
Los consuelos de la droga 269
La familia 273
La salida del laberinto 280

6. Etcétera: a modo de apéndice 289

Bibliografía 309

Créditos de las imágenes 323

Agradecimientos 325

Este libro
se terminó de imprimir
en los Talleres Gráficos
de Unigraf, S. L.,
Móstoles, Madrid (España)
en el mes de julio de 2011

NUNCA PASA NADA
José Ovejero

A menudo no te avergüenzas de lo que haces,
sino de que te vean hacerlo.

Carmela y Nico, una mujer excesivamente independiente y un
hombre demasiado apacible, llevan una tranquila y acomodada vida de
matrimonio de clase media, plagada de silencios casi imperceptibles.
Pero es el secreto de Olivia, la inmigrante ecuatoriana encargada de las
tareas del hogar, el que podría derribar esa apariencia de normalidad.
Sobre todo si entre medias anda Claudio, un muchacho superdotado
de ideas enrevesadas al que le divierte desvelar lo oculto.

Nunca pasa nada es un libro a ratos divertido, a ratos trágico, en el que
José Ovejero despliega sus artes narrativas para mostrar los conflictos y
tensiones subyacentes en un mundo donde lo aparente impera sobre lo
real, y para desmontar los mecanismos de nuestra buena conciencia.

«Una historia de esas que agarran al lector desde la primera página para
enfrentarle, en la última, con su conciencia.»
SANTOS SANZ VILLANUEVA, *El Cultural*

«*Nunca pasa nada* esconde en realidad todo un subterráneo flujo de
secretos, de culpas, de miedos.»
J. M. POZUELO YVANCOS, *ABCD las Artes y las Letras*

«José Ovejero dibuja personajes abocados a una vida atormentada: no
importa lo que ocurre sino lo que va a ocurrir.»
J. A. MASOLIVER RÓDENAS, *La Vanguardia*

LA COMEDIA SALVAJE
José Ovejero

Benjamín ha recibido una misión que se le antoja desmesurada: detener la Guerra Civil. Aunque no cree que sea posible, recorrerá un país que se ha lanzado, al parecer con entusiasmo, a su propia destrucción. Y de camino irá encontrando estrambóticos personajes, apariciones delirantes que le harán pensar que se ha vuelto loco. Menos mal que ahí está la mano de Julia para devolverle de vez en cuando a la realidad.

Esta novela es un disparate. Un mundo de alucinación, en el que las escenas realistas conviven con sucesos imposibles, aunque nunca se sabe si las situaciones más esperpénticas están sacadas de la realidad o de la imaginación del escritor.

En *La comedia salvaje* no hay héroes ni biografías ejemplares. Más que un libro sobre la Guerra Civil, éste es un libro sobre la guerra, sobre todas las guerras. Las voces de Cervantes, Valle-Inclán y Kurt Vonnegut resuenan en esta novela que es, también, una reflexión lúdica sobre la utilidad de la literatura.

Alfaguara es un sello editorial del Grupo Santillana

www.alfaguara.com

Argentina
www.alfaguara.com/ar
Av. Leandro N. Alem, 720
C 1001 AAP Buenos Aires
Tel. (54 11) 41 19 50 00
Fax (54 11) 41 19 50 21

Bolivia
www.alfaguara.com/bo
Calacoto, calle 13 n° 8078
La Paz
Tel. (591 2) 279 22 78
Fax (591 2) 277 10 56

Chile
www.alfaguara.com/cl
Dr. Aníbal Ariztía, 1444
Providencia
Santiago de Chile
Tel. (56 2) 384 30 00
Fax (56 2) 384 30 60

Colombia
www.alfaguara.com/co
Calle 80, n° 9 - 69
Bogotá
Tel. y fax (57 1) 639 60 00

Costa Rica
www.alfaguara.com/cas
La Uruca
Del Edificio de Aviación Civil 200 metros
  Oeste
San José de Costa Rica
Tel. (506) 22 20 42 42 y 25 20 05 05
Fax (506) 22 20 13 20

Ecuador
www.alfaguara.com/ec
Avda. Eloy Alfaro, N 33-347 y Avda. 6 de
  Diciembre
Quito
Tel. (593 2) 244 66 56
Fax (593 2) 244 87 91

El Salvador
www.alfaguara.com/can
Siemens, 51
Zona Industrial Santa Elena
Antiguo Cuscatlán - La Libertad
Tel. (503) 2 505 89 y 2 289 89 20
Fax (503) 2 278 60 66

España
www.alfaguara.com/es
Torrelaguna, 60
28043 Madrid
Tel. (34 91) 744 90 60
Fax (34 91) 744 92 24

Estados Unidos
www.alfaguara.com/us
2023 N.W. 84th Avenue
Miami, FL 33122
Tel. (1 305) 591 95 22 y 591 22 32
Fax (1 305) 591 91 45

Guatemala
www.alfaguara.com/can
7ª Avda. 11-11
Zona n° 9
Guatemala CA
Tel. (502) 24 29 43 00
Fax (502) 24 29 43 03

Honduras
www.alfaguara.com/can
Colonia Tepeyac Contigua a Banco
  Cuscatlán
Frente Iglesia Adventista del Séptimo Día,
  Casa 1626
Boulevard Juan Pablo Segundo
Tegucigalpa, M. D. C.
Tel. (504) 239 98 84

México
www.alfaguara.com/mx
Avda. Río Mixcoac, 274
Colonia Acacias, C.P. 03240
Benito Juárez, México D.F.
Tel. (52 5) 554 20 75 30
Fax (52 5) 556 01 10 67

Panamá
www.alfaguara.com/cas
Vía Transísmica, Urb. Industrial Orillac,
Calle segunda, local 9
Ciudad de Panamá
Tel. (507) 261 29 95

Paraguay
www.alfaguara.com/py
Avda. Venezuela, 276,
entre Mariscal López y España
Asunción
Tel./fax (595 21) 213 294 y 214 983

Perú
www.alfaguara.com/pe
Avda. Primavera 2160
Santiago de Surco
Lima 33
Tel. (51 1) 313 40 00
Fax (51 1) 313 40 01

Puerto Rico
www.alfaguara.com/mx
Avda. Roosevelt, 1506
Guaynabo 00968
Tel. (1 787) 781 98 00
Fax (1 787) 783 12 62

República Dominicana
www.alfaguara.com/do
Juan Sánchez Ramírez, 9
Gazcue
Santo Domingo R.D.
Tel. (1809) 682 13 82
Fax (1809) 689 10 22

Uruguay
www.alfaguara.com/uy
Juan Manuel Blanes 1132
11200 Montevideo
Tel. (598 2) 410 73 42
Fax (598 2) 410 86 83

Venezuela
www.alfaguara.com/ve
Avda. Rómulo Gallegos
Edificio Zulia, 1°
Boleita Norte
Caracas
Tel. (58 212) 235 30 33
Fax (58 212) 239 10 51